国家社科基金一般项目：中国先锋小说英译传播研究（编号：24BYY107）阶段性成果；
湖南省社科基金年度项目：英语世界中国当代小说智媒化译介研究（编号：22YBA255）阶段性成果。

中国当代女性文学跨文化叙事研究

跨/文/化/叙/事/研/究

陈钰 管机灵/著

重庆大学出版社

图书在版编目 CIP 数据

中国当代女性文学跨文化叙事研究 / 陈钰，管机灵著 . -- 重庆 : 重庆大学出版社，2025. 8. -- ISBN 978-7-5689-5247-7

Ⅰ. I206.7

中国国家版本馆 CIP 数据核字第 20254YL005 号

中国当代女性文学跨文化叙事研究

ZHONGGUO DANGDAI NÜXING WENXUE KUAWENHUA XUSHI YANJIU

陈 钰 管机灵 著

责任编辑：黄菊香 版式设计：陈 亮

责任校对：刘志刚 责任印制：赵 晟

*

重庆大学出版社出版发行

社址：重庆市沙坪坝区大学城西路21号

邮编：401331

电话：（023）88617190 88617185（中小学）

传真：（023）88617186 88617166

网址：http：//www.cqup.com.cn

邮箱：fxk@cqup.com.cn（营销中心）

全国新华书店经销

重庆永驰印务有限公司印刷

*

开本：720mm×1020mm 1/16 印张：13.5 字数：186千

2025年8月第1版 2025年8月第1次印刷

ISBN 978-7-5689-5247-7 定价:45.00元

前　言

20世纪70年代叙事学成为西方文艺理论中的显学，得到了学界的广泛认同。20世纪90年代华莱士·马丁（Wallace Martin）指出，文学研究者已热切关注叙事理论。2006年蒙娜·贝克（Mona Baker）的《翻译与冲突：叙事性阐释》（*Translation and Conflict：A Narrative Account*）一书出版，该书以叙事学为理论体系，从建构角度阐释翻译行为。随着中华文化“走出去”进程的不断加速及“中国之治”理念的提出，跨文化叙事传播成为译学界的重要目标，翻译的叙事学转向（narrative turn）已现端倪，甚至有学者提出跨文化叙事研究可能成为翻译研究的新范式。纵观翻译学的发展历史，伴随每一次“转向”的发生和范式的嬗替，学术理念与研究方法也随之更新变化，这对翻译研究具有重要的学术价值和实践意义。

本书正是在此基础上，将叙事学应用于女性文学翻译特别是中国当代女性文学英译领域，将过去主要依赖语言层面的英译还原到有温度、有感知的生活切片或故事场景，克服语言学语际转换的不足，利用翻译学、语言学及性别诗学等研究范式改善女性叙事话语，研究中国当代女性文学英译与跨文化叙事关联及其叙事选材、叙事主体、叙事策略、叙事传播，并基于智慧理念提出“语内—语际—符际—云际”进阶式叙事传播新思路，探究推动中国故事的文本意义建构与中国文化传承发展等内容，打造中国当代女性文学跨文化叙事“V”谷，服务中华文化“走出去”。本书内容主要由七大篇章构成：

第一章概述中国当代女性文学英译领域的基本情况，从女性的角度来审视翻译的历史，阐明女性和翻译经历了从被遮蔽到逐渐显现、从“第二性”到“两性”蝶变的过程，性别研究和翻译研究的结合促进了女性文学翻译的诞生，并进一步考察国内外当代女性文学英译研究的现状与趋势，为中国当代女性文学跨文化叙事的深入探讨奠定基础。

第二章阐述当代女性文学跨文化叙事景观，主要从定义、功能和阐释等层面，探讨翻译与叙事性阐释、具有讲故事和交流共性的英译和叙事、叙和译的奇妙重叠、叙事“诗”想及性别语意、叙事视点与叙事美学等内容，结合语言学对语言交际过程进行分析，考察女性译者、作者、作品、读者等叙事建构因素，提出中国当代女性文学跨文化叙事交流新图景。

第三章从“身份认同”一词的名词性含义与动词性含义讲起，进而探究女性文学跨文化叙事主体的身份认同。叙事主体是叙事交流过程中故事讲述的发出者，没有叙事主体就没有完整的交流行为。基于皮埃尔·布迪厄（Pierre Bourdieu）的身体姿态理论，考察女性文学跨文化叙事的主体性认知，包括叙事主体的自我定位和文化身份，发挥主体作用寻求文化荣耀。借助文献检索工具，以蜕变与成长为主线，选取《嬉雪：中国当代女性散文选》（*A Frolic in the Snow*：*Women' s Essays from Today' s China*）等英文版译例，总结叙事主体“读者—译者—重写者—文化操纵者—差异哲学倡导者”的“五位一体”身份蜕变图。同时，探讨译者性别意识与性别“他者”意识的主题转换。

第四章从叙事文本的文学价值、叙事赞助人的意识形态、叙事接受者的需求、叙事者的选材惯习及叙事选材的艺术性等方面阐述中国当代女性文学跨文化叙事选材的基本考量。要考虑文本在源语乃至世界文学场域中的文化资本与文学地位，认真做好叙事选材的选择与甄别工作，叙事选材不能仅凭叙事者的主观意志来决定，要重视叙事赞助人意识对叙事选材的导向作用。关注中西方时间差和语言差现象以及源语和目标语之间的文化差异，消除西方叙事接受者认为中国文学价值贫瘠的认知偏见。英译出版不仅要跟着作者走，更要跟着受众需求走，要根据国外读者的接受度选择合适的素材，以贴合海外受众的阅读期待与情感共通性。叙事者的选材惯习对女性文学跨文化叙事作品的内容、视角、叙述风格和文化意识都有着深远的影响，其选材决策塑造了女性作品的独特性并传达了叙事者的个人观点和关注点。叙事选材与艺术追求的目标都是人类社会的真、善、美，译者应力争让叙事选材契合读者的审美需求，使之融入情理中。

第五章通过选取当代女性文学经典译例，阐释叙事的对话口径与中国当代文学英译叙事的“女性方案”，探究女性文学跨文化叙事中的各种策略。语言干预策略主要体现在干预和重写：①改动，将内心感受掺杂进去以凸显女性；②直译/音译加注以解释说明；③增补，强调性别差异并增补原文缺失或隐藏的文化信息；④语篇综合策略。译者在翻译女性文学作品时对原文叙事的二维重构策略分为“时空—性别—文本”重构及“异质同构—同质异构—并置并构”模式。叙事情境“浸入式”策略包括：①情境建构；②话语重构，包括政治话语、逻辑话语、权益话语三类；③接受需求。选词呈现和译释加写的变译叙事策略与语义翻译方法产生再造荒诞意境、时空异境和救赎梦境的陌生化审美策略。最后，基于女性、时间、空间叙事及时空交际的女性语言美学，总结跨文化语境下当代女性文学英译的叙事诗学与“诗”意叙事，开拓中国当代女性文学跨文化叙事与世界对话的新模式。

第六章从叙事传播现状与困境入手，分析个中原因，提出当代女性文学跨文化叙事传播对策，主要探讨四个方面。①叙事传播现状与困境：文学作品的译入与译出比例严重失衡；中国当代文学英译明显偏少；中国当代女性文学英译传播渠道较窄；中国当代女性文学海外知名度有限，翻译质量参差不齐。同时，中国文化对大多数西方人而言仍然比较陌生。②叙事传播大众媒介观：以当代女性文学叙事文化传播产业作为参照，从文学审美与商业传播的维度及消费时代的文学大众化、市场化的文学阅读等方面分析，提出跨文化叙事传播的大众媒介观，以真诚的态度面对女性生存和女性书写。在新时代背景下，数字化媒体的改写策略将大大促进女性文学叙事的英译与传播。③叙事图文化与影像化：随着信息时代的到来，传媒生态发生改变，图像传播新形态已然成为新的叙事方式。译文要成为精品，除了文字内容，图片效果也是一个关键。如何编好译文图片，对于提升译文品质、打造精品译文工程具有重要意义。叙事影像效果、叙事剧本化“译”事成为叙事文本寻找自身市场的重要途径之一，影像化叙事对中国女性文学对外传播的影响与潜力巨大。④通过比较“熊猫丛书”与香港《译丛》（*Renditions*）英译传播模式的传播主体、传播内容、传播方法等方面，探讨跨文化叙事传播SCM模式，以期在中国当代女性文学“走出去”的过程中发挥借鉴作用。

第七章简述当代女性文学跨文化叙事发展愿景。中国故事的对外传播，不能为讲故事而讲故事，而要经文学故事引人入“道”，通过语料介绍使中外文学交流互鉴，探究中国话语构成的框架体系和阐释体系，勾勒出中国文学与世界文学融合发展的若干侧面与脉络。当代女性文学跨文化叙事传播合力的形成需要从以下五个方面考虑：① 叙事传播机制的定位；② 受众意识与文化市场的导向；③ 作者、译者与赞助人的合作；④ 本土跨文化叙事译者的培养；⑤《上海故事》在英国逗号出版社出版的启示。最后对中国当代女性文学跨文化叙事与全球化叙事共同体融合发展的美好前景作出展望。

本书遵循跨学科路径、开放式思考和具有人文关怀的职业道德精神，在前人研究的基础上，综合作者长年的学术积累与翻译实践，从翻译学、叙事学、语言学及社会科学等角度，设置七大篇章，层层相扣，内容充实，从宏观层面与微观层面深入阐述，探讨中国当代女性文学跨文化叙事要素与传播范式，拓展了叙事学的研究范畴，也开阔了女性文学英译的学术视野。本书所选译例均为中国当代女性文学的经典案例，如朱虹和周欣编的《嬉雪：中国当代女性散文选》、张洁的《沉重的翅膀》（*Leaden Wings*）、残雪的《最后的情人》（*The Last Lover*）、王安忆的《长恨歌》（*The Song of Everlasting Sor-*

row）等，题材丰赡，语料可信度高。本书引入的叙事学概念是以参与者的视角，将女性文学中的重要事件作为背景，将事实背后的社会因素、情感因素等非文学因素纳入可感知的英译叙事范畴，利用语言学和性别诗学等手段，来改变女性叙事话语的布局方式，揭示女性文学英译是话语再叙事的本质内涵，从跨文化叙事重构角度丰富翻译学和语言学等理论。本研究提出的模式新颖，别开生面，具有一定的创新度和学术价值。

谋大事者必先观大势。站在中华民族“两个一百年”奋斗目标的历史交汇点上，我们需要进一步发挥翻译作为中国文化传播与“中国之治”国际话语权的基础和重要支撑作用。在经济全球化的时代背景下，中国文学走向世界已经成为一个迫切而重要的命题。中国外文局对外传播研究中心、中国文学海外传播工程、“中国当代文学百部精品对外译介工程”及中华文化“走出去”等国家主导的研究机构和推广措施，反映出中国文学走向世界的意愿越来越强烈。“用情用力讲好中国故事，向世界展现可信、可爱、可敬的中国形象。”而女性文学是讲好中国故事，展现中国形象的重要内容。女性文学是对外传播的重要话语资源，为传播中国经验开拓了新领域。传播中国当代女性文学，讲好有温度的中国妇女故事，有利于塑造良好的国家形象，在国际传播舆论场中占据优势和主动。

作为翻译工作者，站在时代的潮头，传承发展中华文化是我们的使命所在，也是职责所系。我们需要顺应时代、拓宽领域、探索路径、提炼模式，对中国文学英译及中国故事叙事跨文化传播做整体性、系统性思考，促进中西方跨文化交际中对女性文学作品的尊重与理解，努力构建一个跨越地域、政治、文化、种族等认知壁垒的叙事传播语境，在理论自信、文化自信与寻求文化荣耀的道路上，更好地讲好中国故事、传播好中国声音及国际话语权“译”，传承发展中华优秀文化，充分展现良好的中国形象，让中国更好地走向世界，让世界更充分地了解中国，促进文学性与世界性互动共融，为人类命运共同体与中外文化互鉴注入新的正能量。

由于笔者水平有限，书中难免有疏漏之处，敬请各位专家和社会各界同仁批评指正，谢谢！

作者

2024年12月1日

目 录

第一章　女性文学英译概述

性别研究和翻译研究的结合是女性文学翻译诞生的重要促进因素。女性文学翻译从女性的角度来审视翻译的历史，展望未来翻译的方法，对传统的翻译理论产生了深刻影响。同时借助女性文学翻译策略凸显女性在语言与社会中的地位，寻求文化荣耀，这对中国的翻译事业和中华文化对外传播话语体系建设都有重大的促进作用。本章简要梳理女性和翻译的关系，揭示女性从被遮蔽到逐渐显现、从“第二性”到“两性”的蝶变历程，最终女性和翻译结成联盟，形成女性文学翻译观念，并考察国内外当代女性文学翻译研究的现状与未来趋势。

第一节　女性和翻译

一、被女性化了的翻译

在东西方历史上，女性一直被认为是“第二性”或“从属于他人的人”（他者），其定义参照男性来决定。法国思想家西蒙娜·德·波伏娃（Simone de Beauvoir，又译作西蒙娜·德·波伏瓦、西蒙·波娃）的《第二性：女人》（*Le Deuxième Sexe*），内容涉及哲学、历史、文学、生物学、古代神话等，论述了社会历史进程及女性个体发展史中妇女的处境、地位及体现的性别差异。该著作被誉为“有史以来讨论妇女的最健全、最理智、最充满智慧的一本书”，或西方妇女的“圣经”。《圣经》的“创世记”也曾认为夏娃出自亚当的“一根肋骨”。圣·托马斯（St. Thomas）也曾直言，女人是“不完善的人”，是一种“偶发的”存在。亚里士多德（Aristotle）甚至说：“女性之为女性，是由于缺乏某些品质，我们应该把女人的特性看作要忍受天生的不完善。”（西蒙娜·德·波伏瓦，2011）

在中国传统的父权制等级社会中，有“夫者妇之天”之说，意思是丈夫是妻子的主人，妻子应服从丈夫，以丈夫为尊，男人是女人的天。《仪礼·丧服·子夏传》中亦有“妇人有三从之义，无专用之道。故未嫁从父，既嫁从夫，夫死从子”的说法，即认为妇女应该做到在家从父、出嫁从夫、夫死从子，谓之“三从”。学者珍妮特·希伯莱·海德（Janet Shibley Hyde，1987）曾敏锐地指出，社会一般将男性气质与理性、独立、无畏、宽容和沉稳联系在一起，将女性气质与感性、依赖、畏怯、狭隘和激动联系在一起；社会传统惯于将前者定义为健康类型，而后者则被归类于幼稚和不健康的范畴。女性在父权制文化体系中的边缘化地位是一个深刻的历史性问题。从跨文化视角考察，无论是中国传统社会“男尊女卑”的礼教规范，还是西方启蒙思想中隐含的性别歧视，都呈现出系统性压抑女性的共性。女性地位的低下，源于一个以男性为主宰的父权制文化体系，它压抑着妇女并使其处于受支配的地位，这种体系却反过来让妇女感觉到因为自己地位低下才受到如此待遇。长期以来，女性生活在男人们的阴影中，她们在社会中的重要角色和贡献往往被忽视，甚至在历史的叙述中也常常被边缘化。不可否认，女性争取主体性的斗争贯穿人类文明史，尽管她们一直在不断争取自己的声音和地位，却往往处于沉默状态。

父权制社会中有许多根植于语言的性别歧视。中文里的“妖”“奸”“嫉”

“妒”等大部分以“女”字作旁的字，表达的都是负面意义。英语中用“he/him/man”代指人类，人类（human being）、人（human）、历史（history）等词语都不包括女人。还有“mankind”“Frenchman”“gentleman”等词语都见不到女性身影，以及许多职业名词如“postman”“mailman”“fisherman”“seaman”等都以男性指向明确的“man”结尾，它们将语言中的男性化色彩显露无遗，女性在人和历史的范畴中是不在场的缺席者。[①]在传统文化和强权政治的影响下，父权制的权威结构在社会中占据主导地位，很大程度上也塑造了语言交流的模式。在此背景下，女性往往不得不使用男性主导的语言体系来表达自己，在一定程度上限制了女性表达自己的方式，有时可能使她们的个性和思想受到压抑。

另一方面，男性语言反映男性现实，限制女性思想。女性被排除在男性语言之外，处于社会期望的屈服与匿名状态。性别在社会各领域变得越来越重要，性别差异的存在使约束女性的社会规约自然而然地形成。语言是其中一种限制，女性在父权语言中逐渐丧失了自己的声音，难以取得和男性一样合法言说的主体身份。

恰如女性只是男性的“他者”，翻译也被喻指为原文的一面镜子。如女性翻译家苏珊妮·德·罗特宾尼尔·哈伍德（Susanne de Lotbinière Harwood）给自我的定义是：“因为我是女性所以我翻译（I am a translation because I am a woman）。”（Simon，1996）这是一种将女性和翻译等同起来的观点，既表述了女性处于弱者的地位，也显示了翻译的从属状况（转引自刘军平，2004）。传统观念认为，译文是服从于原文的第二作品，它由赋予了特权的原文生成，两者之间的对等始终不存在。刘军平（2004）就曾指出：“翻译活动被看作是

①参考：佚名.关注女性文学［J］.博览群书，2013（3）：4.“在很长一段时间内，无论是东方或西方的语言中，‘人类’‘人’‘历史’等词语都不包括女人，女人在人和历史的范畴中是不在场的缺席者。”

一桩婚姻，忠实的定义建立在译文（女性）和原文（丈夫、父亲或作者）之间不言自彰的不平等的婚姻合同基础之上。”回顾翻译史，我们还会发现许多与女性和翻译有关的比喻，如“忠实的仆人”“戴着镣铐的舞者”“奴隶”“媒婆”“舌人”等，“所有的翻译都被认为是女性化”的，原因在于她们都是有缺陷的。“不忠的美人”就暗指：如果翻译（女性）是忠实的，她们可能是不美的；如果她们是漂亮的，她们很可能不忠。女性主义翻译学者劳丽·钱伯伦（Lori Chamberlain）也将处于社会边缘地位的女性和翻译做了类比。她批评传统翻译理论继承了父权制的二元体系，使原文和译文、作者和译者、男性和女性深深地对立起来，并且后者都成了前者的“第二性”，成了“他者”（Chamberlain，1988）。此外，美国著名文学评论家、翻译理论家斯坦纳（Steiner，2001）在《通天塔之后：语言与翻译面面观》（*After Babel：Aspects of Language and Translation*）一书中曾把翻译的第二阶段定义为“占有性的进入（appropriative penetration）”。这些类比都不同程度地贬毁和歪曲了女性和翻译，有关翻译的讨论都旨在千方百计地塑造一名忠心耿耿的奴仆形象，或是强化那可怜兮兮的妻子忠实漂亮的形象（费小平，2005）。美国翻译理论家劳伦斯·韦努蒂（Lawrence Venuti）用“隐形”来描述近代西方译者的处境，它意味着翻译是试图产生一个透明的文本，译者不能留下任何痕迹，大部分译者面临的情境是他们不得不隐身来产生一个自然而流利的翻译，甚至认为其隐形意味着成功，这在一定程度上贬低了译者。正如斯坦纳所言：“译者经常是鬼魅存在，处在无人注意的扉页背面。谁会注意他的名字或对他的劳动表示谢意呢?”（Steiner，2001）这种自我牺牲无疑导致传统译者价值的丧失，以致最终被人们遗忘。

总之，女性和翻译因众多相似性而经常被相提并论；女性和译者、翻译之间有着千丝万缕的联系。“忠实的不漂亮，漂亮的不忠实”其实是对女性和翻译的贬低。传统观点认为，女性必须屈从于男权统治，翻译则必须绝对忠实于原文，她们同处于从属和派生的地位。传统的翻译观认为，作者代表权威、原创者，高高在上，常常以主人或父亲为隐喻；而译者是作者与原文拙劣的传声筒，无条件地从属于作者与原文，往往以仆人或女性为隐喻。传统译者的身份一直被忽视和边缘化。因此，他们之间有着天然的联系。女性以翻译作为表达自我的工具，从某种意义上说，女性和翻译形成了一种联盟。此外，女性和翻译必须结成联盟，共同对抗对方的权威。最终，翻译成为女性融入公共领域进行社会交流的一部分，也是帮助女性获得权利的有效手段和有力表达方式。例如，《简·爱》的作者夏洛蒂·勃朗特（Charlotte Brontë）使用男性化名，其作品才得以被重视。文艺复兴时期的西方女性被父权社会排挤在权力圈之外，得不到主流社会的认可，她们不能参与写作或公共讨论，只能转向翻译这个缺口。作为译者，女性逐渐掌握属于自己的文字力量，带着自己对这个世界的理解，与文本和作者展开交流，开始体验和文本亲近或对立的情绪，对文本中的女性形象有自己的解读。女性话语权的翻译正是在这种背景下进行的。

二、女性话语权“译”

20世纪60年代末至70年代初，女性主义翻译将性别和翻译联系起来，提倡把女性主义观念移植（implantation of feminist ideas）入译本，让语言替女人说话，以突出女性主体身份和女性意识。正如雪莉·西蒙（Sherry Simon，1996）所言：“20世纪70年代，一个耳熟能详的呼声是：女性必须获得语言的解放，女性的解放必须先从语言着手。”女性话语权需要女性获得语言的解放，才可能用她们自己的声音动摇父权话语，解构父权中心，为被边缘化的女性说话。女性主义翻译是“一项让女性显现常驻于语言与社会的政治活动”（Von Flotow，1997），是对传统翻译观的反叛并对其发动了攻势。

法国思想家米歇尔·福柯（Michel Foucault）认为，权力是一种支配的力量，它影响和控制着话语的运动。权力在本质上为性设定规则，并通过语言或话语行为来维持对性的控制。语言不是客观地表达“性”而是权力操纵性话语的工具（Foucault，1990 ）。话语权是权力的表现形式之一，是一种权力施展的工具，也是权力掌控的关键。话语权能够确立主体的存在，更能够表明主体存在的意义。在人类社会中，男性长期垄断着话语权，保持绝对的权威。女性则属于弱势群体，不敢表达自己内心真实的想法和意愿，更少对父权话语和父权中心的压迫发出自己的呼声。女性主体地位的确立，并不是想同男性相抗衡，而是寻求一个公正平等的话语权利，让女性文学不是只依附于男性作家的点缀之笔。

翻译是语言的表达行为，也是社会交际活动的产物，无法脱离社会、权力和话语等因素的影响。译者的翻译行为会受到当时社会状况的影响，也会受到译者个人权力话语的操控与制约。在翻译行为当中，女性对于话语权的衡量与把握，将影响译者在译文中所体现出的女性话语的强弱。在后现代文化语境下，“女性是自由精神和创造精神的体现……女性、差异性、他者性将继续成为翻译研究的话语主题，并且还会为建立译者主体性、女性译者主体性以及其他翻译模式提供无限的可能性”（刘军平，2004）。长期以来，原文与译文的关系，被视为一种主仆式的关系，认为原文是主，译文是仆。译文被认为是原文的一种克隆体，“克隆”换了语言的躯壳而已。译者与原作者相比，原作者高高在上，而译者没有得到公平的对待。随着人类社会和文化的发展，翻译理论不断成熟，翻译发展成为一种文化延展，扩充了原文中合理的篇章，弥补了欠缺的地方，不再停留于单纯的语言文字转换或文本转换，发展为一项创造性、创新性的活动。勒菲弗尔（Lefevere，1992）认为，译者不仅能赋予原文以生命，她们还能决定赋予她们以何种生命，以及如何使她们融入目标语文学中。为了改变女性在话语中的弱势地位，尽量在语言中得以显现，译者特别是女性译者在进行翻译时，理应逐渐改变以往那种唯原文马首是瞻的所谓权威译法，以女性主义方式重写原文。大多数女性译者以公开表现译者对文本操纵与重构的形式，赋予原文和源语以女性主义生命。由于女性与生俱来的生理和心理特性，女性译者以其特有的方式观照社会，建构女性的主体性。在《翻译与性别：女性主义时代的翻译》（*Translation and Gender: Translating in the "Era of Feminism"*）一书中路易斯·冯·弗洛图（Von Flotow，1997）认为"女性时代的翻译也是对先前女性主人公的重塑，是对以往给予女性的那些性别特征和态度的改写"。为抵抗原作者和原文的制约，有些译者进行署名，意图是昭示其对文本进行了干涉与操纵。哈伍德曾在一本译著的序言中说："我在一个译本上署名意味着：这一译本使用了所有的翻译策略，要使女性在语言中清晰可见（make the feminine visible in language）。"（Simon，1996）由此可见，女性主义翻译是一种有意识的创造性叛逆，其最大特点是"在意义生产中尽量突出女性的主体性"，或"在翻译中以女性意识驾驭文本"（Simon，1996）。路易斯·冯·弗洛图认为，原文本带有原作者的意识、文化等印记，译者作为性别重写者（gendered rewriters）（Von Flotow，1997），不能一味地屈从于原文，也不能简单地复制原文。译文不应该绝对屈从于原文，特别是充满性别歧视的原文，那样的话女性话语就得不到凸显，这显然不公平。所以，客观地说，一名真正的译者，需要客观地解构原文中男性与女性的"双性"权力，消除性别偏见特别是男性偏见，建构女性意义，恢复女性话语权及其身份。故译者要尽量"使女性在语言中显现，从而让世人看见和听见女人"（Simon，1996）。

查特曼（Chatman，1978）曾将叙事文本的话语层进一步二分为传达叙述的结构（即表达形式）和表达的媒介（如语言、电影等）。曾经有一个例子，那就是女性译者试图从女性主义的角度重新翻译《圣经》，为女性在基督教中赢得身份与地位，因而至今仍流传有十七版中性语言的《圣经》英译本。另一个例子是篡改原文语言以避免男性词，这是加拿大女性主义翻译理论家哈伍德提出的翻译行为，摈弃原文中传统的父权语言，转换成女性语言为女性说话，赋予原文以女性主义生命，体现译者操纵文本，支持和鼓励广大女性勇敢地表达真实的感受，共同努力提高女性的社会政治地位。路易斯·冯·弗洛图重新对“忠实”进行解读，她坦言作为女性主义译者，大可凭借自己对原著的剖析进行改写（Von Flotow，1997）。女性主义译者以重读、重写与“妇占”（woman-handle）等手段力图张扬自己的声音，塑造自己的身份，进而实现原文与译文的共生以及作家与译者影响的同比扩大（Simon，1996）。

女性主义翻译理论的首要目标是“以争取女性的尊严与平等为起点，不满于将译者、译本及女性不由分说地打入次一等级的观念，力求破除翻译研究和社会观念中带有严重的性别歧视的陈旧意识”（徐来，2004）。译者需要对男性话语的封锁进行突围，改写或重写原文，让译文更契合女性主义翻译的需求。就像戈达尔德（Godard）写道：“女性主义译者公开声明……她以永无休止的重读和重写为乐，公然打出操纵语篇的旗号，她要粗暴地妇占（woman-handling）她所翻译的语篇，因此她不会作一个谦恭的、隐形的译者。”女性主义译者对文本的操纵以彰显主体性，这正是发挥了主观能动性。“女性主义译者肯定其差异，以不断重读和重写为乐，并炫耀其对文本的操纵痕迹。”（Godard，1990）一般来说，女性主义译者擅长断裂式翻译话语，更加融合不可预知的语言转换机制，寻求女性的自我解放，挑战男性语言，这一翻译姿态为翻译研究提供了丰富的实践文本。女性已经找到了属于自己的舞台，女性文学话语权“译”不断向前发展，女性意识与翻译研究更加深入地融合，女性文学翻译与传播前景更加美好。

第二节　女性文学英译

在历史上，受父权制压迫的影响，女作家曾一度缺席文学史。女性文学翻译史也经历了一个从被遮蔽到逐渐显现的发展历程。对中国女性文学特别是中国当代女性文学英译进行研究，能够吸收中西方先进的文学翻译理论，在流失与重建中不断构建新型的中国文学翻译理论和话语权“译”。本书指称的女性文学涵盖“女性文学”和“女性主义文学”。

一、女性文学

“女性文学是诞生于一定历史条件下的以‘五四’新文化运动为开端的具有现代人文精神内涵的以女性为言说主体、经验主体、思维主体、审美主体的文学。”（刘思谦，2005）女性文学也可理解为女作家基于性别视角、性别意识表现的文学，其主要关注女性命运、女性情感、女性生命。根据韩国文学批评家郑英子的看法，女性文学是指具有女性性质或由女性执笔写作的文学。

女性文学是一个持续演进和不断完善的命题，从世界范围来看，其兴起和发展与全球范围内的革命运动和社会转型紧密关联。时代的变革和社会的转型不仅改变了女性的社会地位和经济角色，也促进了女性意识的觉醒和女性文学的发展。女性文学在19—20世纪这段时期汇集成世界性文学思潮，特别是20世纪后期，在西方女权运动推动下，不断向世界各国蔓延，如法国17、18世纪被称为“女性的时代”，19世纪末，文艺复兴的摇篮意大利、希腊出现了大批女作家。西方正式开始关注女性文学的探索和争议，一般认为源于英国作家弗吉尼亚·沃尔夫（Virginia Woolf）的《自己的房间》（*A Room of One' s Own*，1929）和西蒙·波娃的《第二性：女人》的出版。女性文学逐渐成为研究权力关系、探讨女性文化身份和地位的场所（杨朝燕、胡素芬，2007）。

在我国，孙绍先（1987）给女性文学界定的范畴是“女性文学”和“妇女文学”（women's literature）专指女作家的创作。王侃（1998）指出：“‘女性文学’是由女性作为写作主体的，并以与世抗辩作为写作姿态的一种文学形态，它改变了并还在改变着女性作家及其文本在文学传统中的‘次’（sub-）类位置：它对主流文化、主流意识形态既介入又疏离，体现着一种批判性的精神立场。”刘思谦（2003）敏锐地意识到：“‘女性文学’这一命名的尴尬处境与‘女性’这个概念的命运大体上相同。它一方面以前所未有的首创性照亮了出现于一定历史条件下的现代文学的一种新的文学类别，使艰难浮出历史地表的属于女性的文学言说得到了语言的照亮，同时另一方面它又是一种新的遮蔽，遮蔽了这个新的文学类别的历史性和现代人文内涵，使人望文生义地不加深思地误以为这只不过是一种以性别分类的文学而已。”

当然，概念有待发现、填充和更新。语言符号好像一个无限伸展的网络，在这个网络上的每一点都在不断循环往复，没有受绝对限定的网格或网点，每一点都会受到其他因素的制约，这是人类社会的必然现象。然而，女性是女性文学发展历程这张网格上重要的网点或节点。我们不难梳理出女性文学的概念与人性、个性及历史进步同命运。

现代意义上的中国女性文学之生成，很大程度上得益于西方女性理论的催生（乔以钢，2006）。从中国来看，女性文学开端于新文化运动，并在20世纪20年代形成中国女性文学的第一次浪潮，这是西方女性主义理论与五四运动共同作用的结果，由此产生了第一批现代女作家群。此时，女性对自己作为人的价值理想产生了群体性觉醒，尽管这种作品和觉醒带有初醒者的迷惘。在30—60年代，许多女作家的作品主题由女性的主体性转向革命。70—

80年代，中国与世界的交流愈来愈频繁，被压抑的女性意识开始重新在女作家的作品中出现。中国女作家对女性的主体性探寻，大致经历了“人—女人—个人”这个曲折艰难的过程，到90年代，女性的自我认识和自我价值在探寻中不断实现。新时期女作家广泛参与了“伤痕”“寻根”“先锋”等文学潮流的创作，开始基于女性自身的生存体验，关注女性意识的觉醒和女性经验的独特表达，创造了具有鲜明性别色彩的女性文学，形成了中国女性文学的第二次浪潮。从这一角度讲，中国女性文学是在一定历史条件下产生的、具有现代人文价值内涵的女性新文学，这也是中国女性文学的基本内在理路。20世纪最后二十年女性文学所取得的成就超过了中国历史上任何一个时期，揭示的主题有女性争取爱的权利、女性意识的觉醒、寻求现代女性身份、深层地透视男女之间的关系、事业与家庭的冲突、性的要求等（Sciban & Edwards，2003）。

社会的开放和文学的进步，不断赋予女性以文学尊重，女性文学可界定为女性书写，这是现代社会通过文学表达正视两性差异的表征，是女性文学辩证的理性补充。从英语世界语言符号的演变来看，“history”之外又创造了“herstory”，也是男女平等在符号学上的体现。其实，女作家可以写出阳刚之作，男作家同样可以写出女性韵味或女性文学作品。

与西方相比，中国女性文学总体上多一些社会政治色彩，也更富“母性”，更珍惜家庭伦理关系。当代中国女性文学正向多元化方向发展。但目前，我国女性文学研究存在两个问题：一方面，学界对女性文学研究重视不够；另一方面，很多女性文学的研究者仍然固守陈旧的理论，使相关研究过于偏狭。研究者应具有跨学科的学术视野，从政治学、社会学、翻译学等学术领域汲取理论成果和精神资源，推进女性文学的研究。

二、女性文学英译

在西方，“女性文学”与“女性主义文学”是一回事；但在中国，“女性文学”则比“女性主义文学”意义更广，且文学意义多于政治意义。本书的女性文学英译既指女性文学作品的英译，也包括女性主义文学作品的英译，翻译被“女性化”（feminized）的过程在此被积极讨论。20世纪80年代起，人们开始从文化研究的角度探讨翻译和翻译活动，翻译研究开始走向“文化转向”大潮。随着翻译研究“文化转向”的发生，作为非语言学科之一的性别研究被引入翻译，一个新的学术领域——女性主义翻译诞生了。女性主义翻译是以反对父权制和文化性别为理论基石的，于20世纪80年代在加拿大率先兴起，随后遍及北美洲和欧洲，进而影响整个世界。女性主义翻译的代表人物有哈伍德、戈达尔德、钱伯伦、弗洛图、西蒙。

女性主义翻译通过重新发现女性译者及其社会历史作用，从全新的角度解读，同时在翻译中彰显女性译者所独有的、独立的差异性，关注译者主体性的文化政治意义。倡导颠覆翻译界的男性优于女性的二元理论，追求语言平等，彰显译者的主体性意识。女性主义学者带着改变社会现状的初衷，赋予了翻译活动阐释性和批判性的政治功能，她们力图颠覆学术话语中男性的绝对主导地位，积极参与对原文的女性干预（Godard，1990）。她们寻找淹没在野蛮父权历史长河中的女性声音，批判传统翻译话语中充满厌女情结的性别隐喻。她们假想出一个不偏不倚的译者，打破隐身，拨乱反正，重塑女性和女性作品在翻译文学中的形象（Von Flotow，1997）。女性由被男性言说到自己言说，女性译者由在翻译界中的长期缺席到逐渐出场。

传统的翻译研究中，“忠实”一直是评价译文的标准，译文必须绝对忠实于原文。但在女性主义翻译中，“忠实”有一个全新的定义。忠实既不是对作者也不是对读者，而是对写作方案（writing project）——一项作者与译者都参与的方案（Simon，1996）。这一写作方案与寻求女性身份的运动紧密相连。作为翻译研究与女性主义思潮相结合的产物，女性主义翻译旨在反抗男性和原文在社会与文学中的绝对权威，提高女性和翻译的地位。因此，不同于一般传统翻译的是，女性主义翻译不只是一种翻译行为，更是一项政治活动。它重新解释了传统的“忠实”概念，并运用女性语言来提升女性的社会地位和政治地位。女性主义翻译旨在反抗原文中的父权，让女性进入社会阶层并现身译文，从而让女性拥有自己的话语权，能自我言说而不是“被言说”，让她们“人”的意识复苏，让被父权话语遮蔽的女性经验“浮出历史地表”。

女性文学作为一种学术思潮，以独特的性别视角渗透人类和社会科学的各个方面，翻译研究也不例外。女性主义质疑传统的等级和权力关系，怀疑忠实的标准，在女性主义的名义下，传统的男女两性之间的绝对对立被解构。这一概念被引入翻译中以进一步探讨翻译的复杂性，分析甚至解构原文和译文、原作者和译者的对立关系。因此，女性文学框架下的翻译研究已将新的理念移植到传统的翻译体系中。它从一个全新的女性视角了解翻译的本质，并重新评价传统翻译理论。女性文学翻译给予译者更多空间，赋予译者“再创作”的权利，扭转以往译者“从属被动隐身”的地位，消除受压迫的性别地位，聚焦性别公平。它不仅否定了传统的等级观念，让女性和男性一起进入公共领域，而且提供了一个新的女性视角来研究原文和译文的关系，甚至原作者和译者的关系，并重新定义了译者必须忠实于原作者的观念，打破了传统翻译理论“原文至上”的思维局限，肯定了女性译者对原文的不同解读。“翻译是有约束的变形”表明翻译所做的不是对意义的转移，也不是对意义的任意理解，而是在差异运动中“对意义进行生产和提升”（Derrida，2001）。译者以细密的洞察力刻画了一个个鲜活灵动的女性形象，调动译者主体思维创造性地在译介作品中凸显女性意志。由于性别语言一贯充实着人类语言，译者很难从女性角度在目标语中挑选出恰当的词汇和结构，这就需要译者表现出更强的创造性叛逆。对于女性主义原文，译者有责任将其中的女性意识和话语更好地展现出来；而对于非女性主义原文，译者应当勇于变更原文中有损女性权益的话语，并用女性话语取代。

第三节　女性文学英译研究现状与趋势

一、国内研究现状

在中国，女性在文学中占有特殊的一席之地。然而，中国的女性文学直到今日仍很少被译介。本书研究的女性文学英译，侧重指中国当代女作家的作品的英译。阅读中国当代女作家的作品不难发现，随着性别意识的增强，更多作品从女性视角出发，关注女性尊严。随着对外开放程度的不断扩大，跨文化交流的重要性日益凸显，中国文学的异域传播逐渐成为政府和学界的共识，引起了众多学者的广泛关注。一方面，中国外文局通过英文版《中国文学》（*Chinese Literature*）期刊和“熊猫丛书”译介了中长篇女性小说，呈现系统性和连续性的特点。2000年后，《中国文学》停止出刊，中国文学出版社宣布解散，中国文学对外传播的官方渠道关闭，中国女性文学作品译介基本停滞。另一方面，一批中国当代女作家的作品经由香港中文大学翻译研究中心《译丛》（*Renditions*）杂志得到译介。纵观近年来中国女性文学作品英译的主要研究成果，大致可分为以下三类。

（一）基础理论

李红玉、穆雷（2008）以女性文学作品《并非梦幻》的英译本为例，结合女性主义翻译理论分析译者的女性意识及其再创造的翻译策略。穆雷等（2008）引入社会性别理论中的“双性同体”概念，探讨了翻译研究中的性别视角。王惠萍（2013）以女性主义为理论视角，结合戴乃迭的双重文化身份，探讨其通过本土化的女性主义翻译策略向海外译介20世纪80年代中国女性文学作品的历程，增强了女性的主体意识，向世界发出了中国女性的声音。

（二）研究方法

胡燕娜（2015）以宏观叙述与案例研究相结合的方式，阐述了戴乃迭如何选择拟译女性文学的译本及其对源语国社会文化的理解所采取的翻译策略。蒋梦莹（2017）采用描述性和探索性研究模式，揭示了隐藏在残雪的女性小说译介背后的各种影响机制，探讨了残雪的女性小说在美国的译介研究。

（三）研究视角

第一类为文学形象。罗列（2008）分析女翻译家薛绍徽与《八十日环游记》（今通译为《八十天环游地球》）中女性形象的重构，吴赟和蒋梦莹（2015）指出残雪的小说没有宏大的历史和社会背景叙事。第二类为译介模式。随着国家文化战略重点聚焦中华文化的对外传播，金介甫（2006a，2006b）、吴自选（2010）、付文慧（2011）、吴赟（2015）开始关注《中国文学》英文版和中国女性文学译介模式。耿强（2010，2013，2014）、陈正华和张瑞玲（2016）则研究了“熊猫丛书”的译介模式和翻译策略等。第三类为译者译介活动。付文慧（2011）和宋健等（2017）从译者行为视角介绍了译者的译介活动，屈璟峰（2018）描摹了百年来台湾地区女性文学翻译家群像。此外，学界尝试从资本场域（蒋梦莹，2017；刘堃，2017）、社会学（刘成才，2018；陈韵，2018；岑群霞，2018）视角探讨女性文学英译，剖析女性文学海外传播方式、领域和效果的转型，力图构建完善的传播机制，实现对外传播的良性互动。

二、国外研究现状

20世纪80年代起，中国一些女性小说开始在*Formations*、*Conjunctions*等海外文学期刊上发表。美国、英国、澳大利亚等英语国家的出版社也翻译出版了部分中国当代女性文学作品选集。1992年，朱虹编选翻译的《恬静的白色：中国当代女作家之女性小说》（*The Serenity of Whiteness：Stories by and about Women*）（Zhu Hong，1992）出版。朱虹有意选择了当时在国外还不太知名的中国女作家，旨在让国外的读者看到一些中国女作家的新面孔。1994年，美国汉学家女编辑金婉婷（Diana B. Kingsbury）编选的《我要属狼：中国女性作家的新呼声》（*I Wish I Were a Wolf：The New Voice in Chinese Women's Literature*）（Kingsbury，1994），由当代中国妇女研究的先行者和主要奠基人李小江作序。在序言中，她从四个方面对收入该选集的作品进行了详细的解读：爱与被爱的权利、"性"的权利、选择生活方式的权利和自我发展的权利。值得指出的是，两部选集恰好反映了新时期中国女性文学发展的两个阶段。《恬静的白色：中国当代女作家之女性的小说》所选作品大多写于20世纪80年代前期，突出的是女性意识的"觉醒"，而《我要属狼：中国女性作家的新呼声》所选作品则几乎全部写于80年代中后期，主题侧重全面伸张"女性的权利"。另外，《红蜻蜓：20世纪中国女作家小说》（*Dragonflies：Fiction by Chinese Women in the Twentieth Century*）（Sciban & Edwards，2003）的编者之一黄恕宁在该选集"前言"中说，编选这个集子的目的有两个：一是通过介绍20世纪中国女作家的优秀作品，让英语国家的读者对中国的文学和文化有一个大致的了解；二是促进西方读者对20世纪中国女性地位和中国女性文学的认识，因为文学是社会生活的反映。这些选集是中国当代女性文学跨文化叙事传播历程中的里程碑。另外，国外还以单行本形式出版发行了中国中长篇小说集英译本。不过，国外对中国女性文学作品英译的研究非常少见，主要有三类：

第一类：研究侧重介绍已出版的中国女性文学作品英译本，稍涉译文质量的品评。李欧梵（Leo Ou-fan Lee）对《张洁小说选》英译本给予了很高的评价，认为这部小说明显“表现出女性的敏感”。著名汉学家蓝诗玲（Julia Lovell）声称，铁凝小说《大浴女》英译本充满了温婉的人性光辉。

第二类：研究意在探索中国女性文学作品英译的方法、途径、手段和存在的问题等。美国作家弗朗辛·普罗斯（Francine Prose）分析了王安忆的小说《长恨歌》英译本中的“上海叙事”，其中的怀旧和伤感情绪也是女性人物王琦瑶的写照。《对话季刊》（*The Quarterly Conversation*）认为《长恨歌》用一种委婉和隐晦的方式展开政治批评，作为上海特征之一的“流言”是“对女人世界的一种去政治化的控制”。杜博妮与雷金庆（McDougall & Louie，1997）则从文学的生产、批评和接受三个方面对中国现当代文学进行了深入细致的分析和研究，具有极其重要的借鉴价值。

第三类：研究主要从文论、历史和哲学等角度探索小说译介。如：魏安娜（Wedellsborg，1994）和路易斯·爱德华（Edwards，1992）评述残雪梦魇般的叙事手法与西方文论的本质特征有一定的契合性；海外华人学者张健（1998）、蔡荣（2004）、张旭东（2008）和李翊云（2010）等剖析残雪作品的风格，评价其摒弃了极端政治或社会化的小说创作模式，探讨其作品中的“后社会主义”特色研究（刘堃，2019）。

三、未来研究趋势

国内外学界曾围绕中国文学“走出去”问题展开了广泛的讨论。国内学者多是从翻译美学观、翻译风格、译者主体性对文本的操控等角度，割裂译者译事与其社会文化语境的联系。国外学者多是从文本出发或跨文化角度进行中英对比，缺少对中国当代女性文学英译的综合性研究成果。进入21世纪以来，中国当代女性文学呈现进一步深化发展的格局，日渐走向学术反思的成熟阶段。中国当代女性文学英译研究有待深入与拓展，未来研究可考虑主要从以下几方面开展：

① 顺应时代。中国本土作家与中外翻译家、文学评论家、出版商和西方读者等之间的交流进一步加深。

② 拓展领域。中国当代女性文学跨文化叙事研究有助于补充和完善中国当代女性文学英译研究，在深入理解中西文化的基础上推动翻译学对“跨文化叙事主体”译者的研究。

③ 探索路径。从跨文化叙事的视角，为中国文学特别是中国当代女性文学走向世界探索全新的英译传播路径，也为促进跨文化交流中文学作品的性别文化尊重开拓视野。

④ 提炼模式。构建中国当代女性文学跨文化叙事模式，避免译者任性剪裁、重构，损害翻译中多元性文化叙事表达功能。

本书将叙事学应用于当代女性文学英译，拓展了叙事学的研究范畴，也开阔了女性文学英译研究的视野。从叙事学、翻译学等角度，针对中外文化叙事差异，对当代女性文学英译的叙事主体、叙事选材、叙事策略和叙事传播等方面进行跨文化叙事性阐释，将故事元素融入社会文化历史语境之中，跳出长期自身限定于叙述文本之内研究的窠臼，促进中华女性文化故事化传播，从理论和实践层面服务中华文化“走出去”，助力世界了解中国，建构良好的中国形象。

第二章　女性文学跨文化叙事景观

叙事理论已成为文学研究关心的主要论题。在“讲好中国故事”的大背景下，翻译的叙事学转向已初现端倪，翻译“叙事转向（narrative turn）”亦为翻译研究提供了新的视角。译学界关于跨文化叙事视角的研究不断深入，甚至有学者提出跨文化叙事可能成为翻译研究的新范式。本章将叙事学引入女性文学翻译特别是当代女性文学英译领域，探讨女性文学英译与跨文化叙事的关联问题，有助于洞察译者的翻译行为及其背后的原因，透析女性文学跨文化传播的叙事学途径，助推中国当代文学“走出去”。

第一节　翻译与叙事性阐释

叙事学的诞生并非一日之功，它在1969年由法国文艺理论家兹维坦·托多罗夫（Tzvetan Todorov）在《〈十日谈〉语法》一书中首次正式提出，20世纪70年代成为西方文艺理论中的显学，被译为“narratology”（法文narratologie），得到了学界的广泛认同。*Poetics Today*、*Poetics*、*Screen*等刊物均登载了大量叙事学方面的论文。

简单地讲，“叙事”就是叙述事情（叙+事），即通过语言或其他媒介来再现发生在特定时间和空间的事件（申丹、王丽亚，2010），也就是“讲故事”

（浦安迪，1996）。事实上，叙述随着人类历史和文化的发展而不断演进。从钻木取火的远古神话故事的讲述，到有文字记载以来历史学家对历史事件的编撰和解释，及至电影表达、舞台再现、网络讲述，都是宽泛意义上的叙述。叙事学中的“事”，并不是一件简单的事，一些叙事学家认为至少应叙述两件真实或虚构的事件（包括非文字事件），另一些叙事学家则认为是对事件的任意一种再现，还有一些叙事学家将叙事定义为叙述因果相连的一系列事件。

叙事的主体是人，即人的叙事，它是无时间差别的，凝聚和重现的是人类的经验故事，勾连的是过去与现在。从叙事中，可以得知对生命的反省，对人物经验的重温和对人生意义的追问。从诠释学意义上讲，叙事是表达的主体与客体之间最为本质的互动，属于基础的认识与表达方式，相较于文学题材与体裁而言，叙事具有先验性。叙事无处不在，具有跨文类、跨媒介、跨学科的特点，叙事就是“我们赖以生存的日常故事，在这个意义上，叙事和故事几乎可以互换使用，……与福柯的‘话语’和巴特的‘神话’有共同之处，而且更加具体明了”（Baker，2006）。其实，叙事的含义不止于故事或讲述，叙事是历史文化与时代精神以及个体选择三者结合的载体，甚至是集结的共同体。

2006年，蒙娜·贝克出版《翻译与冲突：叙事性阐释》一书。该书以叙事学为理论体系，从建构角度阐释翻译行为，不仅从宏观层面探讨了翻译对社会发展特别是冲突的影响，也从叙事的类型和特征探讨了翻译如何建构叙事、如何通过叙事影响和建构社会。蒙娜·贝克认为，叙事是“我们所认同并引导我们行为的公共的和个人的‘故事’”（Baker，2006），指引着我们在现实生活中的行为。蒙娜·贝克将叙事理论与翻译研究结合起来，用社会学和交际理论中的叙事概念，把日常生活中遇到的故事进行叙述并展开具体研究。她认为，冲突无处不在，特别是现代社会更加明显，从某种程度上来说，人们无时无刻不是身处充满分歧的叙事冲突之中。然而，这些叙事与冲突又具有比较强的颠覆性或转化的潜力，影响或操控着人们的生活。翻译的行为产生叙事话语，而叙事话语又反过来直接或间接地影响翻译的行为，继而对思想文化、社会变革和身份地位产生影响。在文学和翻译领域，叙事是通过塑造一个故事情节和人物世界，赋予其生命的意义。叙事也是在解释或说明一个社会时期的公共信念，将潜移默化或直接影响翻译行为。叙事可以帮助人们审视文学翻译如何在跨文化叙事中让世界了解中国，传播中华文化。此外，蒙娜·贝克还认为叙事是一种元代码，包括各种体裁和模式，具有规范化功能，不仅反映现实，还建构现实，既能重新生产出现有的权力结构，又提供了挑战它的方式（Baker，2006）。

文学英译可理解为再叙事，即将一种民族语言转换成另一种民族语言的过程。翻译的叙事，是一种跨文化叙事行为，它的意义并不限于文字表面的阐释，也不限于语言意义的传递，更加注重探索叙事文本形式意义之外的文化意义。其要义表现为以某种方式和手段来营造一个思想空间，然后使异域人物进入其间，最终，翻译叙事者与进入其间的异域人物共享人类文明的精神财富。当然，这种思想空间的搭建需要依赖某种叙事的表现或再现，而精神财富的传递则由文字语言营造出特定的时空、人物、事件，让人领略意想不到的时空意象与过程。这样的翻译叙事才是“活的”、有生命力的，也具有动态感。因此，跨文化的叙事行为不仅是意义的传递，也不完全是用一种语言符号替换另一种语言符号的概括，更不仅是篇章分析与语句分析。从翻译现象来看，叙事是一个非常重要的翻译机制和关键变量，可以理解为连接人与世界的中介，通过情节构建展现现实生活的真实图景。跨文化叙事通过折射人物在某一时空中的情怀和风貌，实现文本意义的传递。跨文化叙事的要义是以参与者而不是旁观者的视角，以时代文学中的重要事件为背景，将人物复杂变化的信念和心理活动作为研究的中心，将事实背后的社会因素、情感因素等一并纳入可感知的英译叙事范畴，讲好文本里的故事。

叙事视角下的翻译是一种跨文化的复叙。复叙是译者利用建构策略在社会现实中斡旋的一种行为，传递语言文字背后的人物历程或现世价值。中国当代女性文学英译本质上是一种跨国家、跨语言、跨文化的再叙事协调与交流行为。叙事与中国当代女性文学英译存在很多交集：两者都是“讲故事”，让世界更好地了解中国、认识中国、理解中国女性文化；两者都是一种交流行为，通过事件的叙述传递信息，实现交流，是向国外受众传播中华文化的一种跨语言、跨文化的对外传播活动。

首先，叙事与中国当代女性文学英译都是“讲故事”。叙事是讲述“我们赖以生存的日常故事”（Baker，2006），中国当代女性文学英译则是用乐于接受的英语向目标语人群复叙中国女性故事，向世界展示中国形象，让世界更好地理解中国的女性文化。根据叙事者参与故事的程度，叙事可以分为第一人称自叙和第一人称他叙。第一人称自叙是以故事中的人物为主线，并与叙事者合为一体，来讲述故事，故事中的人物与叙事者同处于虚构的世界中；第一人称他叙是以“我”为主线，讲述“他（她）”的故事，当然，这里的“我”可能是一个在场的旁观者、回忆者或转述者，对于叙事者来说，其地位往往是从属的，是为小说故事中的主人公服务的。叙事者不能进入小说故事中主人公或其他人物的内心世界，叙事者只是事件的目击者或见证人，这种叙事视角具有一些好处，最重要的是便于表现叙事者对故事中主人公的感受、评价与态度。

其次，叙事与中国当代女性文学英译都是一种交流行为。翻译是一种语际交际过程，译者扮演着原文读者和译文作者双重身份的角色。她既是信息的接受者，又是信息的发送者。作为源语文本的接受者，译者必须对原文进行解码，准确理解原文的意义，包括原文的形式意义和语用意义等。作为信息的发送者，译者必须先将经过解码处理获得的原文信息进行整理、选择、加工，然后进行编码——生成目标语文本并传输给译文读者。每一种叙事都涉及交流行为，交流行为必然涉及信息、信息的传递者和接受者。翻译与叙事的这一共性表明，叙事形式虽然各有不同，但在模式上可能具有某些相似性。依照什洛米斯·里蒙-凯南（Shlomith Rimmon-Kenan）的观点，文学叙事的“叙事”包含两层意义：①指交流的过程，包括信息发出者将信息传递至接受者的过程；②指用来传递信息的语言媒介（申丹、王丽亚，2010）。这一解释既明确了文学叙事的语言属性，决定了其有别于非文字媒介的叙事交流，如电影、舞蹈、绘画等，也指出了叙事交流与翻译等其他交际行为过程的共同点，如都有信息的发送者和接受者。

通过对故事文本的翻译与叙事建构，传递信息，相互交流，实现跨语言、跨文化的对外传播。从叙事到再叙事的文本转换过程中，经过时间、空间、社会文化及性别因素等影响，相同或相近的情景或事实可以直接重构，相异之处需要译者调整变化必要的情景要素或重构要素，运用恰当的方式灵活调节英译与重构，便于跨文化叙事交流。译者“认清原语与译语社会情景与文化背景差异，据需要做恰当变化与调整”以保证“译作所描述的情景、事件、人物在不失其本色前提下处于译语读者可理解、领会的认知潜能范畴内”（黄忠廉、孙瑶，2017）。叙事理论帮助我们在跨越时空的故事叙事中，审视女性文学英译。译者可以利用语言和非语言手段，比如，排版、颜色、形象，还有时态转换、指示词和委婉语等适应语境或翻译要求的变化。

翻译视角下的叙事其实是一种再叙事。因为译者在叙事过程当中，她既是在叙述故事本身，也是在讲述和揭示一段故事的动态变化，其源头、发展、高潮和结局就是一种再叙事，细致入微地勾画原文叙事中的人物和场景，重现故事情节。从叙事的角度来看，女性文学英译的叙事方式是多样化的，允许预叙、倒叙、插叙或顺叙。翻译作为一种叙事活动，它不是客观规律的表述，也并不能完全归入哲学世界，叙人之言、述人之事，故事或叙事都是来自生活，也必然回归生活或人的世界。翻译的叙事活动是生活中的人类实践，也都是由我们所发起和引导的。翻译研究的指向和维度是以人们的生活世界为导向的，翻译的最终目标是指涉我们所栖居的生活世界。任何表面的事物和某种现象都不可能是主题化的研究对象，只有人的价值和交流意义，才是最终的主题与关怀对象。

英译与叙事完成的是从言到人的过渡。当代女性文学英译叙事的关键是讲述一段故事：通过文学中人物故事的时空设置，获得重返历史的通衢；通过建构或重构语言文化语境，表现出动态的或历时的生活片段；通过文学"故事内外"人物的翻译塑造，实现对人和社会价值的认识与回归。换言之，在叙事阶段最终通过文本"他/她者"将意义与形象转化为对自身的理解。叙事始终处于生活世界的视域之中，在保持人的世界的同时，又保持生活经验的持续传递。在这个故事化的叙事与再叙事过程中，中西方跨文化语境中彼此间的理解逐渐得以实现。人物形象以"故事里的人"与"生活里的人"为原型，反映出译者"故事中的我"与"故事外的我"。叙事中的"我"和生活中的"我"，在对这个"他/她者"形象的凝视中，完成对自我的认识和真正的理解。

第二节　译出翻译：叙和译的重叠

叙与译之间的重叠主要体现在：译之所译与译出翻译。其一，译是一种跨文化的重述，译的过程实际上就是叙的过程。叙与译一样，是人为的行为，更是为人的行为，其产生均源自跨语言、跨文化之间交流沟通的需要，是一种跨文化双方对话行为。其二，叙与译都源于一段故事，或文学中的一段记述，即对某一故事情节在某一历史条件下的动态进行描述。其三，叙与译一般都是以己之口或以己之手讲述或记述曾经的自己或他人的故事，或展现身处另一时空的故事历程，是人物事件与经济社会和精神世界之间的碰撞。因此，叙与译都是一种自然而然的实践活动，刻画完整的人物形象和具体的生活片段，源自具体而细微的生活本真之中。

“译”作为一种“叙”的活动，大致可分为时空还原、事件再现、形象再造。叙与译从达意到叙事，在翻译活动中得到的传达和传递，在女性文学英译研究中具有重要意义。第一，“译”义分析，而不只是“语”义分析。“语”义分析仅关注语言形式，而“译”义分析，不仅关注语义，更研究语义背后的跨越民族、地域和文化界限的人物事件的纠葛与互动，是一种跨文化交际活动，也是对意义的再思考、再叙事。第二，叙与译具有一种跨文化活动的特质。叙与译提供了一种通衢，它使翻译回归生活与生命本真，是动态的，也是历史的，这应该是新的翻译研究需要关注的一个焦点问题。因此，审视叙与译的关联，将其意义和价值上升为我们认识周围世界的主要途径。

从文学描述来看，叙与译是两种系统的结合。文学可以视为生活的再现，从符号学的角度而言，文学可以视为语言的建构。对于女性文学英译叙事来说，叙事话语与性别身份有关，包括各种话语策略的性别差异、具体叙事的性别化阐释等因素。叙事形式与性别身份的构建、叙事形式的性别意义探讨，是叙与译研究的重要因素。因此，需要结合性别和文化语境来阐释作品中叙事的社会意义，考虑作品中语言与文化语境的双重性质，建构属于译者的术语，继而建构女性叙事学。

第三节　叙事“诗”想及性别语意

伴随文学在世界范围内的发展，“诗学”概念逐渐进入学界和英译叙事的研究视野，因为女性文学英译叙事体现了文学叙事的多义性、延展性和包容性。挖掘女性文学特殊的精神底蕴和审美表达方式，突出其性别语意与“诗”想认识，对于探索中国特色的女性文学语言美学具有重要意义，“诗”意与语意存在一定的阐释空间。

诗学是文学的基本概念，本书所指的女性文学翻译诗学，不是只解释作品，也不只揭示作品含义，重点是认识女性文学作品产生的“诗”想性与其特有的规律性，是在传统诗学的基础上，融入女性特有的性别意识、翻译理念，探索多元化、立体式的文学叙事形态。林树明先生在《迈向性别诗学》（2011）一书中，对性别诗学作了一个基本的界定，他认为：“性别诗学（gender poetics）以性别价值取向为基本分析要素，把社会性别作为社会身份的重要组成部分，将性别差异作为文学研究的基本坐标，对文学艺术中的性别因素做诗学层面的解析、研讨，研究作者、作品及接受者性别角色的复杂性，探讨由性别、种族、阶级、时代及经济等因素所铸成的性别角色与身份之间的交叉与矛盾，挖掘男女两性特殊的精神底蕴和文学的审美表达方式，并试图说明其产生缘由，突出文学的‘性别’性和两性平等价值。”这一界定扩大了诗学理论的研究范围，同时，将性别研究与文学研究紧密结合，为文学研究领域提供了一个全新的研究视角。性别诗学消解了性别二元对立的思维模式，解构权威与倡导平等对话，强调一种两性平等、两性互补、追求和谐的性别观。

在中国当代女性文学跨文化叙事研究中，对女性文学的性别诗学进行审美观照和理论建构探索具有重要意义：一是有助于彰显女性文学特点、提供女性文学英译叙事的视点，构建和谐的文学生态；二是有利于凸显东方女性特别是中国女性独特的性别审美，建设中西方和谐审美关系；三是有益于纠正对女性的性别歧视和文化偏见，促进女性文化有效传播。可以预见，在当代社会，女性文学及其性别诗学建构必将为女性叙事拓展出更大的文化生存空间，其“诗”想性更能表现出女性文学的女性气质与“译”义。

中国文学英译研究不断深入，逐渐从译文价值研究转向英译行为研究。英译行为自然成为一种审美期待与翻译行为。一般来说，英译行为会不同程度地受到来自译者所处社会文化环境的影响。如果将英译行为置于诗学背景中加以考察，可能会更好地理解译者的叙事动机和目的。叙事诗学属于开放性的跨文化、跨语言行为，与社会文化语境、译学观念、译文读者等外部因素紧密相关。因此，性别诗学应突破性别或男女等级、角色的规定，在文化与审美的观照下汲取更深层的意义，建构新的叙事“诗”想和文学形象。

译本文学形象的树立一般取决于两个因素：一是译者认同的赞助人强加给她的主流形象；二是译作中占支配地位的主流诗学。其中，文学翻译的形象在一定程度上会受到主流诗学的影响，而且会影响译者的基本策略，如选材偏好、翻译策略等。诗学主要包括文学技巧、主题、环境、典型人物及文学的社会角色等。实际上，诗学还会涉及原作的艺术品质和译作的审美要素。主流诗学则主要包括两个部分：一是文学技巧、体裁、主题、象征、典型人物和环境的集合；二是文学作为整体在整个社会系统中是或应该是什么角色（Lefevere，1992）。前者是文学样式、技巧的集合，是诗学的基本组成因素；后者是功能因素，即文学在社会这个大的多元系统中所起的作用（Lefevere，1992）。主流诗学会受到主题选择的影响，因受到主流诗学的影响，在实际翻译的过程当中，译者可能会淡化原作品中的异质元素，以符合译语时空与文化主流审美的期待需求。女性文学译者主流诗学姿态的变化也会引发译语形态发生变化。主流诗学既会影响译者叙事“诗”想、选材、风格等活动，也会影响译者的翻译对象和翻译手法。在选择符合社会主题的翻译手法（如跨文化叙事手法）时，译者可能是有意识的，也可能是无意识的。

性别语意在中国当代女性文学英译叙事文本中客观地存在，女性经验的书写保持与社会时代主流文化同步，同时，女性译者保持自己的性别身份，记录女性生活体验，表达对女性性别意识的解读，确立自己的叙事策略和言说方式。女性译者在性别关系问题上大胆推进，建立起女性叙事维度。以表现女性生活或性别关系为重心的文学叙事，其前提是女性语意和女性意识。女性叙事对男权意识与男性文化保持警惕，一般以女性视角和女性特有的方式表现生活体验。女性叙事要想发挥其作用，需要将自身的主体性纳入语言文学的大系统中。这里所指的主体性，就是女性自我的性别主体意识、言说主体意识和自身价值体现的主体意识等。女性主义的审美观，一般包括审美意识与审美主体性等方面。在众多女性译者的笔下，女性叙事艺术得以迅速发展。女性审美与女性的自我认同、性别认同嵌入了翻译史，引起了评论界的关注与研究热潮。中国女性文学作品英译叙事的许多优秀作品，展现了女性感性的天赋、唯美的情怀与审美的情结，成为一种独立、优雅、现代的性别言说。

例如，在《长恨歌》的英译叙事中，王琦瑶从平凡的上海胡同走向城市传说，由简单的美貌演变为多姿多彩的妖娆，她经常出现在各种社交活动中，一时成了上海滩的焦点。经历了沧海桑田，经历了红尘凋零，经历了岁月洗礼，她变得非常落寞，失去了往日的色彩和魅力，但她骨子里上海人特有的淡定从容的气息，却没有随着时间的推移而褪色。她在历史的长河中，始终坚持着自己的衣着、举止、审美。作为上海怀旧情感的代表，她在当代上海和“上海叙事”中形成了鲜明的文化象征。

当然，部分男性叙事文本的性别立场、女性关怀也可纳入性别诗学视野中研究。比如，有些男性作家的作品也体现了女性解放意识和男权批判意识，其话语方式展现了女性主义立场，扩大了女性文学英译叙事研究的范围，也从另一层面淡化和解构了男女对立或性别差异的文学观念，提供了女性文学英译叙事的性别诗学典范。

综上所述，当代女性文学英译与跨文化叙事紧密关联。从定义层面看，两者都是“讲故事”。叙事是人们所认同并引导行为的公共和个人的故事，英译叙事就是叙述事情，即通过英语和译介来再现发生在特定时间和空间的故事。从功能层面看，两者都是交流行为，是译者有效地利用叙事建构策略，在社会现实中斡旋的一种行为。其实，叙事也好，再叙事也罢，其视角下的翻译都是一种复叙。翻译中的叙事建构一般包含几个要素：一是时间、空间的建构要素；二是文本素材的选择性采用要素；三是人物事件的重新定位要素等。基于此，本书结合翻译学和语言学通过分析跨文化、跨语言交际过程，考察女性译者、作者、作品、读者等叙事建构因素，探索当代女性文学跨文化叙事交流与传播模式。从理论研究层面看，两者存在阐释空间。已有的一些理论研究，由于其翻译理念大都建立在千百年来以引进、译入外来文化为目的的“译入翻译”基础上，很少甚至完全不考虑翻译行为以外的种种因素，诸如传播手段、接受环境、译入国的意识形态、诗学观念，很难有效地指导今天的“译出翻译” 的行为和实践（谢天振，2014）。本书将深刻汲取经典叙事学和后经典叙事学的优势，从经典叙事学关注文本及后经典叙事学（蒙娜·贝克的叙事理论）关注读者、语境、意识形态的优势出发，从译前的叙事选材、译中的叙事建构、译后的叙事传播方面对中国当代女性文学英译进行系统的阐释，形成兼顾宏观与微观、理论与实践的系统性“译出翻译”理论成果，助推中国当代文学作品及文学文化走向世界。

第四节 叙事视点与叙事美学

视点（point of view），又称作“观察点”“叙事视点”“位置”，等等。叙事理论将“视点”定义为叙事文本中叙事者（人物）与情节（事件）相对应的位置和状态。也就是说，“视点”关注的是叙事者（人物）从什么角度观察情节（事件）。视点是叙事学研究中一个非常重要的概念，其地位是不言而喻的。

一、叙事视点

现代小说理论和现实主义叙事的奠基者斯塔夫·福楼拜（Gustave Flaubert）将小说视为一种自足的艺术有机体，特别注重叙述视点（point of view）在小说中的运用。英国文学批评家珀西·卢伯克（Percy Lubbock）对视点的推崇可谓到了顶礼膜拜的地步，他说："小说技巧中整个错综复杂的方法问题，我认为都要受角度（注：即视点）问题——叙述者所站位置对故事的关系问题——调节。"（珀西·卢伯克，1990）兹维坦·托多罗夫指出："构成故事环境的各种事实从来不是'以它们自身'出现，而总是根据某种眼光、某个观察点呈现在我们面前的。……视点问题具有头等重要性确是事实，在文学方面，我们所要研究的从来不是原始的事实或事件，而是以某种方式被描写出来的事实或事件。从两个不同的视点观察同一个事实就会写出两种截然不同的事实。"（张寅德，1989）华莱士·马丁在《当代叙事学》（1990）中将视点更清楚地界定为"与叙述事件有关的具体地点或意识形态状况或实际的人生方向"。他指出视点不是表达本身，而是表达所采取的主体性认知角度。文学作品中的故事、人物和情境，已经不再是真实的状态，而是被作家视角过滤，赋予了作家的印记。因此，在许多文学案例中，当视点改变时，即便是讲述同样的故事情节，也有截然不同的叙事效果。"在很多情况下，如果视点被改变，一个故事就变得面目全非甚至无影无踪……叙事视点不是作为一种传送情节给读者的附属物后加上去的，相反，在绝大多数现代叙事作品中，正是叙事视点创造了兴趣、冲突、悬念乃至情节本身"（华莱士·马丁，1990）。在这种情况下，视点扮演着主体认知的角色。随着西方作家在小说文本中的创新性实践和各种形式主义流派的兴起，视点引起了学界广泛的兴趣，也被赋予了各种名称，如“angle of vision”（视觉角度）、“narrative perspective”（叙事视角）、“focus of narration”（叙述焦点）等。“其实，只要明确其所指为感知或观察故事的角度，这些术语是可以换用的。中文里的‘视角’一词所指明确，涵盖面也较广，可用于指叙述时的各种观察角度。”（申丹、王丽亚，2010）申丹和王丽亚（2010）提出叙述的九种视角：其中外视角五种，即全知视角、选择性全知视角、戏剧式或摄像式视角、回顾性视角、旁观视角；内视角四种，即固定式、变换式、多重式人物有限视角和第一人称叙述中的体验视角。视点是指在叙事中对叙事有重要作用的视角或观测点，这就相当于我们摄影的取景视角。从各个角度去看，所能看到的景象也会有很大差别，正所谓“横看成岭侧成峰，远近高低各不同”。一千个读者有一千个哈姆雷特，不同的叙事者就有不同版本的故事。观察事实或讲述故事的角度就是视角，叙事视角或称为叙事聚焦，是指翻译中读者对叙事情节的认知，包括视觉、心理等多层面的认知，是“一部作品，或一个文本，看世界的特殊眼光和角度”（杨义，1997），同样的故事，若从另一种视角来描述，情节则会产生天壤之别。人们可以从这种多元化的叙事视域中领略到别样的“风景”，积极地被“代入”故事中去。兹维坦·托多罗夫认为，叙事视角本质上是一种确定话语（叙述）与故事之间关系的范畴。有人对这种关系范畴的解释做了延伸：它以叙事者与故事之间的关系为圆心，同时辐射到作者、隐含作者、作品人物、读者等诸多因素，是叙事谋略的枢纽。

影响视点的因素多种多样，叙事者的性别意识就是其中之一。一般而言，在叙述同一种题材的故事时，男性的眼光和视点与女性的有明显的差别。在经典叙事中，一般的视角都是万能的，而女性视角则是最常见的一种表现人物情感、丰富故事情节的方法。在翻译过程中，女性译者往往采用的是第一人称和第三人称的叙事方式。以第一人称视角叙事的女性文学作品，具有直接生动、容易引起同情、产生悬疑的特点。叙事者既可以引导故事情节发展，又可以扮演配角。

用第一人称叙事视角叙事时，叙事者如果是译者本人的话，她的视野没有被严重限制，叙述的重心在她自己，如此，女性文学的“性别”性和神秘性将会减弱。而当女性主角的助手“我”作为辅助，向读者讲述故事时，叙事者就会引导读者，进入叙事者所体验的事情中去，使读者身临其境、感同身受。而叙事者所关注的视域，则是读者所能看到的。

全知全能型的叙事视角是我国女性文学译者常用的叙事模式。叙事者可以从各个方面来看事情，展现人物的思想，不但了解人物的过去、现在和将来，而且偶尔会出现在作品中，对作品的人物进行伦理评价，叙事者会把事情的始末，毫无保留地传达给读者。在全知全能型的叙事视角中，纯粹客观性的叙事观点就是叙事者作为摄像机，以一个局外人的眼光，平静地、不加任何私人感情地对角色所作的客观观测和记录的叙事方式。读者好像是在观看真实神秘的、能够激发人的主观性和好奇心的电影画面。因此，译者要善于抓住叙事的主要矛盾和矛盾的主要方面，采取相应的主要视角和视角的主要方面进行叙事，效果会更佳，如小说《长恨歌》居高临下式的全知视角等。《长恨歌》以全知全能的叙事视角，且以鸽子为第三者作为叙事视角的主角，用鸽子充当“上帝的眼睛”，它可以俯视整座城市、每个弄堂、弄堂中的每一个人及他们的家庭和生活。鸽子还可以敏锐洞察到每个人的内心世界、察觉到每个人的苦恼和困惑。

王安忆的写作特点：她是一位才华横溢、思维缜密、富有激情和人格魅力的女作家，总是以女性视角看待这个世界，用女性的心灵和灵魂去体味这个世界，用女性语言去表达自己的内心，在平凡的叙事中，她创造出了许多性格迥异的女性形象。女性文学译者一般非常注重小说的叙事视角和叙事方式，重视小说的逻辑力量。他们大都进行了许多思考和探究，努力地寻思怎样表现出作品的叙事风格。他们不限于固定模式，在形式、结构、视角等方面都有了大胆的探索与创新，在不断汲取各种优秀译作的优点的过程中，不断地更新自己的叙事理念，并不断地与现实相联系。《长恨歌》英译对叙事主体视角进行了不懈的探索，其在各种文本中都有所反映。在《长恨歌》英译本中，典型的全知视角最为常见，呈现出一种独特的韵味。译者从一个制高点俯瞰上海弄堂这一奇观，其选择与设定的叙事角度包含了译者的姿态和立场，从一个局外人的角度来看待上海，用一个动态性的角度去审视一个相对平静的都市与房子内的家庭生活。全知视角旨在让叙事者灵活自如地体现主观能动性，并与普通的全知视角截然不同，它充满智慧，让人感到亲切、清晰、富有哲理。

由于中国与西方文化的开放型环境，女性译者在有意识或无意识的过程中吸收女性主义与人道主义的精华，并根据自己的生活环境和文化背景，以女性视角真实、勇敢地描写女性的心灵、欲望、人生，从而创作了一批令人瞩目的女性人物形象。

在翻译过程中，大部分女性译者都表现出对女性的关注、体悟和分析，这是毋庸置疑的。事实上，纵观女性写作文本，我们可以看到，的确，女性译者并非完全地接纳了女性主义理论，而只是有选择地使用和抛弃，不断地进行女性叙事。笔者发现，《长恨歌》的译者对女性的艰难生存状况与悲剧命运的关注和体悟有自己独特的理解。我们在仔细审视这些女性译者笔下的女性角色时，可以看到一个有意思的事实：这些作品都指向了与主流文化存在一定距离的“边缘化”女性群体。通常来说，女性译者具有独特的性格特征，擅长抓住平凡女性的光辉，即坚韧的生命力和冷静的人生态度。纵观女性译者所塑造的女主人公和她们的人生际遇，可以发现，她们都是以一种独特的方式遵循女性视角和女性意识的审美模式。如《长恨歌》英译本中的王琦瑶，尽管经历了生活的起落变故，但精致生活仍然不变。

此外，在电影叙事中，视角被视为达到叙事目标和戏剧化效应的一种主要方式。像《长恨歌》这样的女性题材作品，观众从电影叙事里获得的信息量比人物信息要多，因此，观众会有一种想要加入其中，向剧中角色叙述真相的冲动。如果说，观众从电影中得到的是与人物相同的信息，那么，在观看电影的过程中，他们所能感受到的仅仅是震撼。不同的叙事角度会造成译者将不同的信息传递给不同的受众。当然，在叙事中传递的信息也不是越多越好。正确把握叙事角度，给读者以译者想要传达的最重要的观点与信息，从而达到特殊的跨文化叙事效果，也是把握与应用叙事角度的重要因素。

二、叙事美学

广义上说，叙事美学是人们对自然与社会生活中的人物、事件进行时空序列的记叙与描述。女性译者有意识地用女性经验、女性意识、女性审美情趣去观照自己所译著的作品，突出女性美学，使用一套与男性译者迥异的阅读与写作标准进行翻译创作。纵观众多女作家的作品，不难发现它们强烈地渗透着女性对人格独立、自我价值实现的向往。这种女性自主意识的生长、女性自我世界的拓展及女性独特的审美创造与嬗变，逐步成就了新时代中国女性文学作品英译叙事的真正内涵。女性译者从这一独特性出发，充分发挥自身的审美创造力与“译”力，对复杂人性进行叙事描写，更能凸显女性文学和女性译者认识生活、解剖人性的深度。这对我们把握新时代女性文学跨文化叙事与传播效果，具有非常重要的参考价值。只有通过女性写作，把自己写进文本，才能扰乱大多数人已经习惯的可接受式的阅读或理解方式，才能冲破传统语言写作对女性译者的规定和禁锢，使女性进入历史和世界。人们不难在长期的女性文学写作与译介的发展道路上看到，一个个女性形象于女性文本中鲜活而出，一个个女性译者为建构女性文化做出的不懈努力。

比如，戴乃迭译介了《中国当代七位女作家作品选》(1982)、张洁的代表作《祖母绿》(1985)、《爱，是不能忘记的》(1986) 和 《沉重的翅膀》

（1987）、张辛欣和桑晔的《北京人》（1986）及王安忆的《流逝》（1988）等一系列女性文学作品，将中国女性的现实生活状况和中国女性译者的处境真实展现给了西方读者。女性形象的塑造由平面到立体，由单薄到丰满，女性写作由描述女性生活到建构女性本体的发展历程，女性译者以自觉女性意识为本，呼喊出坚定的性别之声，使女性文学成为当代文坛上最亮丽的一道风景。下面以戴乃迭英译的《沉重的翅膀》（Zhang Jie & Gladys Yang，1987）为例，研究女性的审美创造及其嬗变过程，同时分析女性译者独特的视点所形成的美学认知范畴。在"文本旅行"当中，相同相近的情景、事实、概念、形象等可以直接叙事，相异之处需译者调整变化必要的情景视点和跨文化叙事要素，运用恰当的视点灵活调节。译者以独特的性别眼光洞察自我，确定自身本质、生命意义及其在社会中的地位。戴乃迭《沉重的翅膀》英译本译例如下：

原文：感慨，追悔，全部都无济于事。孱弱的她只能像一头母狼那样顽强地把身边的小儿子养大。

译文：Self-pity wouldn't help matters. Weak as she was，she had to bring up her little son. What Joy felt was not so much mother love as responsibility. She took the hardships of her confinement for granted. Just hoped the time would pass quickly，till this was no more than a painful memory.

万群是寡妇，备受社会歧视，她必须承担家庭责任，理所当然地承受生活的艰难，不向其他男人寻求帮助。戴乃迭深深感受到原文中女性的"不在场"叙事，欲试着接触并操控为译文中的"在场"。译者用"What Joy felt was not so much mother love as responsibility. She took the hardships of her confinement for granted. Just hoped the time would pass quickly，till this was no more than a painful memory.”补充“万群”的道德化叙事，塑造的女性形象既有女性的传统美德，又张扬了女性的个性。为了让西方叙事接受者更好地理解中国女性在20世纪80年代的生存与生活状况，理解中国女性在现实中的处境，译者往往会选取反映女性审美特征的词汇审视外部世界，并对其加以富于性别美学的生命表征，形成原作与译作文化叙事之间的良性互动，促进女性文化传播与叙事交流。

此外，译者注意从根本上消除两性之间形而上学的二元对立，如社会意识、伦理价值标准和思维模式等，以一种把两性气质融合起来的译者姿态，力图超越女性，去表现性别之外更为广阔的社会现实。这是女性独特的审美创造与嬗变的价值所在。

原文：没有一个神经正常的男人，会娶这样一个女人做妻子。

译文：No man in his right senses would marry such a woman. The strongest characters may be the weakest. Always prepared to be trampled upon or destroyed, in the end they grow callous and cold. Then nothing has greater power over them than warmth, for having received so little of it they treasure it. And Autumn had treated Mo Zheng not simply with warmth but with a mother's love. The two of them were probably happier together than people in most normal families, but that was not understood by such people.

叶知秋是一个女记者，她敏锐、机智，有着勇敢的斗争精神和深入的洞察力，充满了睿智和独特的见解，是女性人物中具有积极、开拓、进取等优秀精神品质的代表。原文“没有一个精神正常的男人，会娶这样一个女人做妻子”，人们难免质疑其原因。戴乃迭青少年时期接受过典型的西方教育，女性主义思想不可避免地会对其价值观产生影响。她利用自身的性别意识或女性主义认知结构来理解原文，敏感地辨别出原文中有损女性权益的叙事话语，从而进行了适应性处理。译者增补了一段叙事话语“The strongest character may be the weakest and be trampled. Always prepared to be trampled upon or destroyed, in the end they grow callous and could. Then nothing has greater power over them than warmth, for having received so little of it they treasure it. And Autumn had treated Mo Zheng not simply with warmth but with a mother's love. The two of them were probably happier together than people in most normal families, but that was not understood by such people.”，以增添译文的潜性别色彩，强调叶知秋对养子莫征的爱，有助于将其文化意蕴传译到译语叙事中，实现译文与原文更高层次的对等。

原文：她准备给陈咏明做一顿丰盛的午餐。难得他有一天在家休息，陪她一起吃饭。想到这里，她微笑了一下。她在笑自己：一个以丈夫为中心的傻女人！一样的饭菜，但有他在，仿佛连味道都不一样了。一样的房间，但有他在，仿佛连温度都升高了几度。

译文：She meant to cook Chen Yongming a really good lunch；he so seldom had a day off. Food tasted different when shared with him. Their flat seemed warmer too when he was at home.

陈咏明的妻子是原文中唯一幸福的人，她很享受婚姻生活。此段心理描写，译者消除引起误导的句子“以丈夫为中心”。如果女人的生活以丈夫为中心，夫妻双方就没有平等而言，男女应该在婚姻中处于同等地位。因此戴乃迭有意识地使用女性词汇，删减贬低女性形象的语言，维护女性形象。翻译叙事策略和方法更加灵活，译者的创造性和主动性得到了充分的发挥。

在中国当代女性文学作品中，女作家不仅表达了对个人独立和自我实现的强烈渴望，还通过创造性的叙事形式，描绘了复杂多样的女性形象，突破了传统的性别二元对立，展示了性别身份的探索和重构，呈现出更加广阔的社会现实。而女性译者则在传达女性文学的独特视角和文学审美创造力的同时，注重理解生活和人性，将中国妇女的生活现实和翻译家的经验呈现给西方读者。她们通过融入性别意识和女性主义的视角，调整和切换不同的叙事视角，成功塑造了生动的女性角色，构建了与当代社会共鸣的女性文学跨文化叙事景观，促进了中国当代女性文学作品的传播和接受。

第三章　女性文学跨文化叙事主体

叙事主体是叙事学中一个重要的叙事元素。正如米克·巴尔说的，“叙述者是叙事文本分析中最中心的概念”（陈霖、陈一，2011）。叙事主体是叙事交流过程中故事的讲述者，没有叙事主体存在就没有完整的叙事交流行为。既然翻译是跨文化叙事活动，那么其翻译主体译者就是言说主体或叙事主体。在当代女性文学跨文化叙事中，女性译者自然是重要的叙事主体，其译者姿态（translatorial hexis）和译者文化身份（cultural identity）是主体性认知范畴与研究内容。中国当代女性文学英译并非简单地复制或再现中国女性形象及女性文化，而是跨文化叙事主体译者对女性形象重构和女性文化交流的再叙事。

第一节　叙事主体的身份认同

叙事者在文学作品交流功能的实现中起到了重要的桥梁作用，其身份的变异、权力的强弱、所起作用的变化及在叙述主体格局中的地位的迁移，可以是考察叙事者与整个文化构造之间关系的突破口（赵毅衡，1994）。身份或身份认同，“identity”一词一种源于法语“identité”，一种源于拉丁语中古拉丁语的“identitatem”（主格为“identitas”），后来演变成英语中的“identity”

一词，有多重含义：一是同一，一致性；二是本体，本身，身份。“identity”一词既具有名词性的含义，也具有动词性的含义。其名词性的含义是指人们表达身份选择的结果，也就是个人具有的属于某个团体的共同特征，即“身份”，它既包括个体的自我定位，也包括他人强加给个体的定位（Block，2007）；动词性的含义强调身份选择的过程，即“身份认同（identification）”。张裕禾和钱林森曾将文化身份（cultural identity）定义为“一个个人，一个集体，一个民族在与他人、他群体、他民族相比较之下所认识到的自我形象”，其核心部分是“价值观念或价值体系”（张裕禾、钱林森，2002）。在宏观层面，文化身份包含了国家身份和民族身份；在微观层面，文化身份是指个人或团体根据不同的地域、职业、性别、年龄和阶级等因素所构成的，主要诉诸文学和文化研究中的民族本质特征及带有民族印记的文化本质特征。一般认为，文化身份被看作某一特定的文化所特有的且某一种特殊的民族与生俱来的一系列特征。

“译者主体性是指作为翻译主体的译者在尊重翻译对象的前提下，为实现翻译目的而在翻译活动中表现出的主观能动性，其基本特征是翻译主体自觉的文化意识、人文品格和文化、审美创造性。”（查明建、田雨，2003）在中国，传统译论中的译作文化身份低于原作，对原作与译作有如下喻说：原作是“锦绮”，译作是“背面”；原作是“实物”，译作是“临摹”等。西方翻译理论也有类似的表达，如译作“充其量是一种回音”、复制品、临摹画、借来的或不合体的衣服。译者主体也有类似的尴尬身份。

叙事主体身份建构是以性别文化身份构建的，本质上是一种个人自我身份认同或文化身份认同。译者采用特定的翻译策略以彰显文化自信，体现不同的民族文化特征，往往取决于其文化身份。文化身份其实就是指个体归属于某个特定社会群体的身份或群体归属感，与国籍、民族、宗教信仰、社会阶层、地域或具有独特文化的任何社会团体相关。身份实际上“就是一种或一组范畴，具有某种属性。如果这个范畴是指某一类人，那么这类人在从事与其特定身份有关的活动时，就会自觉或不自觉地认同该活动对其身份的规约，表现在行为上就具有某种共性。……范畴、属性、规约和共性等，在一定的条件下都会表现出某种规则性，因此对于翻译研究有重大的理论意义”（王东风，2014）。译者从自身的文化身份视角来观察外在的世界，从而在原作与译作文化之间产生一种良好的互动，使作品具有丰富的生命特征及文化身份表征。

译者的文化身份受时代语境的影响，与其视野共同形成一对矛盾对立关系。但对于那些有潜力的青年译者来说，她们并不会被时代背景所束缚，会在适当的时候展现自己的主体性和创造性。在宏大的社会背景下，译者要面临一系列问题，如什么该译、什么不译、该怎么译，这些问题都是由译者主观能动性决定的。除了外部力量的制约，从译者本身的角度来分析，还存在着某种内在的驱使作用，使译者以一种最合理的行动模式来发挥自己的主体性。

在建构女性社会性别的进程中，女性文学和女性文学英译起着重要的推动作用。而女性文学英译叙事话语将女性知识和文化传播开来，形成了写作群体与女性读者之间的沟通和互动，这些都在一定程度上影响了社会性别和文化认同。女性文学特别是中国当代女性文学跨文化叙事中，其主体自然是女性叙事者，即女性译者。而作为译者中的特殊一员，女性译者为女性争取权利，试图颠覆传统译者的屈从地位，试图从边缘走到中心。对她们而言，翻译不再是被动的复制，而是带有强烈女性主义意识的介入。女性译者利用自身的女性认知结构来更好地理解原文，敏感地辨别出原文中强调女性的话语和有损女性权益的话语。面对有损女性权益的话语，女性译者解构原文中的男权话语，从女性角度重写以凸显女性。沉默与隐形不再被认为是译者的恰当行为，女性译者则以不谦虚为快乐。正如劳伦斯·韦努蒂提出的“异化/

少数化/抵抗式”翻译，目的是要削弱目标文化的霸权，体现源语文化的差异，同时把目标读者从那种无意识的“归化”状态中拉出来（Venuti，1995）。

跨语际翻译过程的文化建构性质是由于过去二十年新翻译理论的建立方才逐渐显现出来的。新翻译理论认为翻译必然包括译者的能动介入、挪用、改造和创造。在跨文化语境空间，女性译者能否在不同的文化背景下产生不同的跨文化立场，将影响翻译各主体要素的选择。一个国家、一个民族的文化心理状态，译者自身的文化立场等因素，都将对译者翻译主体性认知范畴与各项选择具有重要影响。劳伦斯・韦努蒂认为译者总是倾向于本族语文化立场：“翻译是一个不可避免的归化过程，其间，异域文本被打上使本土特定群体易于理解的语言和文化价值的印记，这一打上印记的过程，贯穿了翻译的生产、流通及接受的每一个环节，最有力地体现在以本土方言和话语方式改写异域文本这一翻译策略的制定中。”（Venuti，1995）译者会在翻译一部作品时明确选择自己的文化立场和主流意识，“而这一立场的确立，无疑直接影响着译者的翻译心态和翻译方法”（许钧，2002）。

正如埃文-佐哈尔（Even-Zohar，1990）的多元系统理论所言，译者的文化立场不同不仅是译者的个人行为，更是由源语文化和译语文化所处地位决定的。通常情况下，强势文化和弱势文化都是以其政治、经济和军事实力来衡量的。当源语文化强于译语文化时，也就是当弱势文化翻译强势文化文本时，译者往往会把原文原封不动地呈现在译语读者面前，弱势文化读者往往更喜欢原汁原味的译文，译者倾向于使用“异化”的翻译策略；当源语文化弱于译语文化时，即当强势文化翻译弱势文化文本时，强势文化认为自己的文化比弱势文化更进步，更具普遍性，译者多倾向于用“归化”的翻译方法（许钧，2002）。

在跨文化叙事过程中，译者作为一个中介，跨越两种文化，在源语和目标语的双重语境下，可以选择三种文化立场：

（1）从源语文化角度出发，译者往往会采用“异化”翻译。

（2）从目标文化角度出发，译者将采用“归化”翻译。

（3）为了达到跨文化交际的目的，译者应尽量回避采用极端的异化和归化策略，将“交流与沟通”作为翻译的基本目标，从第三种文化视角出发，力求找到促进各种文化之间沟通的翻译方法。作为文化的主动输出方，本土译者应保持既独立清醒又开放务实的姿态，自主合理选择中国当代女性文学跨文化叙事题材，以中西兼顾的平衡心态处理叙事文本，灵活使用多元化的翻译策略，向英语世界呈现中国女性文学瑰宝，树立积极正面的中国女性形象。

第二节　叙事姿态与文化荣耀

译者的文化身份、翻译惯习和译者资本必然会介入翻译活动中，形成译者独特的翻译风格，其叙事主体身份得到认同后，进而会影响译者姿态寻求“文化荣耀”。

一、叙事姿态

20 世纪末，随着社会翻译学的兴起，其为推动中译外研究提供了一个重要的跨学科新视角。跨文化叙事姿态即译者姿态，该理论来源于身体姿态（bodily hexis）理论。布迪厄把“身体姿态”定义为“与涉及身体和工具的整个技巧系统有关联的、负载丰富的社会含义和价值观的既有个体特点又是系统性的姿势模式（pattern of postures）”，包括“行走坐立和使用工具的姿势、面部表情、歪着头等，往往与个体的声音语调、言语风格和某种主观经验相联系”（Bourdieu，1977）。“身体姿态是一种永久的性情（permanent disposi-

tion)，即一种既持久又稳定地站立、说话及感受和思考事物的方式。”(Bourdieu，1977）布迪厄还指出，“身体姿态体现出人们共享的社会文化价值观。由于人们知道他们的态度和行为方式被本社群认为是荣耀的、值得尊重的，因此身体姿态也体现和表达了他们的自尊”；“人们对本文化把哪些行为视为荣耀或不荣耀的有所预期，而这种预期是由文化决定的，人们的身体姿态（即手势、姿势和立场）恰恰体现这种预期”（Charlston，2013)。

基于布迪厄的身体姿态理论，英国学者查尔斯顿（Charlston，2013）提出一种新的社会翻译学理论——“译者姿态”理论，即“在译本中体现出来的译者试图通过翻译寻求荣耀的身体姿态”。通过对英国道德哲学家J. B. 贝利(J. B. Baillie）翻译的黑格尔的《现象学》(*Phenomenology*）的个案研究，查尔斯顿发现，“反映在翻译文本细节中的译者姿态体现出这位有着哲学家身份的译者的一种挑战权威、寻求荣耀的态度”（Charlston，2013)。查尔斯顿指出，可把译者作出的各种翻译决策（包括选词措辞）解释为“一种译者姿态的具体体现”，如“Church”的首字母大写所隐含的尊敬姿态固然可以显示译者的谦卑态度，“但在场域中某些有权赋予荣耀的社会群体看来，也可以用于寻求荣耀和尊敬”（Charlston，2013)。查尔斯顿指出：“从译者姿态入手分析译本的文本细节，可以揭示哲学翻译涉及的复杂的决策过程”；除了关心原作与译作的对等关系，译者还“用一种寻求荣耀的方式……关心译本在目标文化中的潜在作用和接受情况以及他或她本人在场域中的声誉”。在运用译者姿态理论时，既要从一部译作的特定语境出发，也要从译者的翻译目的和动机、出版商或赞助人赞助出版译作的主要目的、读者群体、翻译出版的具体情形等方面加以考量，还要考察译作产生时“历史子场域的微观发展与嬗变”及“与之相关的意识形态或政治权力场域”（Charlston，2013)。这可为我们考察当代女性文学跨文化叙事中的主体性认知提供论据与指南。汪宝荣首次探讨了译者姿态理论对中华文化外译的适用性和局限性。他指出，“寻求文化荣耀”的译者姿态“很可能是有着本国文化身份的译者群体在处理原作蕴含的本国文化信息时体现出来的翻译策略选择上的共性”（汪宝荣，2017）。在“一带一路”背景下，中西方文化交流与传播不断扩大，中国作品在西方受到的关注度明显增强。特别是近些年来，中国当代女性文学作品的外译呈现出新的面貌，也给翻译界带来了新的活力。叙事姿态让翻译回归传统，让传统契合时代，彰显中华文化荣耀，对于中华文化“走出去”具有重要意义。

早在20世纪80年代初期，朱虹就将女性主义引进中国，这为中国人民认识西方妇女运动、女性文学及文化启迪提供了很大的帮助。朱虹与女性主义理论的亲密接触，使她能自觉地将目光投向中国女性。而朱虹的英美文学研究者的学业背景，又使她能灵活运用多种文化翻译策略。多重文化身份是朱虹独特的翻译风格形成的原因。因其特定的文化身份，以及向西方读者阐释中华文化的翻译目的，朱虹所采用的翻译策略往往反映了一种译者姿态，即寻求中华女性文化荣耀。在译作中，她试图展现中国女性的独特个性；同时，她也相当关注女作家独特的文体风格，并力图用个性化的译介手段来表达。朱虹强调了中国女性在性别压抑下的隐忍与顽强，为中国女性形象在英语世界的传播增添了一个独特而真实的视角。她的译介成绩和译介质量受到西方主流媒体、学界乃至普通大众的普遍认同。《洛杉矶时报》评价朱虹“展示了当代中国文坛真正属于女性自己的新声，令人期待已久，其中的小说令人沉重又发人深省”（Anonymous，1992）。如朱虹等在翻译《嬉雪：中国当代女性散文选》时更倾向于采用直译、音译、注释、增译等译法，她在保留原作被认为荣耀且具有价值的女性文化信息的基础上，将不光彩的文化信息加以淡化或删减处理，反映了她的译者姿态，旨在追求中华女性文化荣耀的特性。在中华女性文学作品外译时，朱虹利用自身的性别意识或女性主义认知结构来更好地理解原文，从而敏感地辨别出原作中强调女性的话语及有损女性权益的话语。面对原作中蕴含的被视为荣耀或值得向西方读者介绍的中国女性文化，朱虹倾向于采用直译、音译加注或增译等手段尽量予以保留；面对原作中被视为不荣耀的或有损女性权益的话语，她采取一种干预性重写的手段，解构原作中的男权话语，重写压制翻译/女性的神话以凸显女性，对原作中有关性别的内容进行一定程度的“改写”，反叛原作的父权文化，彰显原作中荣耀的中华女性文化。这些翻译策略体现了朱虹尝试寻求“本国文化荣耀”的译者姿态，这种姿态主要取决于其文化身份和翻译目的。

二、把译者译进译本

文化转向在翻译研究中是不可低估的研究范式，它使翻译研究经历了从原文转向译文，从规定性转向描写性，译文角色由原来的“低于原文”走向了“高于原文”，而译者的身份也由原来的“低于原作者”，“下级”到后来的“被认为是决定性的”。因此，文化转向可以给译者研究带来一个崭新的理论依据和思路，而译者在翻译过程中的角色也得到了空前的重视，这是一个重要的转折点。从女性写作和女性文学英译来看，人们认为那些女性作者所写的是私人经验，而女性写作也倡导“把自己写进文本”。对于译者来说，就是将女性意识介入她们的译本之中，把译者自己译进译本，通过强调女性的独特意识，彰显女性的主体性，使叙事者等同于译者，把受述者等同于读者。这种做法使译者的声音在各叙事形式中占有优先和主体地位。女性译者具有审视女性和审视自我的功能，从译者主体动机看，她们具有一定程度的自省意识，希望获得人格、身份上的主体性。跨文化叙事者把女性特有的生活体验和生命体验融入女性生活的每一个细节中，用女性特有的细腻、敏感把握女性的生命律动，谱写女性的生命之歌，以一种女性的“私语”“呓语”来抵御男性化的公共话语，以一种女性个体的生命体验去冲撞所谓的“公众体验”，在公众生活领域开辟属于女性的私人空间。

第三节　叙事身份“五位一体”

随着社会的进步和人类文明的发展，在当代女性文学跨文化叙事活动中，女性叙事者即女性译者扮演着越来越重要的角色，日益强调其身份认同和角色认可的主体性作用。笔者借助中国知网（CNKI）数据库进行高级检索，文献主题设定为“女性译者身份”，检索出文献总数35篇，检索时间截至2024年8月4日，发现有关“女性译者身份”研究论文中硕士论文13篇、博士论文0篇、学术期刊论文21篇、特色期刊论文1篇。大多数论文从女性主义翻译理论角度来研究女性译者，而笔者在回顾与梳理译者身份的基础上，重点探讨当代女性文学跨文化叙事中女性叙事身份“五位一体”的蜕变过程，即“读者—译者—重写者—文化操纵者—差异哲学倡导者”，诠释叙事者从“他者”到“五者”的主体性认知。

本节从当代女性文学英译叙事身份“五位一体”的角度，以女性叙事者身份为主体，以蜕变与成长为主线，选取《嬉雪：中国当代女性散文选》（朱虹、周欣，2002）等英译本做个案研究，探讨女性译者在跨文化叙事中作为女性意识读者、女性主义译者、原文重写者、文化操纵者及差异哲学倡导者的五重身份，凸显女性叙事者的身份角色地位。女性译者根据自己的女性意识评判原文，对有悖女性角度的、不友好的文本，译者会介入并重写原文以解构父权文化，从而建构女性文化。在翻译中，女性译者不再是传统的隐形译者，她们试图凸显女性的特点，大胆创造原文和译文的差异、语言之间的差异等。

一、女性意识读者

德国翻译理论家玛丽·斯奈尔-霍恩比（Snell-Hornby，2001）曾强调："译者作为读者的地位，本质上是主动而创造性地理解原文，不是等同于被动地接受原文。"在理解的过程中，译者不是一个被动的意义接受者，而是主动的意义生成者。在阅读之前，译者心理世界有一个先前的认知结构，如文化、历史背景、社会经历、观念等。这一结构不仅是理解的基础，而且也渗入理解中。不可避免地，译者将自身的信仰、知识、态度等诸如此类的因素加入理解中。因而女性译者可根据她们先前的认知结构，积极主动地从女性主义角度解读原文，发现有悖女性角度的文字。例如，《圣经》的早期版本满是男性偏见的语言，男性形象和比喻让人们认为上帝是一个男人。犹太人历史及基督教教规用男性词陈述，男性代词的沉重负荷将女性完全排除在参与基督信仰之外（Von Flotow，1997）。

尤金·A.奈达（Nida，2001）曾说："翻译所面临的目标群读者是一个主要的因素，它决定翻译策略以及运用的语言水平。"作为国内西方女性主义的引入者，朱虹深受女性主义的影响，让女性主义意识深深渗透到译本中，尤其是让中国女性的不同叙事声音被更多外国读者听到、让文本中的女人引起外国读者的情感共鸣是其译文中的重要考量。

原文：常听到这样的抱怨：做女人真是吃力。我深有同感。

译文：I often hear the complaint that it is so hard to be a woman, and I can't help feeling the same.

原文：上帝待女人似乎十分不公……

译文：God did not treat women fairly...

朱虹曾谈到“我每次翻译之前反复阅读原作，体会作者的感觉，特别是翻译女作家的作品时有这种感受……我要熟悉到好像作品就是自己的作品了，这时才开始动手翻译，尽量跟作家取得认同，掌握作品的基调，自己进入作品，进入作家的角色，再用英文写下来……我觉得自己翻译女作家的作品时更加投入。”（穆雷，2003）作为女性意识读者，朱虹当然了解作者的感受——做女人真是吃力。朱虹用“can't help feeling the same”来说明同一性别的女性深有同感。而读到“上帝待女人似乎十分不公”，朱虹则明显认同作家，与作者叙事意识共鸣，甚至进一步肯定“上帝待女人十分不公”，其译文中找不到“似乎”的痕迹。

二、女性主义译者

译者的身份经历了不断发展变化的过程，在传统翻译理论中，译者处于“忠实”与“背叛”的两难境地。从翻译研究的历史来看，女性译者大多被置于“仆人”或“隐形”的阴影之中，以作者为中心的翻译理论，在很长一段时期占据着传统翻译领域的中心。传统翻译理论认为，作者完成一部文学作品自然对其有优越的权威性，而译者的翻译行为只被当作简单机械地将原文解码，再将其对原文的理解传达给读者，译者必须在译文中保持沉默，保证翻译尽可能透明，尽最大努力在目标语中译出和原文相同的文本，因而译者充其量只是毫无个性和特色的语言解码机器。译者没有任何权利，不能违背原作者的意志，更不能擅自做出改动，其创造性被抹杀殆尽。不管译者多么辛苦、多么努力，他们的译本都不可避免地遭受抨击和批判。

西方的翻译活动起源于对《圣经》的翻译。第一个重要的《圣经》译本是由72个犹太人用希腊语完成的。这个版本最明显的特点是它的准确性，以至于不像是用希腊语所写的。然而，也正是这个原因使这个版本成为基督教的经典版。古犹太神秘主义哲学家斐洛·尤迪厄斯（Philo Judaeus）曾把译者看作上帝控制的、毫无自由的笔录工具。他们的任务只是直译原文，包括词的顺序和选词（谭载喜，2000）。德莱顿（Dredon）也说："作者是神圣不可侵犯的，我们（译者）必定要像奴隶一样服从作者意思。"（谭载喜，2000）西塞罗（Cicero）甚至以为"如果我字字直译，听上去会显得笨拙。但如果被迫做必要的词序或词语的改动，我又似乎远离了译者的功能"（Nord，2001）。中国曾提倡翻译三原则，即严复的"信、达、雅"。信，即忠实于原文的意思。为了"信"，译者必须完整准确地表达原文内容，不作任何改动或删除。在中国译者的心中，忠实于原文是一个不可动摇的标准。他们相信文学艺术的生命取决于其真实性，以致翻译也得忠实地将原文的意思完整地传递给读者。

中西方绝大多数译者的最终目标是准确理解与表达原文的意思，忠实的概念深深地根植于译者心中。译者应该毫无选择地忠实于原文，传达原作者所要表达的一切。在传统翻译理论中，译者活在原作者的阴影之下，在等级制度中，扮演弱势角色的译者和女性在历史与文化中处于边缘地位。这种译者身份，过于关注原作者而低估了译者的重要参与，译者很少得到如原作者般的认同与尊敬。在原作者的权威之下，译者只能原原本本地复制原文的内容和形式，使译者的创造性被压抑和忽视，其译者身份被边缘化。不同于一般译者的是，女性译者有着鲜明的女性意识，她们可利用自身的女性主义认知结构来理解原文，敏感地辨别出原文中强调女性的话语和有损女性权益的话语，反对原作者的绝对权威，"力求破除翻译研究和社会观念中带有严重的性别歧视的陈旧意识"（徐来，2004）。例如，朱虹是西方女性主义的引入者，又是将我国当代女性文学介绍给西方世界的女翻译家。她的主要作品有《中国西部小说选》《恬静的白色：中国当代女作家之女性小说》《坚硬的稀粥及其他：王蒙短篇小说选》《嬉雪：中国当代女性散文选》等。自20世纪80年代起，朱虹一直对中国当代女性作品很感兴趣，她认为女性主义已经渗透社会的各个层面，而且全部问题都可以从女性主义角度加以解释。在翻译前，朱虹悉心地阅读原文，用她自身的女性主义认知结构来理解与解释原文。在翻译时，朱虹会对原文中贬低女人之处进行重写，如改动、补充脚注等，其翻译清楚表明其女性主义译者身份。而在选择翻译文本时，她既要选择女作家，又要看作品是否写女人，她还会特意挑选一些带有明显女性主义倾向的作品（穆雷，2003）。

三、原文重写者

为了动摇传统的女性形象，揭露并反思男权文化中对女性的不公对待，有时女性译者必须以女性主义方式进行重写，为传统上受到忽视的女性发声。翻译于她们而言是一个高级写作，在翻译中加入自己的主观意识，在原文中注入新的女性主义思想。面对不友好的文本，女性译者重写原文，从而对语言从不同角度进行大胆改写来消除原文的父权观念，以更好地符合其女性主义意识。如，在《圣经》的重译中，译者将“sisters”加到“brothers”前用来消除男性偏见的语言，“history”被“herstory”取代，“brethren”和“king”分别被更多的概括性词语替代，如“sisters and brothers”“monarch”或“ruler”。中性词或复数词也可用来消除男性偏见，如用“women and men”“people”和“persons”取代一般性的“men”。

仔细观察朱虹的翻译，我们发现，朱虹从女性主义角度进行翻译，不仅尝试让世界了解中国女性的真实面貌，而且在翻译策略中明显地融入了性别意识。在翻译过程中，面对原文中可能被忽视或带有性别歧视的内容，她有意识地分辨出违背女性主义观点之处，然后以女性主义的视角和美学标准，对这些内容进行重新审视和创造性的重写。

原文：在我们还是小女孩的时候，我们就懂得一条千真万确的道理：女人是半边天，男女都一样。

译文：Ever since I was a little girl，we all held it as an indisputable truth that "Women hold up half the sky，" that "women are just as good as men."

原文"男女都一样"中的"一样"可译为"the same"，而朱虹改用能赋予译文叙事更丰富内涵的词语，如"women are just as good as men"将自己的内心感受"女人与男人一样优秀"加进去以凸显女性的地位。此外，"indisputable truth"进一步加强了肯定的语气。

原文：生命的发生本由男女合成，却必由女人担负艰苦的孕育和分娩。

译文：Life begins with the union of men and women，but women alone have to bear the burden of pregnancy and deliverance.

原文：在分派所有这一切之前，却只给女人一个卑微的出身——男人身上的一个肋骨。

译文：And in ordering all this，he gave women a lowly origin—a man's rib.

《圣经·创世纪》曾认为"男女一起创造生命"，"夏娃出自亚当的'一根肋骨'"。为顺应叙事接受者的需求，朱虹将原文"生命的发生本由男女合成"译为"the union of men and women"，"union"一词与"alone"一词形成鲜明对比。原文"由女人担负"增译一词"alone"为"alone have to bear the burden"，这真实地表现了女性独自"担负艰苦的孕育和分娩"的现实。"卑微的出身——男人身上的一个肋骨”则被朱虹用中性词“lowly origin”译出，既符合目标语文化，又降低了“humble”一词的卑微度。

四、文化操纵者

语言与文化互不分离，语言表达和体现文化现实。文化反映在语言中。从父权社会开始，女性往往处于话语权的边缘，语言在一定程度上被男性用作巩固其统治地位和限制女性权益的工具。父权语言只是为男性服务，象征父权文化现实，无从体现女性文化。刘明东（2003）认为：“文化图式是人脑中关于‘文化’的‘知识结构块’，是人脑通过先前的经验已经存在的一种关于‘文化’的知识组织模式。”不同社会的成员在其成长过程中受到不同的社会背景、文化传统、宗教信仰及风俗习惯的影响，就会形成不同的文化图式。翻译不单是一个语言转换的过程，更是不同历史和文化背景的国家之间的交流活动。因而译者必须了解原文化和目标文化。正如玛丽·斯奈尔-霍恩比所说：“所有翻译的必要前提是对相关的原文化和目标文化的社会文化背景有所了解。”（Snell-Hornby，2001）翻译被女性译者当作构筑反传统的女性文化的途径，她们探讨性别在原文化和目标文化中的差异，以及这些差异在语言中的体现。然后，她们操纵目标文化以建构女性文化，尽力让女性文化被更广泛的读者群认同。

原文：如《孔雀东南飞》，焦仲卿永远不可能像刘兰芝那样，将一切置之身外去实践爱情理想。他总是有那么多的牵挂，而无法做到刘兰芝那样的爱情至上。

译文：For instance，in the Chinese classical story “The Cranes Fly Southeast”，the man Jiao Zhongqing was never willing，like the woman Liu Lanzhi，to give up everything for the sake of love. He had many other concerns, and could not live for love alone.

翻译时为避免意义的丧失，朱虹必须进行文化补充以便让西方叙事接受者完全理解中国女性文化。“《孔雀东南飞》”“焦仲卿”“刘兰芝”不为西方读者所熟悉，朱虹就在“The Cranes Fly Southeast”前补充了“the Chinese classical story”，“Jiao Zhongqing”前补充了“the man”，“Liu Lanzhi”前补充了“the woman”。这进一步证明男女对爱情的不同态度。中国女性文化被生动地展现给西方读者，即女人愿意为了爱情放弃一切。作为一个男人，焦仲卿有更重要的任务要完成。他不可能像女人一样为了爱情放弃一切，这是典型男人的行为方式，更不用说其他男人了。译者朱虹在此塑造了对爱情忠贞且性格坚定的中国女性形象，并填充了中西文化鸿沟，将中国女性文化传播给世界，即勇敢追求爱情的中国女性愿意只为爱情而活。简言之，女性译者密切关注原文叙事语言和目标语言叙事的文化差异，灵活反抗原文中的父权文化，又将其修正以建构一种女性文化，这在一定程度上体现了女性译者是文化操纵者。

五、差异哲学倡导者

传统意义上翻译中的“差异”是一个否定性比喻，但女性译者将其变化为肯定性比喻。女性拥有对社会的独特贡献和男性所缺乏的经历。因而，女性译者会尽全力来凸显女性个性，进一步张扬女性有别于男性之处。女性译者是差异哲学倡导者。这里的“差异”可指原文和译文的差异、男性语言和女性语言的差异、原文本和目标文本中女性的差异、原文化和女性文化的差异，以及传统的隐形译者和女性译者的差异。

一种差异是原文和译文的差异。根据解构主义观点，女性译者否认原文的绝对性，强调原文和注入新的女性血液的译文的差异。尤其在面对意识不友好的文本时，女性主义译者会根据自己的女性敏感度对文本进行更改。另一种差异存在于语言中。男性语言和女性语言有很大的差异。历史上，男性的声音占据主导，而占据世界一半人口的女性的声音往往被淹没。女性译者试图建构能代表女性特点的女性语言，用女性语言来描述自己的内心世界，拥有话语权来言说女性的独特性，让女性的身影被看到，让女性的声音被听到。从以上差异可以看出，女性译者不是传统的隐形译者。她们大胆地创造原文和译文的差异、语言的差异等，因而女性译者是差异哲学倡导者（陈钰，2013）。

朱虹说："两性在社会中的经历太不一样了，社会对女性太不公平了。什么'男女都一样'，我觉得就是不一样才那么说。什么'妇女能顶半边天'呀，天都是你们的，你们给了我们半边天？为什么不说'男人也能顶半边天'？"（穆雷，2003）这些困惑长期烦扰着她。她曾坦言，"对妇女问题的关注对我的翻译也有影响"（穆雷，2003）。朱虹翻译中国的女性作品给西方，就是要让世界了解现代中国女性的现状，从女人必须面临的问题听到她们的声音。朱虹较为关注女人完全不同于男人的真实经历，观察其翻译，我们能轻易发现她在词汇和句法层面大胆地做了许多改动来倡导性别差异。总之，朱虹以女性视角干预并反抗原文中的语言形式和话语形态，其性别与其叙事主体身份有着紧密的联系，女性译者的身份地位又会对其翻译叙事策略产生一定的影响。在传统的英译研究中，女性译者常常是"隐形"或"隐身"的，翻译活动缺乏创造性。然而，当代翻译研究的重心是关注人的研究，包括译者、读者、委托人和赞助人等，尤其是译者本身最为重要。需要说明的是，"五位一体"叙事者身份角色蜕变是一个成长的过程，并不是单一的过程，也是双向或循环的过程，甚至呈胶着状态。在翻译中，女性译者既要有操控者的高姿态，也要有仆人的低姿态，以原文为基础，不脱离作者主旨，在此基础上，进行直译、重写和文化操控，并交替运用，发挥译者主观能动性、创造性，革新翻译中的差异、忠实及对等观念，实现译文与原文更高层次的对等。只有这样，才能翻译出既符合作者意图，也具有时代气息的作品，让读者接受和喜爱，推进跨文化叙事交流与沟通。

第四节 译者性别意识与性别“他者”意识

作为翻译研究与女性主义思潮相结合的产物，女性文学英译积极探讨翻译被“女性化”的过程。在这一翻译活动中，女性译者扮演着非常重要的角色，她们试图利用翻译为武器颠覆男权统治，改变译者和女性长期以来的从属地位。她们是怎样在翻译过程中体现其性别意识身份的，这值得我们探讨和研究。本节从译者的性别意识流动性来研究分析当代女性文学跨文化叙事中性别意识与性别“他者”意识的主题转换思维。

乐黛云（1991）曾经把女性意识概括为三个不同的层面：一是社会层面，从社会阶级结构看女性所受的压迫及其反抗压迫的觉醒；二是自然层面，从女性生理特点研究女性自我，如生理周期、生育、受孕等特殊经验；三是文化层面，以男性为参照，了解女性在精神文化方面的独特处境，从女性的角度探讨以男性为中心的主流文化之外的女性所创造的“边缘文化”及其所包含的非主流的世界观、感受方式和叙事方法。这其实反映了中国女性思想发展的历史脉络，同时也证实了叙事主体并非完全固定，而是不断变化的，叙事主体之中仍然存在性别意识的主观表述与性别“他者”意识的主题转换思维。

一、性别意识的主观表述

纵观翻译研究的历史，译者总是处于“仆人”的阴影之中，总是长期处于文化的边缘地带。而女性译者作为译者群体中的特殊成员，正试图颠覆传统观念中译者的屈从地位。译者自身的文化、信仰、知识、态度、历史背景、社会经历、观念等认知结构会渗入其对文本的理解中。不可避免地，女性译者带有女性主义意识，男性译者则用父权意识审视文本。以戴乃迭英译《沉重的翅膀》为例，大部分译文体现了女性译者的女性身份和性别意识。

原文：郑圆圆那里，还有一把可以修剪他的剪刀。他的精神上所承受的全部社会压力，却靠两个女人的保护来平衡。生活竟把他推进这样一个狭窄的天地，这样一种等待施舍的地位。他还算什么男人。男人应该是强者啊。

此段是莫征想念恋人郑圆圆的心理描写。仔细阅读，我们发现此处被译者删除了。戴乃迭在尊重原文叙事内容和精神，以及充分考虑译文读者接受度的基础上，面对不宜向西方读者介绍的“他的精神上所承受的全部社会压力，却靠两个女人的保护来平衡”“男人应该是强者啊”等叙事内容，戴乃迭采取删减或不予显化等策略，让语言为女性说话，这也完全符合女性译者的性别意识。

原文：她常想的是二女儿的婚事：王副司令员的老二还没有对象，不过那孩子吊儿郎当，没什么正经的本事；又想起俞大使的儿子，可那孩子身体不好，别中途夭折了害了自己的女儿；又想起田守诚的老三，长相不错，人也聪明，是个翻译，不知道有没有对象了……

译文：Often she thought about her daughter's marriage. Deputy-commander Wang's second son wasn't engaged, but he was too feeble and had no real talent. Ambassador Yu's son was sickly—she didn't want her daughter to be an early widow. Minister Tian's third son wasn't bad-looking and was bright, and he worked as a translator, but perhaps he already had a girl friend? ...Sometimes she got up to knock on her husband's door, but he never opened it, either because he was sound asleep or because he knew that it was never anything that mattered.

此句描写郑子云的妻子夏竹筠。郑子云是知识界代表，一身正气，两袖清风，在改革的道路上披荆斩棘，忍受着精神上的痛苦。夏竹筠是庸俗的官太太，也是婚姻受害者，完全无法与郑子云进行灵魂上的交流。增补部分“Sometimes she got up to knock on her husband's door, but he never opened it, either because he was sound asleep or because he knew that it was never anything that mattered.”强调了她在婚姻中感受到的孤独和痛苦。译者尽力刻画女性细腻的感情，创造性地增加了女性译者的独特感受，充分体现女性译者的心理审美。

二、性别“他者”意识的主观表述

性别差异决定了男性和女性不同的审美机制及差异化的语言表达方式，译者主体从不同角度、不同经验出发观察世界、描写世界的方式也会有所差异。女性译者用独特的翻译方法强调女性的主体意识，并用这种女性的主体意识来重新审视整个社会的文化及历史传统。对于同一文本进行跨文化叙事或同一人物进行描写时，男性的眼光和视点与女性也是有差别的。孙艺风（2004）认为：“跨越性别的疆界也是对翻译必不可少的要求。”译者性别身份流动性有助于译作更好地传递原作思想，以期符合目标语文化意识形态。“译者在同一译本中为发挥主体性或由于客观条件制约，既能从自身也能从异性的性别视角来进行翻译，这既是其通过发挥主体性，也是由于客观条件制约而达到的状态。”（马悦、穆雷，2010）女性文学英译文本中有一些地方体现了译者性别“他者”意识，女性译者在一定程度上贬抑了原作的女性意识，削弱女性主义思想，反而从男性意识角度思考如何保留男性话语叙事。

原文：“没有了。”清有气无力地回答，将身体靠着土墙，像要晕过去似的。马丽亚想到，这个铁塔般的男人怎么成了烂棉花呢？

译文：“No,” Qing answered feebly, leaning against the earth wall as though he might faint. Maria marveled at the way this pylon-like man had turned into a mashed cotton flower.

此例来自《最后的情人》英译本 *The Last Lover*（Can & Wasmoen，2014），原文作者残雪刻画男人由“铁塔”到“烂棉花”的变弱过程，“铁塔”描述这个男人既高又瘦，“烂棉花”则体现男人的有气无力。女性译者安纳莉丝·芬尼根·瓦斯曼（Annelise Finegan Wasmoen）将“铁塔”翻译成“pylon”，“pylon”指电缆塔，用来支撑电线，描述男人的瘦和高，用“mashed”（捣烂，捣碎）来修饰“棉花”，“一朵捣碎的棉花”来替代原文的“烂棉花”，以形容男人很虚弱。由此可见，译文从男性叙事视角客观陈述了事实。

再看一例，出自中国著名的女作家陆星儿的《女人的“一样”和“不一样”》（*Are Women "as Good as Men"?*）的英译本。

原文：这口号被我们努力地落实为行动，确实体现出了女人和男人有一样的智慧一样的能力一样的才干。

译文：We put the saying into action，and proved that women were indeed just as good as men，just as smart just as capable and just as talented.

原文“这口号被我们努力地落实为行动”句式是个被动句。女性主义译者朱虹在翻译时改变叙事结构，将其改为主动句，用于强调“we”女性的主体地位。若是将“一样的智慧一样的能力一样的才干”原文中“一样的”直译为“the same”，显然没有达到原文那样的叙事效果。朱虹巧妙地先强调“women were indeed just as good as men”，再细化到“smart”“capable”“talented”等方面以凸显女性和男性一样优秀，译者并未激进地全盘否定男性的地位和能力。

通过以上分析发现，女性主义译者遵循了忠实于原文思想的翻译叙事策略，译文能完整体现原文的主题，削弱原文女性主义思想，表现出性别“他者”意识。

总之，女性主义译者对中国女性文学作品颇具洞察力，将更多更好的中国女作家的作品推介到西方。译者的惯习和资本必然会影响其翻译活动，铸就其独特的翻译风格。在翻译每部作品前，译者都要对所译作品及其作家进行认真研究，了解作家的写作特点，充分挖掘原作内涵，努力使译作呈现原作的异质文化特征，保留原作的本土气质，力求原汁原味地对外翻译和传播中国当代女性文学作品，让读者感受异国文化、异国情调和异国艺术。高水平的翻译要求译者既要有深厚的国学功底，又能深刻体悟翻译对象的语言之妙，最大程度地再现原作语言的神韵。好的翻译作品旨在传播语言艺术，是作者和译者“共谋”产生的新生命。

第四章　女性文学跨文化叙事选材

选材是跨文化叙事文本建构的首要环节，也是文本能否得到有效传播的重要因素。蒙娜·贝克曾认为叙事是按照一定的标准建构的，阐释一个连贯的叙事，不可避免地选择一些元素，排斥另一些元素。这个过程不仅受到叙事主题性的驱动，还关系到我们在时空中所处的位置，以及我们所接触到的能够形成我们对意义感知的那一系列公共叙事、观念叙事和元叙事的问题，但引导人们选择性采用的最终元素是人们自己的价值取向——作为个体或机构所赞同的价值观——以及人们的判断，即判断所选择用于阐释特定叙事元素所起的作用——是会提高还是会削弱那些价值取向（Mona Baker，2006）。在后者中，她进一步谈到，虽然“重点关注发生在译文内部的选择性采用，它表现为文本内部有迹可循的种种省略和添加，但这绝不是淡化那些更高层面的选择——如选择哪些文本、作家、语种和文化，或者不选择哪些文本、作家、语种和文化的重要性”（Baker，2006）。由此可见，蒙娜·贝克所涉及的“选择性采用”和“更高层面的选择”，其实就是指跨文化叙事前的叙事选材。

在叙述当代女性文学的过程当中，译前所进行的叙事选材是女性文学英译成功的基础。成功的叙事选材，会受到读者的青睐，也会取得较好的跨文化叙事与交流效果，反之跨文化叙事传播就会遭到冷遇，无法完成预期目标。“翻译不是社会和政治发展的副产品，也不是社会和政治发展的结果，也不是人与文本物理运动的副产品。相反，翻译正是使社会、政治运动发展得以发生的那个进程本身必不可少的组成部分。”（Baker，2006）回顾中国翻译史，我们不难看出：在历史变革时期，“翻译什么”较之“怎么翻译”更重要。翻译的选择“首先体现在对拟翻译的异域文本的选择上，通常就是排斥与本土特定利益相符的其他文本。……选择某些本土价值总是意味着对其他价值的排斥”（许宝强、袁伟，2001）。“韦努蒂所说的‘对拟翻译的异域文本的选择’是译事的头等要义……梁启超把‘择当译之本’列为译书三义之首义，可以说是抓住了译事之根本。”（许钧，2002）。本章从叙事文本的文学价值说起，谈谈叙事选材相关的问题，以期为当代女性文学跨文化叙事选材和有效传播提供借鉴。

第一节　叙事文本的文学价值

中国当代女性文学作品“走出去”所选题材首先应该考虑叙事文本自身的文学价值，以及源语与目标语的文化差异与审美期待，关注译语文化需求及其价值取向，确保受众读者对女性文学作品的可接受度，促进女性文学作品在目标语国家逐渐形成稳定的文学价值与文学场域。

第一，应该考虑“时间差”和“语言差”现象。对于中西方文学交流和跨文化叙事来说，要注意“时间差”“语言差”及不同的文化背景。正如谢天振（2014）所说：“迄今为止我们在中国文学、文化走出去一事上未能取得预期的理想效果，还与我们未能认识到并正视在中西文化交流中存在着的两个特殊现象或事实有关，那就是‘时间差（time gap）’和‘语言差（language gap）’。”“时间差”与“语言差”是在时间和语言方面，相比中国人对西方文学和文化的认识，西方人对中国文学和文化的认识相对滞后。所谓“时间差”，就是中国人已经阅读西方文学一百多年，而西方的读者在最近几年里才开始对中国的文化和文学产生浓厚的兴趣。他们现在阅读中国的文学作品就跟当初中国人阅读严复、林纾的翻译作品一样。所谓“语言差”，是指讲汉语的中国人在学习、掌握英语等现代西方语言并理解与之相关的文化方面，比讲英、法、德、西、俄等现代西方语言的西方国家的人民学习、掌握汉语要来得容易。“时间差”和“语言差”的存在，再加上不同民族之间受众的文化差异，客观上限制了中国文学作品在西方的文学价值。而西方的“强势”文化始终对中国文学产生着各种干扰和冲击。相对于西方，中国人更多地了解西方社会，中西之间的交流不平衡，导致中西方跨文化叙事作品的文学价值观存在明显的差异。这也是多年来中国作品译入与译出不平衡的一个主要因素。当前，欧美的文化系统处于相对稳定、自足感较强的状况下，对于外国文本的选取存在着无意识的抵触，从而阻碍了中国文学作品的译出，自然也不利于中国当代女性文学作品的英译。

第二，西方对中国存在“文学价值贫瘠”的偏见。由于西方霸权主义观念的存在，西方读者认为中国文学是“边缘”文学，“文学价值贫瘠”，是“枯燥的政治宣传工具”，有些西方学者对中国文学作品的印象严重滞后，有的还停留在封闭的乡村，对其解读的态度是居高临下的，对中国文学持有根深蒂固的偏见，扭曲了对中国文学的认识。有的西方主流媒体和受众认为，中国小说缺少文学性，没有阅读价值，很难吸引读者。这种文学偏见不利于叙事文本的价值建构和翻译叙事选材，在很大程度上制约了中国文化形象海外影响力的提升，减缓了中国文学作品（包括中国当代女性文学作品）走向世界的步伐。但是，西方的认识偏见反过来也影响了叙事选材活动，也就是说，从另一侧面来讲，中国女性文学作品英译的叙事选材要避免或减少类似“封闭的乡村”或“政治宣传”等题材，才能更好地发挥多样化的文学价值作用。由于社会文化、历史地理和意识形态等因素的不同和阻碍，西方读者在阅读中国文学作品方面存在经验不足。也有部分原因是在某些出版商的引导下，使西方读者对中国文学作品的认识不够透彻，对当前中国的现实状况和人民的心理状态了解也不够深入。这对中国女性文学作品英译在叙事选择与传播上产生了消极影响。

这是一种先成性的偏见，导致出版商对中国文学作品不感兴趣，即使发行也只是重视封面，而忽视了原文本选择和译作质量，也对西方读者认识和鉴赏中国文化产生了很大的冲击，应从根本上解决西方读者对中国的消极看法。当然，在“一带一路”倡议下，中国的发展受到了世界各国的广泛关注和重视，西方研究者对中国文学领域进行了较深入的探索。中国文学在国际上的地位得到了提高，如国外“新汉学”的出现，以及英美等国对中国文学作品的引进和学习越来越多，对当代女性文学的关注也日益增加。

第三，注重叙事文本价值和内容的选择与甄别。异域文化要在不同受众中引起共鸣，达到跨文化交流与传播的目的，需要具备一定的条件，其中，文学价值是一个必要条件。如果译者只是一味地用纯粹民族的艺术手法来表现传统文化内容，这最多只能引起西方读者的好奇欲望，并不能被受众发自内心地接受。因此，在选择译介作品过程中，要注意适应西方的文学价值准则，关注跨文化叙事传播过程中的诠释方式与交流效果，作品应具备适于接纳的阅读价值。如果选择和翻译等环节能“贴近”或者“反映”西方世界的文学传统，中国文学作品“走出去”可以少走些弯路（胡安江、胡晨飞，2012）。比如，美国译者安纳莉丝·芬尼根·瓦斯曼选择残雪《最后的情人》进行翻译，一个重要的原因是残雪的作品在中国当代文学中有很高的文化价值，具有重要的文化资本。残雪是女性文学和先锋派文学代表人物，1985年开始发表小说，代表作有《黄泥街》《山上的小屋》《苍老的浮云》《五香街》《最后的情人》等，出版发行文学作品六百余万字。美国和日本的文学界普遍认为，残雪是“20世纪中叶以来中国文学最具创造性的作家之一”。残雪的一些著作已被翻译到日本、法国、意大利、德国和加拿大等国。与中国其他作者不同，残雪的作品是海外最受欢迎的，如美国哈佛大学、康奈尔大学、哥伦比亚大学，日本东京中央大学、国学院大学等的文学教材，都有中国著名女作家残雪的作品。残雪的作品还被列入美国、日本等国家的最佳小说选辑，在美国和日本大学作为文学读物，具有相当可观的海外影响力。《边疆》（2017）英译本在美国出版后获得一片赞誉，包括《纽约客》等众多有影响的媒体刊登了近30篇评论、访谈和选刊。黑色喜剧小说《新世纪爱情故事》的英译本*Love in the New Millennium*（《爱在新千年》）入围了2019年布克国际奖的复评名单。残雪的作品在跨文化传播后的异域空间可谓遇见了知音，这不能不说是中国当代女性文学作品，乃至整个中国当代文学作品海外传播令人欣喜的收获。残雪的作品以“空灵味”著称，灵活幻化而不可捉摸，以荒诞意象、非线性叙事和潜意识挖掘，本真地展现中国社会的本质，剖析中国国民性，深度挖掘中国文化。《最后的情人》以夫妻、情人及情人之间复杂的、曲折的、诡异的联系为线索，让野蛮和文化潜移默化地碰撞和厮杀，最后融为一体，给人一种错综复杂、曲折甚至诡异的感觉。2014年，残雪的当代文学作品《最后的情人》由美国译者瓦斯曼翻译，耶鲁大学出版社出版，其译本在英语世界获得了极大的赞誉：2015年同时获得三个国际奖提名，即美国纽斯塔特国际文学奖（Neustadt International Prize for Literature）、英国独立报外国小说奖（Independent Foreign Fiction Prize）和美国最佳翻译图书奖（Best Translated Book Award）（最终获得该奖）。2019年诺贝尔文学奖赔率榜，残雪上榜且高居第三位，2020年残雪再次入围诺贝尔文学奖赔率榜前10名，此后连续4年入选诺贝尔文学奖赔率榜单，更在近两年连续位居榜首，成为热门获奖人选，备受国际关注。女性译者瓦斯曼兼具中文功底和英语技能，曾赴华研读中国语言文学，曾供职于学术和教材出版机构，担任策划编辑、出版协调员、文字编辑、项目经理等职，翻译过蒋韵、鲁敏、王蒙的短篇小说和散文（岑群霞，2018）。她选取残雪的小说来翻译，正是考虑到叙事文本的文学价值。

第四，文化语境对文本价值选择的影响。翻译研究不再把翻译看成语言转换间的孤立片段，而是把翻译放到一个宏大的文化语境中去审视（谢天振，1999）。就文化语境来说，通常的观点是，在一定的时空内，一个特定的文化积淀和其所处的社会环境形成了一个文化领域，该领域可以分为三种：第一种是与文学作品相关的特殊的文化形式；第二种是作品创作者的创作形式；第三种是多种形式的价值结合。就翻译领域的文化语境而言，主要是指译者所处的社会文化环境，从社会意识形态、主流诗学、赞助人三个层面来看，社会意识形态因素对译者的翻译起着很大的作用。译者在翻译过程中决定拟译文本、制订翻译策略、选取语言文字等都是在特定的文化背景下进行的。因此，译者所处的社会、文化环境对译者产生了很大的冲击。在翻译过程中，要做到完全的客观性和中立性是不现实的，若是处于文化语境的变革或不稳定时期，译者个人的翻译主张甚至自己的偏好都会受到明显的影响。

另外，翻译还包括原作、译作、原作者、译者、读者等，他们都扮演着举足轻重的角色。译者在翻译过程中要面对“译什么”“为谁译”和“怎么译”等诸多问题。这样的抉择是为了使译者能够充分地了解不同的文化情境，并尽可能为读者提供所接受的内容，而这也是一个关于文本选取的问题。就翻译文本而言，译者是整个翻译文本中关注最多的因素，从某种角度来说，译者处在翻译活动的核心位置，其目的并非将读者“去中心”，而在于从文本选择、翻译策略、修辞选择等角度考量读者的情感与接受性。在译者的价值观中，目标受众是一个不容忽略的客体。从实际意义上来说，译者既没有忽视读者受众，也没有忽视读者的审美期望。从文化消费的视角来分析，读者是使用者，译者是生产者。因此，读者有权要求译作有较高的思想价值和艺术价值；同时，译者也有义务和责任来提升译作的翻译质量。因而，译者的译作价值的抉择取决于读者的不同需求与审美期望，以保持一种和谐、动态的平衡。

跨文化叙事文本的选择应该把握一个重要因素：所选择的作品与目标语的文学价值，在传统的文学鉴赏上，不发生正面的翻译冲突。过去有些西方读者群体对中国文学存在片面认知，他们常常“误认为中国文学只是政府的宣传品、附属品，缺乏艺术价值”（吕敏宏，2011）。时过境迁，莫言获得诺贝尔文学奖这一标志性文学事件表明中国文学已融入整个世界文学的大环境和文学系统之中。不过，世界文学仍然存在话语、地位等不对称问题，中国文学处于弱势地位，与西方发达国家文学相比，中国文学的“传播力、市场拓展力和全球影响力等方面同样面临着‘西强我弱’的态势”（袁三标、陈国栋，2013），这在很大程度影响着我们选择文学价值观和译介内容。贾平凹说：“越有民族性地方性越有世界性，这话说对了一半。就看这个民族性是否有大的境界，否则难以走向世界。”（孙见喜，2001）“但凡在西方引起较大反响的第三世界的文学作品，其在境界、内容或表现艺术等方面无一不与现代化密切相关。”（韦建国、户思社，2004）因此，当代女性文学叙事文本的选择要注重文学价值与艺术价值。

第二节　叙事赞助人的影响

美籍比利时学者勒菲弗尔曾在《翻译、重写以及对文学名声的操控》中提出著名的意识形态、诗学和赞助人三个概念，并认为这三要素影响着文学作品的翻译。勒菲弗尔认为制约文学翻译的因素主要有两个：第一个因素是来自文学系统内部的“专业人士”，例如译者，为了让文学作品能够得到主流意识形态和诗学的接受，他们会对原文进行改写。第二个因素就是来自文学系统外部的“赞助人”，类似权力实体（人、机构），可以加速或阻碍文学的阅读、书写和改写（Lefevere，1992）。所谓赞助人是指拥有促进或阻止文学阅读、写作和重写权力的人与机构。赞助人感兴趣的通常是文学的意识形态，而专业人士关心的则是诗学，但赞助人授权给专业人士来管理诗学，并从政治、经济、地位等方面引导专业人士使文学体系与其意识形态一致（Lefevere，1992）。从赞助人的组成角度分析，专业人士与读者也可能成为赞助人，如文学评论家、教师、批评家、文学领域的专家学者等。文学团体也可以充当赞助人，如翻译的发起者、翻译中介、文学社团、大学、文学刊物、研讨会、文学选集、影视作品、出版物等。赞助人也可以是个体、宗教团体、政党、出版社、大众传播机构等。赞助人，尤其是那些有影响力的文艺团体，具有雄厚的资金，手中掌握着出版发行的实权，对翻译作品的选材有可能会施加权威的影响。所以，对于译者来说，一方面要对原作进行改写，以符合读者的阅读期待；另一方面，文本选择还要满足出版商经济利益最大化的要求，符合赞助人的期待视域。

赞助人自身的要素有三种：一种是意识形态，它并不局限于政治，还会制约行为模式、习惯和信仰，这些影响着对文学作品的选择；二是财政资助，为重写者支付工资，或为其提供工作；三是社会身份，重写者接受资助，就意味着要遵循赞助方的要求，使文本产出符合赞助方的价值导向。这些要素常以不同形式组合并互相作用。译者的意识形态在一定程度上影响了译者的翻译策略和方法，这既有译者的自觉，也有被赞助人强加的。赞助人可以推动文学作品的创作与流传，但也具有阻碍、禁止、毁灭文学作品的作用。赞助人可以通过学术机构、批评刊物和教育部门、出版检查机构等对文学作品创作和出版进行监督。赞助人对翻译选材和译文的影响力也不容忽视。因为赞助人的经济地位决定了作者和译者的收入，经济地位因素又决定了他们的社会地位（Lefevere，1992）。

从中国女性文学作品英译叙事选材实践来看，赞助人是影响和制约翻译选材的重要因素之一。中国当代女性文学代表作家残雪的作品在欧美译介数量相对较多，在海外产生了较大影响，受到了读者与学者的高度评价，原因是多方面的，但与其背后的赞助人的力量有着密切的关系。

残雪的赞助人可归纳为三类：第一类是对残雪极力推崇且具有很强影响力的海外作家、学者；第二类是对其作品大加赞誉的海外主流媒体；第三类是将其作品作为大学教材的高等教育机构（王文强、郭恩华，2016）。其一，美国著名作家兼文艺评论家苏珊·桑塔格对残雪推崇备至，美国哈佛大学知名教授哈罗德·布鲁姆更是盛赞残雪是“当今世界最伟大的作家之一”（卓今，2012）。这一高度评价为残雪的作品走向海外铺平了道路。其二，海外主流媒体主导着欧美文化语境中与阅读翻译作品相关的舆论走向，影响并塑造着目标读者的阅读选择、阐释策略及价值判断，对残雪及其作品的正面评价与解析意见时常见诸《纽约时报》《泰晤士报》《独立报》等主流媒体。如《纽约时报》曾刊文指出：“她的小说令人想起的是，艾略特的寓言、卡夫卡的妄想、马蒂斯噩梦般的绘画。”（Innes，1989）这些主流媒体的正面评价大大提升了残雪在欧美世界的文学声誉。如果作品能进入欧美大学课堂，成为文学教材，无疑对于推动作品在海外传播有着深远的意义。残雪的作品作为美国哈佛大学、康奈尔大学等名校的文学教材，理所当然地让更多的读者接触到了残雪，大大提高了她的国际知名度。

王安忆不仅是中国当代最知名的女作家之一，也是在海外享有很高声誉的女作家，她“上海女人”的身份标识使她成为当代海派文学的代表人物之一，哈佛大学教授更盛赞她是“属于上海的作家”，她在作品中对女性情欲爱恋的突破性描写使她被打上“女性主义”作家的烙印，其中最为人称道的当数描写上海女性人生体验的《长恨歌》。“中国女作家作品中，当数《长恨歌》

在西方世界传播效果最好……其在欧美图书馆的馆藏数为692家”（高璐夷、储常胜，2016）。《长恨歌》作为王安忆的代表作，讲述了上海女性王琦瑶的一生，反映了当时的女性虽饱受男权社会压迫，却仍然在自己的小世界里努力生活，充分发挥女性自主性，堪称一部女性主义佳作。其英译本 *The Song of Everlasting Sorrow: A Novel of Shanghai*（Wang A，Berry M，Egan S C，2008）由知名汉学家白睿文（Michael Berry）和陈毓贤（Susan Chan Egan）等合译，哥伦比亚大学出版社出版。该书一经出版便收获了美国主流媒体的大加赞赏，2008年《纽约时报书评》给予了极高的专业评价，并荣获了全美翻译界最高的荣誉——洛伊斯·罗斯翻译奖（Lois Roth Award for a Translation of a Literary Work Winners）提名。不同于学术出版社，商业出版社更关注欧美市场读者的期待视野，他们在选择推介时，往往显示出西方接受中心心态。西方读者从王安忆的作品中了解了20世纪40年代以后的中国，尤其是上海的风貌与中国女性的面貌。王安忆的小说中体现的女性文化身份等暗合了西方读者的文化心理期盼，上海这座城市又能使西方读者产生文化认同，所以她的作品译介数量相当可观。

“一个国家内部的发展与国际地位的奠定很大程度上要依赖文化软实力，而文化软实力无论输入与输出，在我们看来首先是一个翻译问题。”（许钧，2012）“一带一路”倡议提出后，中西方文化交流与传播不断扩大，中国文学作品在西方受到的关注度明显增强。这几年有更多的中国文学作品受到赞助人和出版商的支持，在海外出版，但仍无法改变其相对的弱势地位。中国当代女性文学英译叙事或可成为中国文化传播的一个重要突破口，要重视赞助人对叙事选材的导向作用。

第三节　叙事接受者的需求

海外文学场域对认知和接受中国当代女性文学独特的叙事艺术和语言表达的译介存在文化偏差与价值冲突，所以，翻译文本能够“进入异域阅读层面，赢得异域行家的承认和异域读者的反响才是作品在海外传播成功的关键”（吕敏宏，2011），原作与译作的历史生命如果没有接受者的积极参与则是毫无意义的。当代女性文学跨文化叙事传播不仅要跟随作家的节奏，考虑赞助人的意识形态，还要考虑如何顺应叙事接受者的需要。翻译作为跨文化叙事交流的桥梁，是中国女性文学向世界对外传播的重要途径，译者需要让文字为女性代言，让女性在作品中显形。如在张洁《沉重的翅膀》的英译本长约1700词的译者序中，戴乃迭首先对张洁的学习和工作经历做了简要的介绍，说明了小说《沉重的翅膀》的创作背景，介绍了张洁早期作品的内容、主题和社会影响，然后介绍《沉重的翅膀》的内容和主题：1987年出版的小说《沉重的翅膀》的中心主题是中国工业的现代化，这是一个至关重要的主题。……张洁明确表达了自己的观点：男人和女人为了实现个人关系的完整和幸福，必须一起推翻传统道德观的陈腐部分，建立起真正的社会主义伦理观（Zhang Jie & Gladys Yang，1987）。通过译者序，我们可以更好地理解作者所处的年代、作者的个人生活、所讲述的题材，同时也挖掘了当代中国民众的生存状态，特别是中国妇女所面对的各种问题，尤其是《沉重的翅膀》所蕴含的女性问题。在翻译时，译者要把握好原作者的情绪变化、语言风格，并坚守女性主义的观点，避免译本被完全归化的危险，使受众能体会到其所具有的文学感染力，为英语读者服务，从而将女性作品从边缘地位转移到主体地位，让全世界都能听见中国女性的心声。因此，译者要分析西方读者对接受女性文学的心理动机和期待视野，根据受众的阅读兴趣，择取目标语读者能够接受的需求方式进行跨文化英译叙事选材。

需要指出的是，叙事赞助人和叙事接受者之间也存在着一些共同点，女性文学跨文化叙事者应该充分利用这一点在叙事选材中做到“求同存异”，努力发现双方“共同价值观”（shared value）。在中华文化“走出去”的背景下，要把中国女性文学作品推向海外市场，除了引介女性话题的作品，更需要根据国外读者的需求进行叙事选材，以符合西方读者的阅读期望和共有价值，从而获得外国出版社的认同。“西方出版市场虽然对中国本土文学有猎奇心理，但他们同时对中国当代文学心存芥蒂，如对意识形态的宣传。”（巫阿苗、胡兴文，2016）我们鼓励译者选取与女性关系密切、与本土和国外女性具有相同价值观念的女性文学题材，同时也可以挑选让国外读者所能理解特别是体现出共同价值观念的题材。巫阿苗和胡兴文（2016）就提出：第一，选择具有共同价值观的题材；第二，选择反映“新女性”的素材；第三，选择新媒介女性文学作品。若选择的是具有普遍性的女性话题，对译者来说更易拉近原作与受众的距离，也较容易吸引国内外的出版社。不论在哪个时期，文学的全球化特性和全球意义的获取，都取决于其所蕴含的超越民族地域的普遍价值观，以及其所蕴含的民族和地方体验。一件作品若要与其他文化圈子受众产生共鸣，实现不同文化间交流的目标，就必须具备两个基本条件：能被受传者所识别的、无歧义的“符号编码”，即“普遍价值”；能引发审美刺激或趣味新奇感的迷人特色，即“地域特色”（刘意，2012）。在中国文学作品的翻译传播中，选择的作品必须具备普遍性、共通性。普遍性则是人文精神的普遍性，共通性使西方读者易于体会和接受。从叙事逻辑来看，跨文化叙事的真正价值不在于“叙事”，而在于“接受”。但是，对西方读者来说，不需要我们“用外语书写他们的本国文学”，译介到国外的文学作品也应当是最富有“中国经验”的，既要体现中国文化的陌生感和民族性，又要体现出它所蕴含的文化传统和审美方法，才能使西方读者感受到中国文学独特的价值变迁、审美判断和文学特色。

在叙事选材时，译者应理解“读者是谁、读者需要什么、如何满足读者需求”，用国外读者所能理解的方式将中国女性的经历告诉他们。同一部译作在不同的读者那里会有完全不同的解读。叙事文本选择，既要看与目标语文化的语言、信仰和价值观念的一致性，也要注意到它能否达到读者的预期。若能使目标语的文化准则与读者的期望相一致，则译作将能更容易地融入目标语境。戴乃迭英译《沉重的翅膀》内容的编排，就是为了帮助读者更方便、全面地了解张洁和她的作品，从而使张洁的小说在国外进行资本重构。

鉴于此，笔者认为翻译的过程需要面向受众，要结合归化和异化两种基本翻译方法进行选材。简言之，归化要求以译作读者或目标语为归宿，用目标语读者的表达方式来传达原作的内容。异化要求译者尽可能不去打扰作者，让读者向作者靠拢。译者应尽可能地挑选一些可以淡化中国女性的隐晦和细微差别的文本，并依据国外读者的接受水平和不同的语言背景来选择合适的叙事文本。正如著名翻译家葛浩文（Howard Goldblatt）所言：译者要翻译出作者想说的、读者想看的，而不是一个字一个字地翻译作者所说的。译作需要淡化原作的陌生感，遵循受众的接受习惯，如对作品中人名、地名、语义、韵律的翻译，总体而言，应该采取归化的策略，避免中国式的表达，使国外读者能够更好地感受到原作中女人的情感故事。要消解男性的话语霸权，译者必须掌握好女性作品的写作风格，突破男权文化的藩篱，凸显女性的主导作用，创造一个崭新的女性话语模式。

目前，中国文学的英译效果不尽如人意的一个重要原因是译者在进行文化外译和叙事选材时，很多时候都是根据自己的意愿来决定的，而没有完全理解目标语国家的社会需要和读者需求。一本优秀的文学作品或译著，必须经过人们评价、专家评价、市场检验。换句话说，人们的评价（或者读者的评论)、专家的评价和市场的检验（或者卖出的数量）可以作为评价一部翻译作品优劣的重要指标。反过来，这三个评价指标也可以用来指导中国文学英译叙事的选材方向。根据大数据查阅一些读者评论，利用大数据分析读者需求，可以发现，例如，亚马逊网站可以提供读者就译作不同章节的详细评论，以便使更多的读者借鉴。结果表明，读者评论对购买图书的潜在读者有很大的影响。同时，它们也让译者能从读者视角对原作选择进行客观的考察，并对以后的翻译选材和修改工作提出一些建议。通过整合这些评论，我们可以看到它们在某些方面存在共性，如语言流畅、易懂、原文韵味、中国的文化等，这几个词重复出现，可以看出，读者们的普遍需求是选择一个流畅易懂的、可以让人与作者进行直接交流的译作。同时，对待不同的语言差异，也力求保持原作的神韵，使国外读者对中国的历史文化有更深刻的认识。这些读者评论使我们在选择叙事材料时，要充分考虑读者和市场的评判。

此外，要进一步了解受众的评价，还可以通过Twitter、Facebook等社交网站，寻找有关中国文学作品的相关评论文章，哪怕是只言片语，也会有所帮助，尤其是一些评论专家的评论和推荐，对译作的质量会有很大的影响，又能为后续的叙事选材起到导向作用。只有不断推动女性文学的译介研究，鼓励女性文学作品“走出去”，让译者和出版商认识到中西方女性认知的差异，并给予更多的资助，促进女性文化走向世界，才能更好地跨越语言的鸿沟，帮助女性文学跨文化叙事传播顺利进行。

第四节　叙事者的选材惯习

19世纪晚期，梁启超在《变法通义》中对翻译进行了论述，将其提升为“强国第一义”，指出：“故今日而言译书，当首立三义：一曰，择当译之本；

二曰，定公译之例；三曰，养能译之才。”（郭延礼，1998）“择当译之本”即选择“译什么书”。叙事者即译者，所处社会的主流意识形态及译者本身的选材惯习，对叙事选材策略和语言解决方案的制订具有重要的影响力，叙事者的翻译观念和审美倾向也是跨文化叙事选材的重要部分。

叙事文本选择是译者惯习的外在表现。“惯习”这一概念可追溯至古希腊，被认为是“一种长久而且稳定的定势，作为人的一种特质，与人的年龄、性格、社会地位及家庭出身有关”。法国社会学家布迪厄将其定义为“可持续的、可转换的性情定势系统”，认为惯习反映出人在“早期成长、家庭教育、学校学习、工作、交际等社会化过程中逐渐习得、内化并强化了的社会规律”（Bourdieu，1990）。惯习是由译者早期教育和生活经历不断积累而形成的一套固定体系，它是一种内在的外部结构，直接指导和引导译者进行翻译活动。译者惯习是影响译作质量的关键因素之一，是译者在翻译过程中积累的一系列个人、历史和社会体验，是译者内在社会结构的结果，一旦在体内生根之后，就很难在短时间内发生变化。译作的提质正是译者持续决策的过程。无论是在宏观层面上的翻译选材和策略选择，还是在微观层面上的词汇筛选，都必须由译者做出抉择。

中国的女性文学并不像西方那样具备特定的女性主义理论和女性主义运动的背景。女性主义翻译思想是在2002年《重写神话：女性主义与翻译研究》（廖七一，2002）发表后才被中国学者大量译介引入和阐发引用的，但是在为数不多的女性译者中几乎无人公开承认自己是女性主义者或带有女性主义思想。然而，女性主义翻译观所倡导的女性视角和女性意识却悄无声息地体现在她们的译作中。朱虹在诸多从事当代文学英译的译者中卓尔不群，她（编）译出了大量的高质量的女作家的作品，其作品叙事选材的特征是突出女性视角，如《恬静的白色：中国当代女作家之女性小说》《嬉雪：中国当代女性散文选》《花的节日：中国女作家散文选》（*Festival of Flower*：*Essay by*

Contemporary Chinese Women Writers）等。作为一名女性译者和一名英美文学研究者，朱虹对中国女性有独特的认知视角，通过跨文化叙事作品把中国女性的与众不同生动地展现在西方读者面前。收入《恬静的白色：中国当代女作家之女性小说》中的小说主要是将女性作为一个整体来塑造的，其中主要描写女性争取基本的做人权利，还谈不上做女人的权利，主人公的女性意识开始觉醒，她们反抗自己作为牺牲品的命运，要求重新界定自身的价值，关注女性的地位和命运。这在当时西方人对中国女作家和女性生存状况缺乏了解的情况下，引起了西方读者的阅读热情。《嬉雪：中国当代女性散文选》是中国女性散文选最具代表性的作品，它精选了20多个女性作家的长篇小说、诗集、论文和演讲，具有很强的影响力。朱虹翻译选材的一个标准：作者是女性，作品写的是女人。她还会特别注意选择一些有明显女性主义倾向的作品。她说："我觉得自己翻译女作家的作品时更加投入，翻译男作家时我觉得有点距离。"在翻译实践中，朱虹会"根据（我）自己的生活经历和认识，以及（我）对妇女问题的理解选择自己认为比较准确的基调"，"（我）读女作家常常凭直觉感到作品写得很感人，有艺术感染力。（我）比较看重作者的真情实感，不仅是描述的真，而且是感情的真"（穆雷，2003）。她总是投入女作家写作时的角色，试图用自己的语言把作品描述出来。通过抽取《嬉雪：中国当代女性散文选》英译本中一些实例进行文本分析，我们得知：朱虹倾向于采用直译、直译或音译辅以注释等手段，"寻求文化荣耀"，尽量保留她视为荣耀或值得向西方读者介绍的中国女性文化，而对她认为不宜向西方读者介绍的中国传统女性文化予以删减、淡化或不予显化。

残雪《最后的情人》译者瓦斯曼前期的教育经历和翻译实践形塑了其译者惯习，译者曾在中国研读中国语言文学，曾任职于学术及教材出版机构，担任策划编辑、出版协调员、文字编辑、项目经理等职，曾翻译过蒋韵、鲁敏、王蒙等人的短篇小说和散文。瓦斯曼中英文俱佳，有才华，还会做一些编辑工作，这对译稿的编辑和修改很有帮助。其译者惯习决定了瓦斯曼选择向英语读者介绍丰富的中国文学，让他们亲身感受其他国家的普通百姓的生活和情趣。

1993年，白睿文来到南京大学学习，掌握了汉语，了解了中国文化，之后又学习了中国哲学和文学经典，再后来师从美国汉学界著名学者王德威攻读中国现代文学博士学位。1996年，他受邀将北京大学某教授的一篇论文译为英文，从此踏入了翻译领域。他陆续翻译了张大春的《我妹妹》《野孩子》、叶兆言的《一九三七年的爱情》、余华的《活着》。这几部译作完成后，白睿文跻身美国著名中英文学翻译家之列，逐渐形成了自己的翻译惯习，即倾向于选择翻译文学性较高、符合中国价值观的小说作品，并在翻译时表现出以直译和异化策略为主、最大程度地贴近原作的内容和形式。在王安忆的几部作品之间权衡之后，他最终决定翻译自己喜欢但难度很大的《长恨歌》。翻译完成后，他联系了二十几家美国的主流出版公司，拒绝了几个出版商提出的删削原作的要求。最后，王德威设法弄到一万美元的出版赞助费，哥伦比亚大学出版社才同意出版该书（季进，2008）。可以看出，这种选材惯习是在他的个人经历、学术背景和中国文学在世界文学中的边缘地位影响下形成的。换句话说，他选择原作的标准和翻译方式体现了一个学者型译者的职业惯习。

作为翻译活动的审美主体，译者在整个翻译过程中扮演着举足轻重的角色。其翻译理念在很大程度上决定着整个翻译过程。译者对翻译过程的认识、对原作的理解、对译作的预期目标等都会对翻译选材和语言运用产生重要的影响。可以说，译者的每一种选择都各有其目标，翻译动机也会在一定程度上决定译者对译作的取舍。译者的每个抉择都与其自身的翻译理念息息相关，译者选材观念的取舍往往也是一种自然而然的选择和调整。随着时代的变迁、社会的变革和文化语境的改变，译者对翻译的认知和理解也会随之发生相应的调整。在翻译过程中，译者必须对原作抱有敬意，对原作有全面的认识。

这个认识包括两个层面：一是了解原作所说的内容；二是懂得如何表达。这里所谓的认识是指译者在翻译和选材上的一种态度。由于译者的心理状态差异，故而对原作的选择不同。由此可以得出结论：译者持什么样的心态或者什么样的叙事选材观念，对译作质量的影响显而易见。

在面向世界讲述中国女性文化、传播中国女性声音的过程中，译前的跨文化叙事选材是中国女性文学作品英译成功的基础。中国女性文学作品英译要兼顾叙事文本的文学价值、叙事赞助人的意识形态、叙事接受者的接受需求及译者惯习等因素，做到这几种因素的有机统一，同时立体选择和形塑中国女性文学，从而让世界了解中国女性文化。叙事者还应根据读者的兴趣与需求、信仰与价值观、文化背景和社会心理等进行有的放矢的选材。此外，新媒介文学也影响着译者的选材。新媒介文学又称为网络文学，它可以脱离出版社和书商的操控，拥有更广阔的选材空间和传播空间。新媒介文学中女性文学作品的出版优势是篇幅短小、主题广泛，在快节奏的时代更能契合读者的需求。因此跨文化叙事者倘若在选材方式上面向西方读者，选择有代表性的新媒介女性文学作品进行翻译，以数字出版的形式进行宣传推广，有利于拓宽选题途径，从而开拓国外市场。

第五节　叙事选材的艺术性

叙事和艺术，似乎各行其道，互不相关，但其实有着内在联系，它们有着共同的基础——人类的创造力。女性文学跨文化叙事是中国语言与文化的体现，叙述的是中国故事和中国文化，艺术是人类情感符号形式的创造，叙事选材与艺术追求的目标都是人类社会的真、善、美。叙事艺术实践活动其实与中国女性文学紧密关联，是一种学术研究和跨语言、跨文化传播工程。本节围绕英译叙事情感符号的融通性，展开叙事选材艺术研究，探究蕴含其中的女性文学英译语言、形质、传播艺术等理论所指与现实能指，让叙事选材切实符合审美需求，融入情理之中。

一、叙事选材的艺术内涵

作为翻译工作者，要从当代中国的伟大创造中发现创作的主题、捕捉创新的灵感，自然离不开文化和艺术的有效融合与创作。用艺术为时代立言，是叙事与“讲故事”需要把握的重要题材。一个时代有一个时代的文化艺术，一个时代有一个时代的精神。翻译承担着记录新时代精神、传播中国文化的历史使命，要坚定文化自信与文化自觉，把握时代脉搏，聆听人民心声，对中国文学的英译风格和形态加以引导、整合，为人民奉献文化艺术精品。叙事选材要注意立意高远，把握三大特色。

（一）用艺术为时代立传

艺术无国界，是人类共同的语言，艺术是“人类情感符号形式的创造”（苏珊·朗格，2006）。从这一属性来看，艺术可以成为女性文学英译与跨文化叙事的共振点。从微观看，翻译不仅是翻译，不仅是翻译语言，更重要的是翻译文化，是“内修心而外益世”的传统文化与文化传统工程。艺术通过一种创造性的方式，来唤醒已有的意识或无意识的情绪，“艺术是对生活的提纯”（卢晓侠，2000）。提到叙事艺术化，或许业界同人有疑问，是不是会打破英译体例和行文规范？从行文方面看，英译文体的规范化性质与行文艺术化表现有一定的冲突，正如蒙娜·贝克所说的“翻译与冲突”，一般来讲，英译文体采用规范语言文体，文风译风严谨，如果使用夸饰成分较大的文学艺术体可能会变味走样。然而，笔者以为，整体的严谨叙事与局部的艺术化处理并不矛盾。需要指出的是，叙事艺术的“分寸感”是极其重要的。如何在有限的、不破坏体例的前提下获得生动的故事化效果和品位，才是需要研究解决的问题。单就“译”术语言而论，其故事艺术的生动主要体现在文化、风俗、人物等方面，在其中适当加入文学艺术性，可以有效打破以往英译叙事呆板之风。

（二）用美学为英译立论

马克思的《1844年经济学哲学手稿》中有句著名论断：“人也按照美的规律来构造。”这正说明艺术美是英译叙事发展的必然规律。古往今来的翻译工作者一直没有停止对“译”术与艺术和美的追求。严复提出“信、达、雅”三大翻译原则，并指出“辞不雅驯，难以远行”，指翻译的内容要简明、体例要严谨、文字要典雅，要有自己的美学标准和美学追求，要在“雅”上做文章，不然，就难以被社会所接受，更难以被异域文化受众所接受。这些观点其实就是从翻译的艺术与美学角度来立论的。

（三）用匠心为叙事立言

中国女性文学作品作为传播中国文化的载体，除了应具有较高的英译水平和故事性、可读性，还必须具有匠心精神，进行艺术化打造，使跨文化叙事更具表现张力。此匠心精神主要体现在两个层面：一是女性文学文本内部的艺术化，即在传统翻译理论和叙事学的基础上，强化文本内部的艺术表达，如语言符号、结构形式、图片配置等；二是英译+艺术，讲好中国故事，如叙事与影视、书画、音乐等艺术融合，创造新的叙事形态，可通过影视蒙太奇艺术表现手法，进行模块化叙事和艺术处理，突出时代特色和地域特色，并伴以音乐和解说，产生视觉冲击和听觉感染，将英译叙事展现得淋漓尽致，让英译不再是单一媒体的传播，而是集合多媒体手段的创作升华。为了更好地体现工匠精神和叙事艺术，使译作的传播与时俱进，译者可借鉴新媒介的“微传播”概念，将一个特定的翻译单元做成“微视频”，长达七八分钟，短可三四分钟，然后进行重组，并制造出相关的叙事主题。如残雪、王安忆等作家的女性文学作品英译叙事专题等，这一系列中国文化“微名片”，言简意赅，适应不同平台的传播特点，可以满足受众快时代、慢记录、微传播的需求。这个过程是对当代女性文学跨文化叙事的一次创新：一方面能够体现英译文本故事载体的艺术化走向，由纸介质转为纸、磁、光、电等多介质；另一方面能够体现英译与传播形式的艺术化走向，突破语言文字和民族的边界，融合影视艺术等形式，使叙事表达更加生动形象、直观、多元化，从而增进不同文化背景和社会群体受众之间的交流与理解。

二、叙事选材的价值体认

在中华文化“走出去”的历史进程中，寻求中国故事的传播效果，凸显文化荣耀，无疑是文化自信的重要内容。叙事选材要注意把握“三大价值”。

（一）历史文化价值

叙事艺术实践活动其实是中国文学对外传播工程，属于高雅文化的范畴，不同于通俗文化，不能用通俗文化的标准来衡量它的价值，而应把历史文化价值作为追求的重要目标。越是历史的，越是现代的。在当前社会急剧变化的时期，寻求翻译出路，使翻译在中国文化复兴和中华民族伟大复兴进程中获得一席之地，我们要格外注重历史文化价值，译出具有文化标识、走向世界的文化精品。在翻译创新发展过程中，如果“译完即走”或搞“一本书主义”，让译作在图书馆“沉睡”，将会与英译叙事的社会功能和中国文化对外传播理念不相匹配。在社会转型时期，女性文学翻译及其英译的作用和历史地位也随之相应地发生调整。现代社会大众传媒日益多元化、信息化、平民化，各种信息的传播速度和范围远超昔日。在这样的背景下，相关部门和翻译工作者不得不认真反思与研究。

（二）商业价值

从本质上讲，女性文学作品英译并不完全是商品，更多的是文化，但因为是精神文化和物质文化的复合体，所以又有可能商品化，打造成为跨文化叙事的精品产业。不过，叙事艺术是一种特殊商品，它既具有商品性，又具有非商品性。所谓商品性就是指文化价值的物化，非商品性就是指作品的历史文化价值。笔者认为，在市场经济条件下，当代女性文学跨文化叙事不能以营利为目的，但不排除产生适当的商业价值，将文化软实力转化为经济硬实力。可与政府部门、赞助人、出版机构等合作，将文本资料转化成生动形象的文化艺术作品，并通过交换中介实现其价值，满足文化消费者和受众的需求。政府部门和出版机构等应支持翻译实体，可采用政府主导、专业支撑、公众参与、市场运作的方式，共同开发女性文学英译作品，扩大资源的辐射面和影响力。

（三）人文价值

当代女性文学跨文化叙事的重要理念是对外传播中国文化，讲好中国故事，人文价值是其重要的价值观。人文价值主要体现在女性文学英译作品要坚持以人为本、符合受众的审美需求。译作虽然不是纯艺术追求的审美，但它可以在叙事和传播中不同程度地体现艺术美。其文本美的观照要从内容和形式两个方面来考察。内容上，应该全面、翔实，囊括原作中自然、社会历史与现状的全部，具有时代性和地方特征，实现真实美与充实美的统一。形式上，主要体现在篇目结构、语言、图片、装帧及译者的叙事创造等方面。海外读者首先接触的是译作的形式，然后才是内容。形式美不美，直接影响读者的第一印象。形式不美，吸引力差，自然会失去众多的读者。现在有些女性文学英译作品，如同一个模子套出来的，千书一律，索然无味，如何能赢得海外市场？译本美的观照还体现在三个方面：一是译作叙述内容的真实美，在原作内容的使用上追求第一手材料；二是内容和形式辩证统一的和谐美，在内容上追求深厚的文化内涵，在意境上追求浓郁的女性文学特点和乡情乡韵，做到科学性与著述性的和谐统一；三是跨语言文字的行文美，丰富、鲜明、准确的语言形式是叙事的基础，英译的语言力求准确、凝练、典雅，文质相符。刘勰在《文心雕龙》中说“结言端直，则文骨成焉；意气骏爽，则文风生焉”，就是指有感染力的文章语言才有风骨，才能体现出美的观照，女性文学跨文化叙事也一样。

三、叙事选材的实践旨归

通过透析叙事选材的艺术内涵和价值体认，我们不难发现其中蕴含着丰富的理论所指与现实能指。在国际语境下，以实践为视角，分析和探究中国当代女性文学跨文化叙事艺术的所指与能指，是业界深刻诠释用艺术为时代立言、寻求国际话语权“译”的实践旨归。叙事选材要注意理论与实践相结合，寻求国际话语权“译”，应把握三大关系。

（一）叙事语言与艺术品位的关系

笔者以为，英译叙事的语言至少可分为四个层次：一是词不达意，二是达意而已，三是蕴含意境，四是闪现哲理。质量上乘的文学译作，应该在语意语境和哲理艺术等方面都引人注目。“翻不出来”或“文化流失”在以前有的女性文学英译作品中比较突出，这显然与现代读者的审美情趣相背离，严重影响了中国文学对外传播效果。译作毕竟要服务大众，是供人们阅读的书籍，当然也得接受历史与人民的审美考验。《史记》能够成为千古绝唱，绝不是因为它拘于史书的板滞之风，恰恰相反，司马迁在《史记》的人物传记中用了多种创作手法，用艺术感染人，化人于无形，传承上千年。译作要传播中国文化，讲好中国故事，如果全是不动声色的平白叙事，如何化人？对于女性文学的英译叙事来讲，还有一个重要的方面，就是要炼出“句眼”“文眼”。想想为什么古人写美人，常常着力写一双明眸、一泓秋波，对其不富特征的部位着墨不多，或者说仅勾勒而已，却可以收到形神毕肖的效果？这个道理告诉我们，对女性文学中所记事物不富特征部分，完全可以“简译”，对最富特征部位，则有必要泼墨似的渲染或“增译”，即在“眼”上细下“译”力和工笔，炼出“句眼”“文眼”，使整句或整部译作既简准达意又富含意境。

此外，要注意译作的长与短、浓与淡、远与近、宏与微、平与奇、空与明等关系，把它们巧妙地融合在一起形成章法起伏错落之美。同时，要适当添加引用与注释，以增加深度与可信度，注重运用简洁、新颖、醒目的标题，突出原作的主题，使国外的受众在一定程度上获得强烈的视觉效果，从而使他们有一种想要一睹真容的冲动。当然，要想提升女性文学英译作品的整体质感，译者首先应是一个有艺术品位和文采斐然的人。

（二）叙事形质与艺术表现的关系

形质，顾名思义是外形和内质。随着时代发展，中国传统文化的形质受到严重冲击，已经不能满足人民群众日益增长的精神文化需求。在保持翻译基本原则的前提下，创新表现形式，是女性文学英译叙事转型升级的重要途径。其一，形式置换。形式置换是重要的艺术思维和表现策略，可以将其理解为在某种特定情境和主题下，在互相不关联的事物间，寻找和发掘相似、相近或可替代的表现因素，这些因素可以被形塑，可以表现出内在的意义，也可以被其他因素所取代而进行叙事重构。它们的价值在于通过场域的置换解放表现维度，超越固有艺术思维逻辑，通过形式替换使某些常见的客体在新的文本和新的艺术背景下成为新的翻译形态，从而形成耳目一新的艺术体验和审美价值。置换其实是指一种以轻松且直观的字、音、像等形象符号表现较为严肃的文本，置换的作品可以传递生命与艺术中最真实的感悟和感觉，回归本质，使翻译语言复苏。其二，模块化。将女性文学作品按主题分类整合，进行模块化、故事化叙事处理，展开新的英译叙事与再叙事，以适应新的时空语境和新时代人们的艺术审美需求。当然，此叙事重构过程并不是与原作叙事的全部细节一致，而只是与它的整体意象或意图一致，是“笔不周而意周”“抒胸臆以振斯文”。女性译者要适应互联网时代的发展趋势，适应手机端模块化阅读习惯，改变高高在上、枯燥乏味的刻板形象，积极推进网络、微信等模块化译作的加工利用，让译作和叙事接地气、有温度。一些作品还可制作成有声读物或音频化条目，每个条目时长2~3分钟，以说、唱等形式，体现原汁原味的中国文化特色。尝试实现从看书到听书的转变，为受众提供便捷、周到的英译服务。此外，叙事讲究故事化。首先，找出一个源语文本的最大魅力所在，找出最有吸引力的地方再去翻译、叙事。叙事化的本质特点是将“大主题”提取出来，再将其精练化、细节化、故事化，而一个好的叙事，其核心就是用经典人物角色来串联叙事。用一个个生动鲜活的人物故事来阐述主题，容易引起西方读者的共鸣。以讲好中国故事为例，通过大数据对所讲内容或对象予以分析，以受众和市场为导向，归纳整理中国故事对外讲述的先后、主次、轻重、快慢、新旧、长短的优先序列，考察目标受众的审美期待、价值判断和认同差异动因，从而讲透中国故事。最后，注重故事的细节。细节叙事胜过千言万语，给人留下深刻印象的通常是一些令人感触很深的小细节片段，而那些可以创造近距离氛围的细节，则称为“记忆留痕”。

（三）开拓英译叙事与世界对话的新关系

女性文学英译叙事要扩大文化传播范围和影响力，塑造走向世界的中国品牌形象，必须解决一个前提，即“桥”的问题。这个“桥”，推动了翻译和艺术、文化和生活，继而推动文化交流与世界各国、各领域之间跨界或跨文化交际。第一，搞好调研和选材，了解和认识不同地区文化传统、价值取向和接受心理，根据不同需求设计叙事选材的“菜单”，进行有针对性的输出。第二，探索中国元素在世界表达的新形式，从西方读者的角度，融入世界话语体系，选择性地建构传播内容。第三，重视对女性文学作品的复译与深层次英译选材，挖掘故事性，尽力做到译作语句流畅、意境高远，也可以采用诗文或图文结合的形式，吸引西方读者。文学译介与传播的方式不断趋向多元化、智媒化，目标语的表现形式也应该因时而变、因地制宜。目前，文学创作者在确立某一种文学类型时，一般都会融合其他类型的元素，是文学创新与译介值得关注的新趋势。

总之，在面向世界叙说中国女性文化、传播中国女性声音的过程中，译前的跨文化叙事选材是中国女性文学作品英译成功的基础。讲好中国故事、让世界聆听中国声音、了解中国文化，提高国家文化软实力，是当前的重要任务之一。近年来，中国文学海外传播助力中华文化“走出去”，海外读者也越来越关注中国，也愿意接受中国纯文学作家。素有“中国现当代文学首席翻译家”美誉的葛浩文认为作品选定绝不是仅凭个人的好恶，其必然经过多方面的考虑。

中国女性文学作品英译，除了受叙事赞助人及其意识形态的影响，译者还应根据叙事接受者的兴趣与需求、信仰与价值观、文化背景与社会心理等进行有的放矢的选材。要兼顾叙事赞助人的意识形态、叙事接受者的需求和传播模式，做到三者的有机统一，立体形塑中国女性文化，从而让世界了解中国女性文化。

第五章　女性文学跨文化叙事策略

叙事学研究的最主要特征就是要“尽力排除与社会历史和作者意图紧密相关的‘文学’的概念，将研究的范围减缩到作品的本文，即‘文本’”（张寅德，1989）。这就意味着叙事学的主要研究内容就是“作品如何说”的问题。在当代女性文学跨文化叙事中，叙事策略就是通常所说的对话口径，指为故事中代表相关利益人的叙事立场提供支持解决问题的策略方案，表现出适应受众需求转变的重要环节。叙事策略也是我们观察和思考某个人物或事件的方式，这种方式随着不同媒介的叙事探索而逐步发展，正如人们观察和思考世界的方式也是在历史的基础上不断推进并发生改变的。

译者需要针对不同的社会文化语境，相应地阐释和调整原作的叙事方式，选用不同的叙事策略。要想得到西方受众的认同，译者必须对原作与受众进行分析，“需要思考如何通过精心设计翻译话语达到预期目的……要用受众熟悉的话语处理以示尊重；而对体现我国特有价值的重要国情内容则需要译者精心运作，采用受众容易接受的方式”（陈小慰，2013）。选择性采用是指任何连贯的叙事建构都是根据一定的价值观、主题性及我们在时空的位置在众多纷繁复杂的事件中进行取舍的。同样，在翻译过程中，译者也会据此进行选择，进而对世界产生影响（Baker，2006）。

当然，译者需要和作者就前期交流合作达成共识，作者需要回答译者不解的问题。译者甚至可到作者生活的地方，到原作写作的地方反复体味，感受一下当地文化，了解作者的语言习惯，接近作者写作的精神。译者和作者通力合作孕育译作，才让译作既保持了忠实性和准确性，又具有了可读性和文学性。在翻译过程中，译者倾向于采用直译、音译、增译、直译或音译辅以注释等文化保留性翻译策略，尽量保留值得向西方读者介绍的中国女性文化。而对不宜向西方读者介绍的中国女性文化，译者通常会采取删减、淡化或不予显化等策略，让语言为中国女性说话。

本章通过选取《嬉雪：中国当代女性散文选》《沉重的翅膀》《长恨歌》《最后的情人》等女性文学作品中的译例，阐释语言干预策略、叙事重构策略、叙事情境“浸入式”策略、变译叙事与陌生化审美策略以及叙事诗学与改写策略等，探讨如何使中国女性文学作品进入异域文化语境，获得他者文化的理解和新的跨文化阐释，从而产生有别于它们在本土文化中的意义、影响，为中国当代女性文学跨文化叙事交流与对外传播服务。

第一节　语言干预策略

女性文学跨文化叙事过程中要表达出叙事者对文本的理解，往往需要语言先行。“任何叙述都离不开叙述者，只要有语言，就有发出语言的人，只要这些语言构成一个叙述文本，那就意味着必须存在着一个叙述主体，有一个叙述者‘我’存在。”（罗钢，1994）叙述者通过自己的语言构成文本，采取语言干预与重写或综合运用各种策略来进行女性文学跨文化叙事。

一、语言：文学的第一要素

众所周知，文学作品是语言的艺术，语言是文学作品的第一要素。20世纪80年代以来，当代女作家不断对叙事进行颠覆与解构，拓展语言本身的视角内涵，并试图通过恢复语言的潜在魅力来摆脱传统形态的束缚。作为跨语言、跨文化的女性文学作品英译叙事者，译者要将自己对世界的认知、观察和想象，准确无误地传达给受众，相应的语言符号则作为传达载体。在寄托丰富思想感情的同时，译语还应使读者在阅读时产生与生活相关的联想。同时，译者为了寻求更适合的阐述，会合理运用语言引导文本意象的改造，避免不恰当的解读，从而增进译者和读者之间的联系。此渠道作为信息沟通的桥梁，充分激发了译者和读者的想象力，并且填充、丰富了自身的生活经历。由此激发出的联想，远比原作所提供的信息更为多彩。在翻译过程中，译者的想象力可以使译作产生更多的联系和隐含的信息。中国女性文学作品英译本质上是跨语言跨文化的叙事性阐释，通过语言的有效转换，文学作品才能在目标语中被目标读者接受。因此，“不能简单地停留在译文分析层面，而要探讨这些现象背后的文化原因，揭示译语文化系统中的政治、意识形态、文学观念、经济因素等对文学翻译的操纵和影响，并由此切入某个时期的文学、文化关系的分析”（查明建，2005）。女性文学英译建立在女性意识基础上，要求具有描写故事情节的语言表达、合乎情理的逻辑推理及科学的叙事方法。因此，在充分考虑文体特征的基础上，跨文化叙事时译者还需要多关注女性语言的叙事风格。好的译作应当是作家与译者的共鸣，碰撞出真情实感的流露。译者常常在不同的文学历史背景中进行跨文化叙事融合，而不仅仅是通过一种中立的、客观的方法来“再现原作”。从文学接受的角度看，对于原作的语言干预与改写等工作都属于叙事语言策略。译者的生活环境本身处于一定的文化语境和意识形态中，为了女性文学作品能被西方读者接受，译者在原作的故事情节、主题、语言等方面，需要进行一定程度的改写，如中国女性文学作品中有些注重情节和环境的描写，译者在原作中碰到大段的心理描写、环境描写时，就会选择在译作中删除相应的累赘部分。对于西方读者难以理解的，并非特别重要的中国文化，译者通常会采取删除、省略的翻译方法。出于译者自身的意识形态和审美期待的原因，译者还会对原作进行大刀阔斧的调整，在语篇层面进行重构，以符合国外叙事接受者的期待，便于文学作品在目标语文化中传播。

二、语义层次分析

由于语义对句法修辞的决定性作用，语义层作为文学叙事层次的重点层次，其意义构成被无限扩大，而句义结构则是对词义结构的扩展。叙事文本旨意的表达依托于语义层的内容诠释，借助于具体词汇、句法的灵活运用。语义层的内涵依赖语篇或语段。在女性文学叙事文本中，叙事语言的落脚点常在于说出自身的成长经验、发掘内心隐秘、关注自我意识、表明女性的觉醒。叙事者竭力捕捉这些女性的言谈举止所投射出来的心理意识，哪怕是短暂的一瞬，哪怕是极度的变形，揣摩她们在各自处境中的感受、意愿，并把这些无法表达的心绪外化为具体的语言形象。

中国人偏重综合性思维，强调“从多归一”的曲线式思维方式，表现在语篇组织上，通常采用“具体—归纳”的方法和“流水型”句子结构。西方读者则偏重分析性思维，反映在语篇组织上，通常采取开门见山式的“演绎推理”方法和“树杈形”句子结构（王银泉，2009）。由于中西思维方式的差异，译者在翻译时需特别注意语言差异。在叙事文本中，话语主体所表达的社会意识形态和主流观念常常隐藏在句式和句法背后，并影响着其叙事的语词、语调和语气。比如朱虹，她是一名长住西方的“漫游者”，同时也是一名中国文化叙事者。她作为特殊叙事话语主体，同时兼顾了英美文学学者、女性主义学者、翻译家等多种叙事身份，这与她的人生历程、所处的生存环境有着很大的关系。朱虹原来是中国社会科学院外国文学研究所的研究员，是我国第一批女性文学批评家，同时也是把我国当代文学介绍给英语世界的知名女翻译家。她早年在天津圣约瑟女校学习，后来转入北京的圣心学堂，1953年从北京大学西语系毕业，此后一直在中国社会科学院外国文学研究所任职，并在国外留学数年。她的成长和教育背景使其获得了近乎母语般的英语体验。20世纪80年代初期，朱虹前往美国参与了董衡巽主编的《美国文学简史》的编写工作，深切地体会到了西方社会对中国和中国妇女现实状况的无知，于是她产生了向国外宣传中国女作家的想法。在经历了漫长的积累与沉淀后，她和周欣编的英译作品《嬉雪：中国当代女性散文选》展现了中国妇女在不同困境与新老观念之间的生存状态，由此突出了中国妇女独特的情感经历：以坚韧与担当的态度来迎接痛苦。朱虹的翻译具有与西方学者的思想观念相一致的特点，因而呈现出与诸多本土译者迥异的语言特色，其译作深受海内外读者的推崇与赞誉。

三、语言干预与重写

西方第二次女性主义浪潮让女性进一步认识到语言不仅是沟通工具，更是塑造社会的工具，因此，女性主义的口号之一就是通过改革语言、重构语言使“妇女通过语言获得解放”（Simon，1996）。翻译便是女性主义者对语言实施变革的一种重要手段。“所有的作品在域外的接受过程中难免遭受操纵甚至变形”（Damrosch，2003），翻译也不例外。正如哈伍德指出的，“翻译就是以女权主义的方式再改写”（De Lotbiniere-Harwood，1991）。在以往的翻译实践中，一些女性译者已经认定她们有权从女权主义角度质疑原作，如果原作与女权主义观点相悖或者偏离，她们有权对原作进行干预并做一些改动。她们认为，如果继续使用传统的父权语言，那将重复男人的历史，所以她们在翻译实践中使用新词、新拼写、新意象来表达女性的声音，有意识地采用各种技巧、策略使女性的痕迹显现在译作中，以重塑女性的社会形象，提高女性的社会地位。正如雪莉·西蒙所言，“她/他们因此可以使用语言作为文化干预的手段，作为改变支配性表达的途径之一，不管是在概念层面、句法层面还是术语层面”（Simon，1996）。弗洛图也认为“女性时代的翻译也是对先前女性主人公的重塑，是对以往给予女性的那些性别特征和态度的改写”（Von Flotow，1997）。在她的翻译思想中，译者一般通过三种翻译策略对原作进行干预和重写：①增补，即“补偿”原文在表述女性意识与性别意义上的方式。如在《圣经》翻译中于呼语“brothers”前补上“sisters”，创造性地扭转“忠实”标准的绝对权威地位，摆脱“不忠的美人”的矛盾限制，使译作在流畅自然的前提下展现两性平等，让女性身影在文本中显现。②加写前言和脚注，用以解释译者的翻译策略和翻译过程，深化作品中女性角色的感染力和亲和力。如在“译者前言”中宣称其翻译是为女人说话。③“劫持”，又称“挪用”或“叛逆式重写”，即对原作中不符合女性主义的词句、暗含女性歧视或偏见的话语进行重写（Von Flotow，1991）。女性译者运用这个翻译策略较多。1976年加拿大魁北克的几个女性主义作家合写的一个剧本中有这样一句话：“Ce soir，j’entre dans l’histoire sans relever ma jupe.”原文是法文，翻译成英文时，有男性译者将这句话直译为“This evening I’m entering history without pulling up my skirt.”而女性译者觉得，“pull up my skirt（以色相事男性权贵）”仍没走出男性的长期压迫。原文隐含的一层意义：女性如果没有以色相事男性权贵就很难进入历史。这在很大程度上贬低了女性形象。为了捍卫女性尊严，女性译者将其改译为“This evening，I’m entering history without opening my legs.”“劫持”后，原文中的性别歧视明显消失。某些译者为把女性的现实处境在译作中表现出来，也会运用一些新创词来表达女性经历，如“battered woman”“incest survivor”“hertory”“gynocentric”“cyprin”“shelove”“chairperson”等。译者从什么角度、用什么方法来翻译原作，跟译者的叙事立场有密切关系。译者在翻译时会加入自己的叙事立场，并据此选择某些翻译策略（如改译、直译、增补等），以减少目标语读者的阅读障碍，符合英语文学界的文学取向。

（一）改译

中国著名女性文学译者朱虹充分发挥主观能动性，采取类似的改动翻译策略，以寻求文化荣耀。陆星儿作为中国著名的女作家，擅长描述来自不同阶层的女人，她对女人命运的关切深深地打动了读者。在翻译过程中，译者朱虹从女性主义视角解读原作之后，有意识地重写了原作中忽视或歧视女性的内容。遇到不能凸显中国女性现状的句子或词语，朱虹通常会改用能赋予翻译更丰富内涵的词语，加入自己的内心感受以凸显女性的力量。

原文：同时，女人却依然要做那些和男人不一样的事。

译文：But at the same time，women must still do what men do not stoop to.

如果直译，“和男人不一样的事”可译成“the different things from the men”。然而，朱虹只是将它译为“what men do not stoop to”。“stoop”一词意为“bend down”或“lower oneself”，暗示着男人对女人所做众多琐碎的事的不屑一顾。朱虹用“do not stoop to”来强调女人必须面临的困境，以凸显女性坚强的本性。

原文：总之，在各行各业女人们的表现决不落后于男人；总之，男人能做到的事情女人没有办不到的；总之，女人和男人应该而且必须并驾齐驱。

译文：Women have caught up with men in every field of action； that women were perfectly capable of doing whatever men can do； that women can and must keep up with men.

仔细阅读原文后不难发现，如果直译“决不落后于”“没有办不到的”，则句式带有否定意味。译文避免了否定句式的运用，而是选用“caught up with”和“perfectly capable”等肯定语气，一改传统女性的卑微弱势地位，提升了当代女性的形象。“应该”一词也相应地改为“can”，传递出译者对女性的信心。

作为女性主义引入者，朱虹与女性主义理论的亲密接触，使她能自觉地将不荣耀的中华传统文化信息有意委婉化、净化或淡化处理，以回避对女性的歧视，暗示女性的处境，表达附加含义等。

原文：她以她旺盛的生命力与机关算尽的头脑，最终克制了西门庆……

译文：when Pan Jinlian relying on her physical attractions and her scheming finally succeeded in overcoming Xi Menqing...

潘金莲是《水浒传》中的人物，为卖炊饼的武大郎之妻，因与西门庆有染，毒杀武大郎，最后两人恶行曝光，均被武大郎的弟弟武松所杀。中国文学作品中，潘金莲一直被钉在历史的耻辱柱上，成为“妖艳、淫荡、狠毒”的典型。而在翻译活动中，朱虹需要将这一女性文化图式稍加修饰润色后再传播给国外读者，她会“根据（我）自己的生活经历和认识，以及（我）对妇女问题的理解选择自己认为比较准确的基调”（穆雷，2003)。“旺盛的生命力与机关算尽的头脑”改译为“physical attractions and her scheming”，既能传递潘金莲这一女性人物特点，又能美化这一女性形象，从而更大程度地帮助西方读者重构新的中国女性文化图式。此外，就《女人的“一样”和“不一样”》原文中的中国式口号“男女都一样”及“一样”和“不一样”的翻译，朱虹则根据文化语境采用“as good as”“same”“different”和“just as”等表达方式进行委婉化、净化或淡化处理。

戴乃迭翻译的《沉重的翅膀》对张洁原作的改译大致分为两类：一类是有关政治、经济体制改革问题的冗长叙述，通常以人物对话或讲话的形式出现，与小说的情节推进和风格塑造无关；另一类是关乎小说本身的艺术风格。前者如男主人公郑子云一处关于行为科学的讲话，长达1500余字。后者体现为张洁常常借小说人物之口或作者直接出面发表看法，带有浓厚的抒情色彩，文本呈现为全知叙述评论，"此类议论在《沉重的翅膀》中俯拾皆是"（付文慧，2011）。这里所说的改译主要是删减。译者对冗长叙述的删除是为了消除英语读者对陌生的中国社会背景的隔阂感，以顺应其阅读期望。而译者对评论的删除，可能是以目标语读者的需求为导向，顺应英语世界的文学范式和阅读趣味而做出的努力。李欧梵曾称赞张洁的作品的译文风格经戴乃迭这样一处理而"变得柔和"了（Leo Ou-fan，1987）。

（二）直译、音译、直译或音译辅以注释

要抑制、强调或阐释原文中隐含的叙事或更深层面叙事的某些方面，译者倾向于采用直译、音译、直译或音译辅以注释等翻译策略，保留值得向西方读者介绍的中国女性文化。对不宜向西方读者介绍的中国女性文化，译者通常选择删减、淡化或不予显化等策略，让语言替中国女性说话。

例如，朱虹在翻译过程中，为最大限度保留文化特色，通常采用直译或音译辅以注释的策略，如对上帝（God）、潘金莲（Pan Jinlian）、西门庆（Ximen Qing）、黛玉（Daiyu）等具有鲜明文化内涵的词语的翻译，均采用此类策略。又如《红楼梦》原文中"甚至那样爱至上的贾宝玉，都要在完成了家族交予的传宗与功名两项任务之后，才可追随黛玉而去"这一情节。该段译文为"Even the arch（e）typal lover Jia Baoyu① had to first fulfill his duty in propagating the family line and to win worldly honors before he gives up everything for his beloved Daiyu"。中国人都知道例子中的贾宝玉是《红楼梦》的男主人公，朱

虹采用脚注“①Male protagonist in the classical Chinese novel *Dream of the Red Chamber*”。通过对比男女对爱情的不同态度，反映了黛玉爱情至上的女性形象。而作为男人的贾宝玉不可能像女人一样为了爱情放弃一切，他必须先完成传宗与功名的任务。朱虹将中国传统女性文化介绍给世界，即勇敢追求爱情的中国女性愿意为爱情而活。

（三）增补

女性主义译者会有意识地增添一些表现女性形象和女性声音的表达方式来向读者传达女性意识。《嬉雪：中国当代女性散文选》中收录的《男人和女人，女人和城市》和《女人的“一样”和“不一样”》译文中多处体现了译者的增补策略，强调性别差异并增补原文缺失或隐藏的文化信息。朱虹曾指出，“我译这些作品的目的就是想让外国读者按我设想的方式了解中国，了解中国的改革开放，了解中国的女作家及其作品，了解中国的妇女状况。……我想让外国读者听到中国妇女的各种声音，让他们了解中国妇女的生活状况和她们的困惑”（穆雷，2003）。

原文：在强调“一样”时，女人和男人并非真的一样。在强调“不一样”时，女人却还是少不了要和男人一样的同工同酬。难怪女人们一致的感到辛苦感到劳累。要求她们既要做得和男人“一样”不被男人轻视，又要做得“不一样”，让男人们欢欣，她们真是招架不住的，而且，也是不公平的。

译文：When we stressed that women should be “just as good as ” men，women in reality were not limited to being “just as good.” Now that the emphasis is on being different，women still cannot avoid having to work like men on a same work same pay basis. No wonder women all feel exhausted and drained. They must be like men to avoid being despised by men，and then they must be different from men to be desired by men.

对于中国曾经流行的"女人能顶半边天，男女都一样"的口号，西方读者却不大明白其隐藏意义。这句口号表明中国女性一直在追求性别平等，却很难真正取得这种平等。朱虹巧妙地增加了"not limited to being"，"cannot avoid having to"和"must be"来强调中国当代女性的坚强形象。此外，她也特别注意翻译中的选词，用词考究。"exhausted and drained"进一步表达女性精力"耗尽"，让世界了解中国当代女性的现状。朱虹并未隐藏小说中原本存在的男女地位不平等、性别不公平等现象，相反，她努力做到对原作的真实再现，选择以巧妙的方式还原了作品中的不公平现象。朱虹从女性心理出发，在理解了原作的叙事意图后，又添加了自己的女性主义意识，充分发挥了译者的主体性，在译作中强烈地表现出一种对女人的敬重和钦佩之情。在阅读朱虹的译作时，读者可以深刻地感受到原作叙事中女性受到压制这一事实，同时也最大程度地激发了读者对"女人不能被同等对待"这一事实的思考，也引发了女性读者的情感共鸣。

原文：土地向人索取的劳动，是太过单一太过狭隘，又太过苛求了体力，女人无法取得优势，无法改变必须依附于男人生存的命运。

译文：The soil extracts such hard and monotonous labor from its cultivators that women can never achieve superiority，can never change their reliance on men for their survival.

句子"女人无法取得优势，无法改变必须依附于男人生存的命运"暗示女人相对于男人的劣势， 这将女人排除在独立和权力的公众世界之外。而在翻译中，朱虹巧妙地增译"such... that"结构进行跨文化叙事。"such... that"引导结果状语从句，它强调原因对结果的影响。这里"the soil extracts such hard and monotonous labor from its cultivators"是原因，"women can never achieve superiority， can never change their reliance on men for their survival”是结果，即女人的弱势归于自然。译者打破了“女人必须依附于男人生存”这一传统意识，帮助目标语读者建立新的女性文化图式，实现了有效跨文化传播与叙事交流。

另外，在《女人的“一样”和“不一样”》译文中，朱虹增补了一些原文中缺失或隐藏的叙事信息，以突出女性形象。

原文：其实，所谓“一样”的口号，使女人们在做着女人的同时再做男人；其实，所谓“一样”的口号，让女人们又给自己加重一挑担子。

译文：The fact is，“women are as good as men” means that women after doing what women do，must take up another burden.

对比原文和译文，读者能轻易发现“after”和“must”两个词是译者增加的。女性虽一直追求性别平等，但很难取得这种平等。“我们当然不能说，如果女人有同等的机会，她们会比男人干得差。因为机会从来不公平。”（骆晓戈，2000）女性除了做女人该做的事情，还必须承担其他责任。这里朱虹的补充叙事内容部分表明女性所处的现状及面临的超乎寻常的压力。

女性主义翻译就是翻译时以女性主义方式重写原文，公开表现译者对文本的操纵，让女性尽量在语言中显现。女性主义译者经常有意或无意地叛逆原文来凸显女性形象（陈钰，2012）。朱虹在翻译中充分发挥了女性主义译者的主体性。受朱虹翻译实践的启发，越来越多的女性译者将从事女性主义翻译，这将更加有利于女性主义翻译在中国的发展，从而间接推动国内的女性意识与性别研究。

（四）语篇综合策略

任何外国文学要想在西方的英文市场开创新的文学格局都不是一件简单

的事，中国文学与西方文学的差异更使中国文学难以打开西方的英文市场，中国当代女性文学也是如此。这就要求我们面对中国当代女性文学英译叙事环境中女性、时间、空间三者的语篇情节时，综合运用各种策略与叙事语言进行适度改写。王忆安的代表作《长恨歌》的英译本中的女性话语与“上海叙事”的叙事情节使文本中的女性观更加成熟。在《长恨歌》的英译本中，译者以增补为主、“劫持”为辅的策略修正了少量歧视性语言，在女性、时空和语篇各个层次的翻译上，并未采取激进的女性主义翻译态度。译者注意保持女性声音的差异性，并以中国女性特殊处境为基础，融合了中国传统哲学的独特女性观。小说《长恨歌》将叙事情节与时空观念紧密相连，为空间与女性的关系赋予了时间的维度。在20世纪三四十年代至改革开放初期的上海城，小说《长恨歌》里的女性也同这座城市一起发生着翻天覆地的变化，在西方资本主义消费文化的笼罩下，男人则把女人看作上海回忆，通过时间维度的加持，女人便成为男性怀念旧上海的中介。译文主要通过综合运用增补、“劫持”等策略，突出女性的介质、他者、替罪羊地位，以强化语篇情节与作者的女性主义立场。

由于源语文化和目标语文化之间不同叙事规范可能存在的冲突，为了使译文更好地被目标语读者所接受，译者往往会进行叙述干预，并对原文故事层面的叙述结构做出调整，从而影响读者对小说人物和事件的感知（Chen Lin，Dai Ruoyu，2022）。从上述译例中可以看出，女性译者更加注重历史客观原因对女性在时代潮流、社会生活中的抉择所产生的影响，凸显传统父权制对女性产生的深远冲击。而在女性与日常时间的关联方面，女性译者则采取了增补策略去表现男权对女性的物化、对女性日常时间的控制、对衰老女性的非人化及女性对男权审美的内化。总之，女性译者在跨文化叙事过程中，带着觉醒的性别意识，不断反思自己的叙事主体身份，并在译文中综合运用语言干预和重写策略增强语篇情节的效果，突出女性的特殊境况。

第二节　叙事重构策略

近年来，中国文学外译成为中国文化对外传播与“中国之治”国际话语权角逐的焦点。其中，中国当代女性文学英译叙事重构可作为一个重要的突破口。故事之所以是故事，并不单由其形式决定，而是由叙事形式与叙事阐释语境之间复杂的相互作用所决定的（戴卫·赫尔曼，2002）。本节试图从蒙娜·贝克的叙事理论角度，将其与理论关键词“翻译、冲突、叙事、建构”相联系，从翻译的跨文化语境背景到具体的文本分析，探讨女性译者如何在翻译女性文学作品时实现对原文叙事的重构，以体现中国当代女性文学的叙事立场。本书揭示了中国当代女性文学英译其实就是女性话语再叙事的本质，从当代女性文学跨文化叙事重构策略的角度，可丰富叙事理论及该理论视角下的文学英译研究。本节选择《沉重的翅膀》英译本为研究对象，从叙事学视角研究中国当代女性文学英译中的跨文化叙事重构，试图将值得骄傲的中国女性文化原汁原味地介绍给西方读者。本节通过原文和译文的对比研究，探讨中国当代女性文学跨文化叙事重构策略问题。译者利用时空建构、对参与者的重新定位及文本素材的选择性采用等方式建构或强化原文的意识形态、价值观念和叙事话语。

跨文化视域下的叙事重构三维译控，是以翻译叙事学为基础，以人工智能三维触控理念为切入点，探索研究叙事重构时空“译”象、性别“译”识、文本“译”图三维译控图式，并层层解构图式，构筑“维中维”译控文本信息终端，寻求译者与译文、原文、读者及时代更高层次的优化对等（陈钰，2020a）。三维译控理论可为翻译学提供新的学科研究思路，并拓展实践应用领域，可以全方位、多视角、更有效地诠释文本信息，同时对推动翻译创造性转化、创新性发展及中国文学走向世界具有重要的理论价值和实践意义。

本节以戴乃迭英译《沉重的翅膀》为例，研究探索时空“译”象、性别“译”识、文本“译”图三维译控认知潜能范畴，将原文从源语时空适应性接触并操控转入译语时空，使其获得再叙事。其中，从叙事到再叙事的“文本旅行”中，经过时空、性别、文本等调适环节，相同或相近的情景、事实、概念、形象等可以直接被译者加以重构，相异之处则需译者调整变化必要的情景要素和重构要素，并且运用恰当的译控图式灵活调节与重构。需要指出的是，三维触控原指智能手机用户通过其触控屏按压以触发不同的操作，实现手机文本的适应性操控与转换，从而更好地运用文字、录像、图片等信息为用户服务。三维译控借助智能手机“虚拟现实”中的“触控界面”，实现译文文本的适应性操控与转换，构筑外译“智能文本”，从而更好地运用文字、图片等信息为读者服务。

叙事重构三维译控图式如图5-1所示。

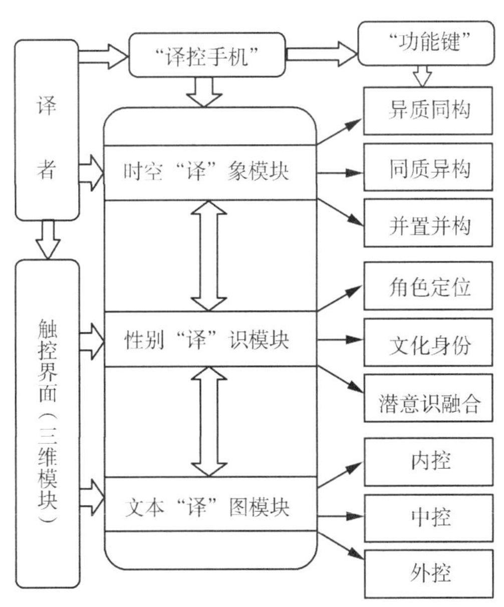

图5-1　叙事重构三维译控图式

由图5-1可知，译者通过触控界面接触源语文本，然后进行界面模块选择，将源语文本置于时空、性别、拟译文本三维模块中，进行“译”象、“译”识、“译”图适应性感触，并根据“意”的感触，进行“形”的分类与触发性调适，再从时空、性别、文本“大三维”进行细化、析取和适应性译控重构，映射“小三维”重构，如“异质同构”“同质异构”和“并置并构”等，然后反哺至模块、文本和译者，形成初译文本，完成一次智能文本重构的译控循环。当然，文本接触、感触、触发与译控重构等过程并非单循环且界限分明的，而往往是处于胶着状态的，是一个螺旋式攀升的过程。译控得当，重构与再重构自然融会贯通、交相辉映。按此图式导引，后文将详细说明，此处不赘述。

一、时空“译”象触控（重构）

时空“译”象触控，即时空重构。翻译是译者在另一时空语境中重构叙事的过程，译者可以根据原文的结构和文化背景对其进行阐释，并对译本叙事进行调整以使其符合新的叙事时空和文化语境。“译”象，即“译”意象。时空“译”象是叙事重构三维译控的重要维度之一。在翻译中，译者将原文置于另一个新的时空语境中，参照原文结构和时空场域背景，接触并操控其译本叙事以适应新的时空语境和时空场域。场域是法国社会学家皮埃尔·布迪厄的社会学理论的代表性概念之一，是指“各种位置之间存在客观关系的网络或构型”，也被视为一个历史与社会的“双重本体性契合”。受布迪厄场域理论的影响，学界开始出现翻译场域或时空场域等问题研究，且影响日益广泛，逐渐成为学术文本概念。从时空场域的角度分析，叙事或故事发生的基础是时间与空间，时间与空间也是物质存在的两个基本范畴。一般认为，英译叙事过程中同样以时间的逻辑脉络来表现空间场景的故事情节。同一个故事，在不同的时间和空间，叙事的效果是不同的。特别是跨文化叙事的文本，必须把握好跨语言、跨文化的“时空界点”，否则，译出的作品就会不知所云。西方现代文学中已经有了较多经典文本的跨语境、跨时代改写，即在新的时空语境下，用旧的故事结构创造出具有文化新意的作品。

要使中国当代女性文学英译叙事在当今社会日新月异的环境下为读者创造出一种具有现实意义的历史和文化背景，就必须找到一种适宜的接受方式。女性文学英译本时空场为人物故事提供依靠，为叙事文本提供书写意义。改变叙事时序，使原有故事序列关系被打破，组成新的排列关系，不按原有叙事时间排序，而选择按叙事的顺序来排列事件序列。小说中的叙事时态与故事时态的不同，为打破传统的线性叙事方式提供了前提。调整故事时间和叙事时间之间的关系，不仅能够强调故事中的戏剧要素，调整故事中心人物行为的节奏，也能更好地传达出作家的意图和思路。缩短叙事的方法有概括和省略，而延长叙事的方法则有停顿、延迟等。

作为一门叙事艺术，英译叙事为我们展示了跨文化时空场域。译者在翻译过程中不断转换空间，在空间变换中为人物提供翔实的证据，捋清故事线索，还原故事现场，为读者提供与书中主人公一般的故事体验。同时，读者也可利用空间所提供的线索，推理、分析、感受故事情节与社会现状。在时空叙事中，译者可以通过原作为读者反复设置谜题，让自己与读者之间进行一场又一场激烈的心理和情绪游戏。中国当代女性文学英译叙事是一种通过叙事者行动方式在时空上进行重新组合的叙事模式。女性文学中的人物对故事空间环境的描述，不仅丰富了空间的真实内容，也完善了不同人物对同一空间的不同描述，给故事情节增添了曲折性。通过以上方式，译者为读者提供了更宽阔的想象空间，使读者在阅读时获得与译者一样的好奇心，去伪存真，利用空间线索积极探寻故事情节。

叙事者往往能够意识到叙事接受者在叙事时空建构方面的困难，时空重构主要包含以下三个层面。

（一）异质同构

在时空场域中，译者会接触到各种各样的语言介质，每一个语言介质都代表着一种意象，传达着一种“异质”信息。而其本质都是在时空场域中存在着多种“力”的作用，即精神世界的表现力与外部世界的作用力等，突破主体与客体、情感与外物等时空对立因素，并有效地运用语言符号信息，推动心理情感与时空维度的世界事物和场景“同构”，并使之物化和意象化。当然，同构是在构造的基本特征上的相似或者形式上的同一，同构过程并不是与事物或情景的全部细节一致，而只是与它们的整体意象或力的向量图式一致，是“笔不周而意已周”。如戴乃迭英译《沉重的翅膀》选取“20世纪七八十年代”与“改革开放”的时间节点，以几组家庭与婚姻现象为空间载体，分析特定时空场域背景下的人文、社会、女性等问题，探究其书写的现实意义。

原文：四五年参加革命的一个“（伪）满洲国”的“电台之花”，很快地入了党。她是一个有头脑的、进攻型的女人。断然不肯留在文工团里，早就看准了“政治”这碗饭。

译文：In 1945 she had joined the revolution as a singer in the northeast. At fifty-five，she still had a sweeter voice than most girls of eighteen. Having joined the Party early，she had shrewdly determined to make politics her career.

对比原文和译文，我们发现第314页（张洁，1981）的原文，介绍了何婷早年入党并从此成功开启政治生涯。译者将原作第315页（张洁，1981）的句子“如今虽已到了五十多岁的年龄，竟还有一个甜得让你发腻，比十七八的姑娘还嫩的嗓子”（“At fifty-five，she still had a sweeter voice than most girls of eighteen”）挪“译”到此处。译者通过重组时空维度中多种“表现力”，即多种具有同一“表现力”类型的语言符号，用以同构“电台之花”的意象形态。戴乃迭通过无序的叙事时序，将关注的女性问题在时空场域中以形式的巧妙变化与重组充分显示出来。

（二）同质异构

语言反映现实，同一现实内容可为不同的语言形式所反映，这是语言的“同质异构”现象。同时，语言是思维的工具，人的思维必然是利用语言来进行的。句子是思维的具象化表达形式，尽管不同的思维可能指向同一现实，但每个人的思维模式和语言表达方式都存在差异，因此，在翻译过程中，译者与作者的思维不可能完全相同，他们用以反映现实信息的语言也不可能完全相同。不同的译者反映同一现实时，遣词造句不同，详略虚实不同，行文思路不同，这便导致了译作的多样性。戴乃迭于1987年翻译《沉重的翅膀》，将其置于美国这样一个与中国现实迥异的时空之中。20世纪80年代末，英美国家正经历女性主义发展的第三次浪潮，女性主义者渴望了解在遥远的神秘国度中国的女性的真实状况。

原文：万群从未在婚姻这件事上体味过幸福：先是对爱情的失望；然后是政治上的包袱。固然，平反了，不再按自杀、按反革命分子论处，但是谁帮她挑生活这份重担呢？

他不经心地向她指出：“应该换个煤气炉！”但他立刻失悔。她曾说过，她不愿意用煤气炉，……就得求人帮忙，一两次还可以，月月如此，人家不嫌烦么？而用蜂窝煤，只要煤厂送到院子里，她自己总可以慢慢地搬上楼去，用不着求谁。

译文：Joy had not had a happy marriage. And now that she was a widow，life was even harder for her. But she was a strong-willed woman, reluctant to be indebted to anyone.

原文此处两段话被译者缩短为三句，原因是西方叙事接受者不了解中国社会的政治历史语境。原文中的“平反”“反革命分子”等对西方叙事接受者而言不熟悉，他们对“平反”和“反革命分子”等感到困惑。戴氏深深体会到西方读者对中国及中国女性现状认识的蒙昧。正是在相同的历史时期，译者跨越中西方的时空语境来引导读者将其与不同地域的现实生活联系起来，仅仅用“And now that she was a widow, life was even harder for her.”来描绘中国女性面临的生存压力和生活苦难，重构看似不同或不尽相同的叙事内容，即“异构”其叙事内容，便于读者理解原意，促进叙事交流。由此可见，译者对源语所承载的文化内涵进行深入分析，省译有关政治方面的语言表达，以突出女性主题。戴乃迭从大学阶段开始研究汉语，打下了坚实的中文基础。她在嫁给杨宪益并重回中国后，更加热爱中国文化，努力提高汉语能力，坚持“不虚美、不隐善的文化立场”，矢志不渝地向西方读者传达一个真实的中国文化形象。由于她的多重文化身份，戴乃迭兼具多个角色，比如原文读者、译者、译文读者等，她在翻译过程中充分考虑了目标语读者的阅读习惯和叙事审美期待，同时力求保存原文的风姿，其翻译策略灵活，极大地吸引读者的阅读兴趣。

（三）并置并构

在客观现实中，有联系的事物之间的关联也必然在语言中得到反映，有效形成汉语的“意”与英语的“形”的“时空合构”，产生意与形互动的并置呼应，即并置并构。这种时空合构的并置呼应影响着时空维度的意象表达，也引发了对文本内部时空元素多维呼应的“象外”之境的追求。并置呼应不只是形式问题，呼应是并置的目的和初衷，是文本之美与意境的味外之旨得以实现的动因和基础。译者的思想情感作为联结它们的主要纽带，在时空转换、情时交融中，构筑起源语与目标语的抒情模式和象征意义。

原文：这不是某一个人的过错或是某几个人的过错，这是蝉蜕时的痛苦。

译文：No single individual or group is to blame， we're all going through growing-pains.

细读原文，“这是蝉蜕时的痛苦”指的是伴随中国社会变革而产生的很多现实问题。译者用饱含深情的笔触描写“we're all going through growing-pains”（我们都经历着成长的痛苦），这展现了那个年代中国社会变革带来的诸多现实问题。同时，译者用时空的穿插连缀传情达意，移时入景或移步换景，表达了处于这个变革时期的女性处境之艰难。在中国，“蝉蜕”意指“脱层皮”的痛苦与磨砺，而国外，也有变革伴生的问题，只是表现方式和程度各异而已。故而在此处，译者将两种意象并置，用较为温婉的语义并构叙事方式，并且注入译者的主体情感，表明国内外所有的女性都只有经历摆脱“旧我”的痛苦成长阶段，才能学会真正独立。没有蝉蜕成长，哪能迎来破茧成蝶？

综上所述，时空“译”象触控三维坐标系如图5-2所示。

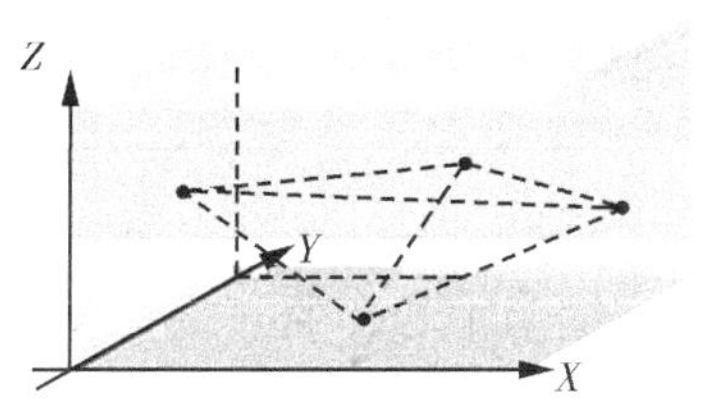

图5-2 时空“译”象触控三维坐标系

图5-2中，X轴代表横向时空维度，Y轴代表纵向时空维度，Z轴代表立

体时空维度，*XYZ*坐标系构成的“立方体”为某一个立体时空“译”象空间。“立方体”中构成的网状图形为“异质同构”“同质异构”或“并置并构”时空区域。图中四点为参数点，每两点之间任意时空点可以移动组合，每一次新的组合都会构成一个新的“译”象空间。在时空“译”象触控中，任意两点之间构成线性组合且具有对应的多个时空点，两点及以上构成网状平面或三维立体图式，点、线、面和立体图式共同构成译控信息终端。任何“译”象都离不开语言符号的影子，找准对应的时空维度或选取一个参数点，便能追踪到符号中能指与所指的点位，然后有效地利用这些符号元素，使它们不断地进行适应性调控与转换组合并重构。这样，在“译”象中就能比较容易地找到“译”象的思路和主线及立体图式的意象表达形态。

二、性别“译”识触控（重构）

性别“译”识触控，即性别重构。性别译“识”旨在将译者的性别意识进行适应性触控并将其译出历史地表，是从性别的角度观察和认知社会政治、经济、文化和外部环境等。女性译者面对有损女性权益的话语，选取一个适应性触控角度，重构原文的叙事方式，对原文中相关的性别意识内容进行一定程度的“改写”，以女性特有的细腻笔触，将女性主观情感和思想从原文中的“不在场”译控为译文中的“在场”，让女性声音和内心意识嵌入目标语中，使女性话语逐渐表达女性的诉求与自信，寻求女性文化荣耀。

（一）性别角色定位

译文中的性别意识以女性为中心，通过探讨女性生存焦虑，着重于女性的生存状态、女性体验和女性角色等，从而推动女性解放。译者以一种特殊的女性视角来审视自己，确定自身本质、人生意义及其在社会中的地位。

原文：在比她似乎还老于世故、不易动情的莫征的面前，她觉得自己有时候像个幼稚的、容易感情冲动的小女孩。

译文：The worldly-wise，phlegmatic Mo Zheng made her feel like an ingenuous little girl，too easily upset.

在帝国主义霸权话语的压制、封建父权思想的束缚和民族改革运动的复杂背景下，新时期的中国女性的声音被淹没了。戴氏深深感触到女性话语的“不在场”，欲试着接触并操控为译文中的“在场”。此句描写的是女记者叶知秋，“幼稚的、容易感情冲动的小女孩”被译成“an ingenuous little girl，too easily upset”。在选词上，译文体现了性别角色定位，尽力刻画女性细腻的语言情感，使情感意识产生流变。译文中的“ingenuous”“little girl”“easily upset”更好地体现了人物感情的真挚，与“worldly-wise，phlegmatic”形成对比，突出叶知秋的女性身份，从而细致入微地传递了女性人物内心深处的温柔情感。

（二）性别文化身份

译者从性别文化意识的译控角度出发，审视外部世界，从而形成原作与译作文化之间的良性互动，进行富有性别主义生命特征及文化身份表征的理解和把握。译者倾向于选择体现女性文化特征的词汇，保留值得向西方读者介绍的中国女性文化，凸显女性文化意识，促进女性文化传播与交流。

原文：说归说，叶知秋相信，只要没有人看见，他一定会整天小心翼翼地把小刘捧在手里，倒好像小刘是个刚下的鸡蛋，而不是准备下蛋的母鸡。

译文：Still he looked after his wife very carefully.

熟悉中国文化的读者都知道“小刘是个刚下的鸡蛋，而不是准备下蛋的母鸡”此句有着对女性的隐形歧视。戴乃迭从大学阶段开始研究汉语，已经有了扎实的中文基础。与杨宪益结婚回到中国之后，她一直致力于汉语的学习，并一生投入中国文学译介事业，其双重民族文化身份造就了她独特的翻译叙事风格。为了提升译文的女性主体性，戴氏在尊重原文内容和精神及译文读者接受度的前提下，采取相对温和且灵活多样的变通手段。面对不荣耀或不宜向西方读者介绍的中国女性文化，她采取删减、淡化或不予显化等叙事策略，让语言为女性说话，也加快了叙事节奏。译者对源语和目标语所承载的文化内涵进行深入分析，并进行适应性触控重构为“Still he looked after his wife very carefully.”，避免造成误解或曲解原文，既有利于更好地理解原文，也有助于将其文化意蕴传译到目标语，实现译文与原文更高层次的对等。

（三）潜意识形态融合

从根本上消除两性之间形而上学的二元对立，如思维模式、社会意识和伦理价值标准等，把两性气质融合起来的一种译者姿态，是性别意识与人的意识的最大限度的融合。寻求性别特征和潜意识性别关怀，力图超越女性身份去表现性别之外更为广阔的社会现实，这是性别译控的价值所在。

原文：她应该不断进取，让她的丈夫崇拜她的人格、精神、事业心。而不是把她当作一朵花来观赏……

译文：You should get ahead，win your husband's respect. Not just doll yourselves up.

青少年时期戴乃迭接受过典型的西方教育，其价值观不可避免地受到女性主义思想的影响。她在翻译过程中，通过对涉及女性身份特征的词汇进行适应性译控处理来凸显女性意识。译者利用自身的性别意识或女性主义认知结构来理解原文叙事，敏感地辨别出原文强调或有损女性权益的叙事话语，此外，她在译文中选择带有丰富女性情感意识的词汇，从而增添译文的潜性别意识色彩，强调译者的女性意识。戴乃迭将"她"直接重构成第二人称"you"用以号召女性进取，"崇拜她的人格、精神、事业心"以"win your husband's respect"来概括男性对女性的全方位尊重，并通过使用"doll up"（打扮得花枝招展）这一形象的动词词组，以呼吁广大妇女不能只注重自己的外表，应"get ahead"，以赢得男性的尊重。

综上所述，性别意识叙事表达如图5-3所示。

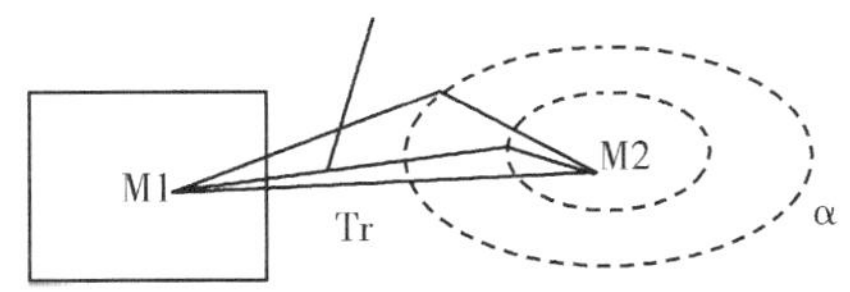

图5-3　性别意识叙事表达

上图中，M1为原文，M2为译文，Tr表示译者，α为译控角（α与性别身份、潜性别意识等关联）。翻译时，译者将译文置于一个性别意识维度中，取一个译控α，α角度译控线在维度坐标轴中左右、上下、前后移动，可从不同角度、全方位透视和重构原文中有关性别意识等叙事元素，让女性话语跳出历史局限，让女性的身影在译文中逐渐显形。

三、文本"译"图触控（重构）

文本"译"图触控，即文本重构，主要是从女性文本角度出发，利用副文本（引言、序言、脚注等）进行重新定位，如用引言来解释译者的翻译目的、方法和选用语言的标准，用序言将译者主体意识运用到对陌生语境下女性文学的传播上，用脚注标明独一无二的重要的"女性声音"。

文本"译"图是指文本自身呈现的意图及意义空间。在翻译过程中，译者既要理解揣摩作者的意图，即传统上知人论世的解读文本的方法，又要把握不同层次的读者意图，抑制、强调或阐释原文中隐含的叙事或更高层面叙事的某些方面。文本译控主要体现在三个层面：文本内、文本中和文本外。其实质是这三个层面之间的交流，这三个层面也不是独立的，往往呈胶着状态，融会互通，是一个连续甚至可逆的过程。

（一）内控（重意，即“语意或语篇”）：副文本重构

译者翻译的标题、副标题、序、跋、题词、插图、图画、封面等副文本对读者也会产生强烈的影响和制约，在整体上决定了读者的阅读方式与期待。戴乃迭通过副文本（撰写译者序和跋）重新定位，对中国女性的现实状况给予了充分的同情和理解。

戴乃迭还邀请其好友、女性主义者狄利亚·达文（Delia Davin）为其英译本作跋，对小说中的女性人物作了详细的介绍，引发读者对中国女性问题的思考。“张洁是过去十年中出现的最有趣的作家之一。就如她这一代的其他女作家一样，她的许多作品关心的是中国社会中爱情和婚姻的主题。她揭露了人们普遍的对离婚的否定态度，这导致许多夫妇虽然关系不和，却仍然虚伪地维持着婚姻，因为他们害怕离婚会招致社会的谴责。张洁对那些遭受社会压抑，以及封建传统厌女观攻击的女性，尤其予以同情……在《沉重的翅膀》中，女性人物给人的震动和失望多于鼓舞，其原因值得我们思索。”（Zhang Jie & Gladys Yang，1987）

戴乃迭通过接触文本语料，对原文数据进行“清洗”，以细致翔实的序言和跋等副文本向目标语读者充分传达了作家和作品的相关社会背景知识，有利于消除读者因社会文化的巨大差异而产生的阅读障碍，并通过彰显作品隐含的女性主题，引导读者的阅读期待，从而更多地关注作品所体现的女性问题，使文本意图表现得淋漓尽致。

（二）中控（重形，即“语指或语义”）：去冗余重构

考虑到西方读者的接受度和英语表达习惯，戴乃迭调整修饰了西方读者感觉冗长的内容和表达方式，对次要情节或尽数删掉或留其概要，删除了原文中大量有关政治和经济的言论，以及一些冗余的段落。如：

原文：还搞什么蒙上眼睛摸零件，一个人要不要熟悉自己的业务。作为个人，这种精神也是可嘉的，可对主管人来说，却是思想上的一种倒退。世界已经进入了电子化时代，我们却还要倒退到连眼睛也不必用的地步。都这样闭着眼睛去摸，又何必搞什么现代化？还有人对此津津乐道，这就好像让人回到用四肢在地上爬的时代，然后还要警告那些用两条腿走路的人：“人们，你们让两只手闲起来是错误的，这样下去，你们会变成游手好闲、好逸恶劳的二流子，还是像我们这样勤勤恳恳、兢兢业业、忠诚地在地上爬吧……”

戴乃迭分析此段文本特征，并进行适应性触控与转换，她认为，“《沉重的翅膀》的英译文是依据1980年人民文学出版社的版本，这个版本十分冗长松散。“我认为中国的出版社在敦促作家压缩删减作品方面做得还不够。张洁的许多细节描写和内心独白非常形象微妙，使人能够深入了解现代中国人的生活和思想。但有的地方关于政治和经济政策的议论过多。多数中国读者不会去看那些关于精简生产、行为主义和发达国家提高工业效率的方法的详细论述。要理解这些论述，需要对中国1980年左右的经济有着深入的了解，所以在作者的同意下，我对这些内容作了大量删减”（Zhang Jie & Gladys Yang，1987）。因此，上例中这段原文未被译出。如此，原文的创作意图与叙事特点在其译文中得到了很好的再现。

（三）外控（“超文本”意图）

超文本（hypertext），是美国学者特德·纳尔逊（Ted Nelson）在1965年创造的一个英语新单词。“hyper”在古希腊语中意为“上”“外”“超”“旁”等。纳尔逊对“超文本”的解释是：“非顺序性写作（non-sequential writing），即分叉的、允许读者作出选择、最好在交互屏幕上阅读的文本”。超文本是电脑时代的产物，基于大数据海量的信息，将原本的线性文本转变为一种非线性文本，读者可以在任意一个时间点停留，进入另一重文本，再次单击进入又一重文本。在理论上，这个点触的过程是没有尽头的。由此，原本的单一文本变成了无限延伸、扩展的超级文本、智能文本。超文本将译者与读者从文本的线性化中解放出来，从而让译者和读者可以在任何地点驻足，然后再进入另一个文本。

超文本同样具有译介面控功能。第一，在文本的任意一处，译者可以打断、撕开，并开辟一条新的叙事通道，或者在其他地方进行补缀、接续，使故事文本叙事得以完整。第二，在叙事主体上，超文本突破了作者对叙事权的垄断，将叙事权有限地交给译者或读者。译者或读者可以在有限的范围内决定叙事情节的发展方向，并能参加作者的创作活动。第三，超文本破除了传统的译介规则。在超文本译控中，译者、读者可以参与文学故事的叙事情节发展，原作与译作文字组织的种种既定规则不受传统规则的局限和束缚。

细细品读原作发现，译者省译了一些强调男人权利和地位的句子，以凸显文本的女性主题。无论是对文本语料进行何种层面的触控，译者都可以通过时间、空间、性别、文化和社会、政治关系等因素，积极参与从当下时点乃至触点追踪到上一级叙事时点的叙事重构，以便全方位、多层面地诠释文本意图，以适应鉴赏主体的需求，顺应新时代的潮流。

基于此，文本译控流程范式如图5-4所示。

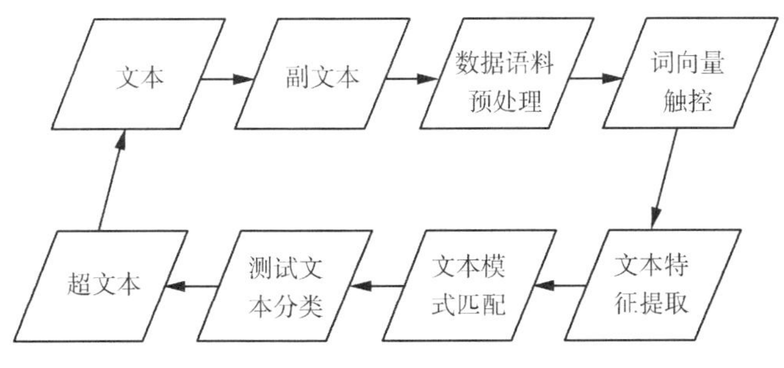

图5-4　文本译控流程范式

由上图可知，文本译控的基本流程主要包括三个模块。第一，文本语料接触模块，即“文本内处理模块”，以“文本”“副文本”和“数据语料预处理”图式为主，侧重语义、语篇或副文本重构等内涵，对源语文本数据进行“清洗”和分类。第二，词向量触控模块，即“文本中处理模块”，以“词向量触控”“文本特征提取”和“文本模式匹配”图式为主，侧重语指、语义或去冗余重构等形态，对离散的词进行适应性触控与转换，组合成连续空间的带有数量和方向的词向量，并对其优化重构。“文本特征提取”是对“文本中处理模块”的补充完善，旨在进一步分析每一类语料文本词向量的特征并尽可能优化提取。第三，超文本测试模块，即“文本外处理模块”，主要是将常规文本和超文本测试分类，将预测试文本与优化后的词向量进行相似度匹配，从而得出文本意图或超文本意图。

综上所述，叙事重构三维译控论是以人工智能三维触控理念为引导，借助智能手机“虚拟现实”中的“触控界面”介质，研究探索时空“译”象、性别“译”识、文本“译”图三维译控认知潜能范畴，将原作从源语时空适应性译控转入译语时空，使其获得再叙事，从而构筑译控智能文本，实现译作与原作更高层次的优化对等，并为目标语读者所接受。本节根据三维图式解析，研究探索了智能文本从接触、感触、触发到适应性操控与重构等过程，并根据“意”的译控，进行“形”的分类与适应性调节，从时空、性别、文本“大三维”重构出发，进行细化、析取和译控重构，映射“小三维”，即时空维度的异质同构、同质异构、并置并构，性别维度的角色定位、文化身份、潜意识形态融合，文本维度的内控、中控、外控及基于词向量的超文本意图识别，然后反哺至模块、文本和译者，形成智能文本重构的译控循环，充分阐释原作与译作、主观与客观、同质与异质、意识与潜意识、文本与超文本等译控关联，寻求译者意志与原作、译作及读者意象之间最大限度的融合。

第三节　叙事情境“浸入式”策略

“浸入式”（immersion）的概念源自加拿大的“浸入式”教学，它是以学生的非本族语为直接教学用语的一种教学方式，也就是说，孩子们在学校（幼儿园）的整个或半数的时间都被“浸泡”在第二语言环境中。当前，该研究在我国呈缓慢上升趋势，集中在孙丹（2008）、梁晓（2008）、胡盼（2011）、胡军（2014）、彭笑（2015）、贺春艳（2019）等介绍“浸入式”的理论依据和加拿大或美国等国的教学经验，阐述“浸入式”课程开发及实施，探讨“浸入式”教学如何激活学习者的缄默知识体系，促进英语习得等方面。“浸入式”研究较少，主要有“角色代入法”教学（陈杰、赵小瑞，2014），语言学视域下语境的融入与应用（刘信波，2013；颜翔，2016；肖本华，2018），文学作品叙事融入（张小芳，2008），电影“叙事融入”机制（陈可红，2019；李常春、李兴亮，2009）等。“浸入式”教学理念为“浸入式”与译介结合提供了可行性，可拓宽研究范围，更好地服务第二语言学习和译介实践。本节所指“浸入式”可理解为令参与者深入“走进”或“融入”异域社会文化，进入特定故事，代入整个剧情，亲身体验特定文本的故事情境、话语体系、接受需求等。

本节以译介学、翻译叙事学等理论为基础，以白睿文和陈毓贤英译的《长恨歌》为例，围绕中国当代女性文学如何更好地走“进”目标语读者，从“走出去”向“走进去”升华，研究探索“浸入式”叙事情境建构、话语重构、接受需求等跨文化叙事活动，更多地关注目标语读者接受能力的多元化、多途径“浸入式”，深入诠释作者、译者、读者及原作、译作之间的关联，为中国当代女性文学跨文化交际传播与走向世界提供启示。

一、叙事情境建构

阿罗约（Arrojo，1994）指出“延异”是意义唯一的来源，翻译或诠释都不可避免地刻在延异的过程中，译者或读者都不可避免地以作者身份介入，翻译或诠释是一种虐待或侵越（transgression）或变形，译者的显身性不是有意识的选择，而是不可避免的事实。在翻译过程中，译者将原作“浸入”另一个新的时空语境中，参照原作的结构和时空场域背景，接触并操控其译本叙事以适应新的意象思维和时空语境。情境并非孤立的，而与作品中的人物有着千丝万缕的联系，生动描写日常时间和空间环境，以体现故事情节发展。译者“浸入”特定的时空场域背景下的社会、人文等问题中，在时空转换、情时交融中，构筑源语与目标语的象征意义和抒情模式，选择性采用与浸入原文本信息，并根据接受者的兴趣与需求、信仰与价值观、文化背景与社会心理等方面，采用重构的方式对原作的情境和叙事视角进行解构，有的放矢地进行情境选取与设置，让读者加深对作品的理解。

王安忆是享誉海外的新时期女作家，于1996年发表个人代表作《长恨歌》。《长恨歌》是王安忆的巅峰之作，获得了第五届茅盾文学奖。作者以女作家的细腻笔触描写了20世纪中国时代变迁下上海女性王琦瑶长达四十年的感情经历，表现了女性的自主性和独特的生命体验。王安忆在创作过程中倾向于编织一连串的意象，通过意象叠加和组合的方式来拓展叙述空间，使文本更富有立体感和层次感。2008年，《长恨歌》被美国汉学家白睿文与美籍华裔学者陈毓贤合作译成英文，由美国哥伦比亚大学出版社出版。白睿文是西方学者，而陈毓贤是华人，他们的母语优势相辅相成，他们的翻译凝聚了他们的心血，在世界范围内获得了广泛的赞誉。

二、叙事话语重构

从微观的文本层面来看，小说《长恨歌》英译本注重浸入社会文化历史语境中的故事元素和叙事话语重构，译者帮助英语读者了解人物对自我生存境况、主体意识和思想情感的表达，主要对三类叙事话语进行了“浸入式”重构。

第一类是政治话语。一般来说，特定的时代具有特定的政治话语，如政治文体话语、政治流行话语、政治行为话语等。“寻根”热潮促使王安忆抒写老上海，《长恨歌》讲述了上海文化的起落变迁，避开了正面描写20世纪四五十年代的现实重大政治事件。译者对政治话语的英译需要有效“浸入”时代与当时的生活故事之中。

第二类是逻辑话语。《长恨歌》以理性“逻辑叙事”对上海文化进行理解，既要写一个女人的命运，又要表现城市的思想与精神。从小说逻辑性话语探究其背后更为深刻的精神动因，对于从整体上把握小说“浸入式”英译具有非常重要的意义。

第三类是权益话语。面对有损女性权益的话语，译者从一个重写角度解构原文中的男权话语，对原作中有关性别的内容进行一定程度的“改写”，以女性话语表达女性的诉求与自信，使女性身影在译作中逐渐显形。译者让女性的主观情感和思想从原作中的“不在场”转变为译作中的“在场”，让女性声音和内心意识“浸入”文本，彰显中国女性的文化荣耀。

原文：他要回来，见我不在，一定会怪我。

译文：He will be back. If he does not find me here，he is going to blame me.

普通的上海弄堂女子王琦瑶被选上“上海小姐”后，命运就此发生了转变，但美丽并未给她带来幸福人生。由于社会上普遍的男女不平等意识，女人往往以依附男人为人生目标，她选择做李主任的女人，要的是“用闲置的青春和独守的更岁作代价的人间仙境”。后来上海解放，外界动荡，王琦瑶却因为与李主任的情感而拒绝离开，执意等李主任回来。原文中“他要回来”，被改译为“will”，通过女性细腻心思的描写，突出了女性坚定的信念、坚守的责任、自主的选择。译者分析代入社会文化历史语境，改变原文叙事话语方式，探究译者如何帮助英语读者了解人物的情感表达，探究其叙事话语背后更为深刻的精神动因。

三、叙事接受需求

依据目标语读者接受能力与文化差异程度，译者从文化背景、价值观念、宗教观念和政治制度等方面，尽量照顾西方读者的阅读习惯，既“浸入”和忠实于原作传达的文学审美特质，又发挥译语优势，深度还原原作者的创作思想。在翻译作品时，译者的每一个细胞都要有“浸入”的感觉，即要求作品无论在知性、感性和直觉等方面都完全牵引着译者，以确保“浸入”的信息符合目标语读者的接受度和期待，并于“可接受性强”的译作中传达出原作在语言、文学和文化层面蕴藏的深意。《长恨歌》英译本译者通过分析小说译介的目标受众审美期待、价值判断、读者接受差异动因和叙事习惯等，构建真实、多元场景，为受众提供“浸入式”重构体验，让受众融入译介现场，获得“浸入式”观感并激发更深层次的探索。

原文：王琦瑶没听他说完就转身走了，留下他在身后朗诵。

译文：Wang Qiyao didn't wait for him to finish. She turned away and walked out，leaving him talking to her retreating backside.

王琦瑶进入“上海小姐”选美比赛复选后，电影厂的导演劝她退出“上海小姐”的竞选，不要成为资产阶级男权的玩物。然而，16岁的王琦瑶没有听从导演的建议，“turned away and walked out”追求自己对生活的构想，并驳斥道：“竞选‘上海小姐’恰恰是女性解放的标志，是给女性社会地位。”这是女性意识的第一次觉醒，王琦瑶认为参选是提高自我社会地位的重要途径。译者巧妙增补了“retreating backside”来强调女性的主体性，以满足目标受众的接受需求。受众看到了以王琦瑶为代表的女性意识觉醒，对男性权威的抨击，以及与传统相背离的突出表现。译文浸入目标受众的审美期待、价值判断，重现了旧上海女性与传统作抗争时临危不乱、迎难而上、无所畏惧的风采。目标语国家的意识形态和道德观念等决定了译作的接受效果，译介活动应尽量避免受政治与意识形态因素的影响，坚持译介选材的文学品格为第一要义，向西方叙事接受者展现中国当代文学的精神风貌。

原文：李主任这回走，她是算了日子的，已有整整半个月过去了。这半个月是比半辈子还长，她的耐心已到了头，一分钟也挨不下去了。

译文：She realized that more than two weeks had gone by since Director Li's last visit；it felt like an eternity. Her patience had run out—she could not stand it a Minute.

原文“半个月”和“半辈子”强调了日常时间对王琦瑶而言的残酷，她独自忍受寂寞、衰老。译者用“eternity（永恒）”，比“半辈子”所表示的时间更为漫长。此外，“Minute”首字母大写更突出了女性等待的煎熬，相比原文叙事更为深刻地揭露了男权社会对女性的贬低，女性处于从属地位。译者将女性心理表露无遗，对文本意蕴进行了“浸入”叙事重构。主人公王琦瑶的工作就是等着李主任回来，这里的王琦瑶，已经勇敢地为自己的婚姻作出了选择。在王安忆的作品中，王琦瑶是爱情与女性美的化身，是一个具有完整人格和独立精神的新女性，身上有着上海女人特有的气质：优雅、美丽、坚韧，代表着这个都市的精神。

原文：这城市里似乎只有一点昔日的情怀了，那就是有轨电车的当当声。康明逊听见这声音，便伤感满怀。

译文：Kang Mingxun pined for the city's vanished glory，of which only the trolley bell remained，and it saddened him every time he heard it ring.

原文以刻画各类空间环境的转变，如从弄堂到城市，来抒写王琦瑶一生多舛的命运，转而描写细碎冗长的日常生活，用一个女人的生命历程，去书写整个城市的历史。在《长恨歌》中，空间的描述与王琦瑶有着千丝万缕的联系，最能表现上海风情的是上海女性。译者独具匠心地利用空间叙事描写，浸入充满生活气息的“上海气质”，将原文的主语“the city”换成男性人物“Kang Mingxun”，折射康明逊的怀旧情怀，预示着故事发展的结局。康明逊是上海旧家族子弟，他对王琦瑶的情感是迷恋旧上海风情。女人并非独立个体，只是男人眼中的他者。“it saddened him every time he heard it ring”巧妙地将男人的内心感受传递出来。《长恨歌》英译本中的小说人物常沉浸在自我世界中或入侵他人的世界。译者采用康明逊的视角，着力表现人物对自我的诉求、人物与场景之间的融入，将关注的目光投向内心，增强了译文的“浸入”效果。

作为一部知名小说，《长恨歌》看似写女性的历史和故事，实际上写的是上海的兴盛衰落，字里行间浸透着这座城市的文化与气质，以海派文化的各种魅力吸引了大量读者。翻译是译者通过事件的叙述传递信息，利用建构策略在社会现实中斡旋的一种交流行为，也是一种跨语言、跨文化的对外传播活动。译者认清“原语与译语社会情景与文化背景差异，据需要做恰当变化与调整”，以保证“译作所描述的情景、事件、人物在不失其本色前提下处于译语读者可理解、领会的认知潜能范畴内”（黄忠廉、孙瑶，2017）。

本节研究了小说《长恨歌》英译本的情境建构、话语重构和接受需求等译介活动，从微观的文本层面和宏观的意识形态层面，寻求译者与译作、原作、读者及时代更高层次的优化对等，传达原作在语言、文学和文化层面的深意，产生可接受性强的译作，对推动中国文学走向世界具有重要的理论价值和实践意义。中国当代文学译介应该具备国际视野，主动融入世界目标语读者，站在更高层次进行跨文化交际与“浸入式”传播。

第四节　变译叙事与陌生化审美策略

翻译不仅反映现实，同时还建构现实。其建构力体现在如何强化、弱化或更改原文文本或原话语中叙事的方方面面来激化或削弱国际政治冲突，以此参与对社会现实的建构（Baker，2006）。本节以王安忆《长恨歌》《小城之恋》和残雪的《最后的情人》的英译本为例，探讨译者的变译叙事策略，以及语义翻译方法对陌生化翻译审美效果的影响。

一、变译方法

在中国当代女性文学跨文化叙事中，译者可以通过运用表示时间、空间、指示词、方言、语域、特征词及识别自我和他人的语言手段重新定位此处和彼处、此时和彼时、他们和我们、读者和译者、听者和口译者之间的关系。这种改变可能发生在副文本中，也有可能发生在正文之中（Baker，2006）。在小说译介过程中，译者通过强化、弱化或更改原文本或原话语叙事，尽量贴近作者意图。变译是指译者灵活运用变译法，如编译、译述、缩译、改译、阐译、参译等进行文本英译叙事，构建积极的中国文化，促进故事化传播。

选词呈现是变译叙事的环节之一。译者深度“浸入”分析文本中体现中国文化的关键词汇，准确选择措辞、巧用特色词汇积极构建中国文化，调整中国当代女性文学英译的译介视角、结构和方式，从而有效提升中国形象。译者一般倾向于选择体现文化意蕴特征的词汇，尽量保留值得向西方读者介绍的中国文化，以实现高效的文化传播与交流。

原文：它们（流言）其实是一股不可小视的力量，有点“大风始于青蘋之末”的意味。

译文：Combined together，they constitute a power that should not be underestimated，in the way that a butterfly beating its wings here can cause a hurricane in a faraway place.

流言是带着“女人家气味”的：“流言总是带阴沉之气。这阴沉之气有时是东西厢房的薰衣草气味，有时是樟脑丸气味，还有时是肉砧板上的气味。”（王安忆，1995）此句凸显了流言不可小视的影响，原文“大风始于青蘋之末”出自宋玉《风赋》，原意指“风从地上产生出来，开始时先在青蘋草头上轻轻飞旋，最后会成为劲悍的大风，即是说大风是自小风发展而来的。后来喻指大影响、大思潮从微细不易察觉之处源发”。译者精通双语，并对中国文学和文化有深入的研究。译者兼具原作读者、译者、译作读者等多个角色，在翻译过程中力求浸入目标语语境，考虑到目标语读者不了解“大风始于青蘋之末”这一典故背后的文化叙事，因此灵活地改用“butterfly”来强调劲猛的流言影响。流言从弄堂中生起，繁华的上海滩背后其实是更贴近平凡百姓日常生活的弄堂。

译释加写同样反映了变译叙事风格。译者参照原文的结构和时空场域背景，接触并操控译文以适应新的时空语境和意象思维，分析特定的时空场域背景下的人文、社会及女性等问题，更深层次地挖掘中国女性文化的叙事表达。

原文：它（闺阁）也讲男女大防，也讲女性解放。

译文：Confucian homilies on the segregation of the sexes are discussed in the same breath as women's liberation.

小说《长恨歌》写的是王琦瑶的故事，是王琦瑶的历史，也是上海女人的历史，更是上海的历史，折射出城市与女性的关系，凸显了海派文化与城市精神内蕴。王安忆将“上海韵味”融入这部作品，呈现在读者面前的是浸入字里行间的本土文化精髓。译者的身份和惯习使译者倾向于最大程度地贴近原文的叙事内容，注重译文的充分性。原文“男女大防”出自《礼记·曲礼》，源于中国传统儒家思想“男女授受不亲”，强调男女之间的隔离与疏远，但西方读者可能会产生疑惑，为此，译者增补了“confucian homilies”（儒家的教诲）这一文化意蕴，意在表明中国女性困境的客观历史原因，女性长期深受父权制度的束缚，这有利于西方读者对这部作品的认同，满足叙事接受者的阅读期待。

原文：他对照着前后左右的镜子，心想以为她丑陋是绝不公平的，以为她粗笨也是绝不公平的。

译文：She looks into the mirrors around her，and thinks to herself：it's unfair to say I'm ugly and it's unfair to say I'm clumsy.

译者将原文中第三人称“她”替换成第一人称的“我”，让主人公直接发声，有力地表达了主人公因练坏体型而长期饱受嘲讽的怨愤。这一“侵入”的翻译凸显了译者强烈的性别意识，表现出译者对主人公的认同与同情。与此类似的还有当别人嘲笑她是憨丫头时，她反驳道“其实我一点也不憨”，译者将这一陈述句变成了疑问句“who says I'm silly?” 语气更加强烈。“侵入”的方法提升了原文与译文之间的张力，使译文在传播过程中更能凸显女性意识。

由于孔慧怡（Eva Hung）自觉或不自觉地将女性主义身份和立场带入翻译，因此西方读者眼中的《小城之恋》带有了女性主义色彩，虽然这与作者的本意相悖。在不影响译文可读性的同时，用陌生化的艺术手法，以最大的诚意来提升读者对译文中异质文化的接受程度。正如英国学者贺麦晓（Michel Hockx）对《长恨歌》译作的评论：对西方读者而言，这部译作中的许多元素都违背了可读性原则，但这样的处理使翻译变得格外有趣，也为从事翻译研究的学者们提供了灿烂的前景。

二、语义翻译与陌生化审美

纽马克（Newmark，1981）将语义翻译定义为“在目的语语义和句法结构许可的范围内，把原作者在原文中表达的意思准确地再现出来”。其重点在于保留原作形式和作者本意，强调译作应忠实于原作的语境意义与语言风格特点。语义翻译倾向于在译语规范允许的范围内尽可能地再现原作的形式和意义，用译语来再现原作者的原意，亦“允许创造性的成分以保证译文的忠实与译者对原文本能的同感”（Newmark，1981）。有时“在文学翻译中，译者力图避免将源语文本归化成目的语读者所熟知的或宽泛化成显而易见的内容和形式，而是借助异域化和混杂化等翻译方法将文学主题、文学手段和文学意象新奇化，以延长翻译审美主体和审美接受者的关注时间和感受难度，化习见为新知和新奇，增加审美快感”（陈琳，2010）。这就要求译者打破译语原有的文本规范和格局，甚至打破译语的翻译规范和格局，营造异域化的文本印象，所以译者要对源语文本进行变形。这种变形往往是源语文本与异域特色杂合的结果，既不是完全的归化，也不是完全的异化，从而达到一种陌生化效果。

残雪是中国当代文学代表作家之一，堪称中国新潮文学推介进入英语世界的湖湘本土代表人物。她的作品多次入选世界优秀小说选集，并成为美国、日本多所大学的文学阅读材料。美国文学界对残雪高度认可，“如果中国有哪一位作家有可能获得诺贝尔文学奖的话，这个人就是残雪”。残雪受西方现代主义和后现代主义等作品的影响，试图以小说形式改变中国文学的固定模式和陈旧技巧，其小说主题与思想、形式与叙事手法都呈现出鲜明的前卫艺术性，“另类独特的创作风格”（吴赟、蒋梦莹，2015）具有文学新奇性，从而产生陌生化效果。

残雪的小说文本体现为叙述游戏，结构上更为散乱、破碎，常表现为“离异”既定的秩序。它以全新的形式美学状态，创造新的情感表现和隐喻象征功能。其叙事手法可称为“虚线穿珠式结构”，内容结构如一盘凌乱堆积的珍珠，但背后却隐形虚穿着一条长线。陌生化翻译译者通过“对源语文本中异质成分的发现并在目的语文本中的保留，以及目的语文本中其他的标新立异的语言表达”（陈琳，2010），借助异域化方法保留源语文本的语言和文化差异，而混杂化则将异域诗学与本土诗学相杂合。残雪小说翻译可从语义翻译视角，以原文为基点，充分尊重原作的风格，生成新奇陌生化的译文。残雪被美国很多学者称为创造性作家，创造了象征性的、新鲜的语言，发出了创造性的声音。翻译《最后的情人》时，译者瓦斯曼认为，“促使我翻译下去的是文本令人难以置信的复杂精致，这部小说甚至在读过十几遍之后，仍能带给我许多新的发现”。瓦斯曼采用语义翻译最大限度地保持原作的“空灵意境”，“使其表现的意象和表达的语言摆脱业已确立的传统，标新立异”（陈琳，2010），产生小说陌生化翻译效果。译者在领悟原作之意、保留源语文本异域化的基础上，充分考虑目标语读者的接受度，切实走进目标语读者。

（一）再造荒诞意境

残雪的小说以荒诞离奇、逻辑混乱著称，本真地展现社会现象，深度挖掘政治、经济和社会文化背景，剖析人性等。其父母的遭遇让残雪“走不出”童年岁月，写作“完全是人类的一种计较，非常念念不忘报仇，情感上的复仇，特别是刚开始写的时候，计较得特别有味，复仇情绪特别厉害……”（残雪，2003）神经质的外祖母善于幻想生编故事，本土的巫楚文化也常将她带入幽深、怪异的场景。残雪的小说以变异的感觉、陌生化的表现手法展现给读者一个荒诞的意境。美国著名文学评论家亚历克斯·麦克尔罗伊（Alex McElroy）指出：“《最后的情人》在东西方文化的融合中、在梦魇世界与现实人生的交织中，展示了一个怪诞、神秘和诡异的幻想世界”（刘堃，2017）。译者在翻译残雪的小说时，注重抓住荒诞意境这一特点，依据英语行文习惯，通过语序的更改及句式内词、句等的转换等，以异域化方法使译文最大程度地保留原文的异质性，尽量将原文所要表达的新奇荒诞意境译出，增强翻译的审美效果。

原文：埃达被毒蛇咬了，正抱着渐渐肿起来的小腿在呻吟。

译文：Ida had been bitten by a poisonous snake and was groaning，holding a calf that was swelling gradually.

埃达是里根的情人，世俗的爱带给她痛苦和不安。原文中“毒蛇”若直译为英文“serpent”似有不妥，“serpent”在基督教中暗指撒旦。译者将名词“毒蛇”换成形容词短语“poisonous snake”更能代表作者的原意“欲望之蛇”。原文的形容词短语“渐渐肿起来的小腿”后置为英语定语从句“a calf that was swelling gradually”，以符合英语叙事表达习惯，形成从虚到实的印象。因此，译者采用异域化方法将动物意象新奇化，以陌生化形态肯定原文“毒蛇”给小说增添的神秘奇幻色彩。小说还频繁出现其他阴暗残忍的意象，如蝎子、乌鸦等，沿袭了作者一贯的风格。灰色童年生活浸润在文字当中，孤独、丑陋和恐惧映射出残雪对生活的感受。蝎子被认为是邪恶的化身，乌鸦经常大声哭，为不祥的暗示。在古希腊神话传说中，太阳神阿波罗与格露丝相恋，派圣鸟去监视格露丝的操守。一天圣鸟目睹格露丝与其他男子往来，便以为她与其他男子有染，马上向阿波罗报告，阿波罗一怒之下射杀了格露丝。而后经过证实得知格露丝并未和其他男子私通，阿波罗怒贬圣鸟，令其洁白的羽毛变成黑色。这便是乌鸦的由来。乌鸦由此便背上了欺骗的恶名。译者将“蝎子”“乌鸦”译作“scorpion”“crow”，带给读者最为直观、强烈的阴郁气氛，具有一定的警示性。“脏就是生命力，所谓的美正是从脏的土上长出来的花；最脏的、最黑暗的地方是最有生命力的，离开了，美就只能是苍白的!”（残雪，2003）

原文：乔看见她那茫然的灰眼珠里头亮着两盏紫色的灯。从那以后乔就没进过妻子的卧室，他对于那种欲望的深渊感到害怕，一想到背脊骨就发冷。

译文：Joe saw two small purple lights shining in her deep，indistinct gray eyes. From that time on，Joe had not entered his wife's bedroom. He was frightened of the abyss of her desire，and even thinking of it made his spine turn cold.

乔为服装公司业务经理，热爱阅读的程度可谓痴迷。乔活在自己的书籍和想象的意念世界中，他觉得自己的人生就是一个又一个的梦。乔的太太马丽亚很享受用蝎子和骷髅图案编织的让人觉得“坠入深渊”的地毯。马丽亚在地毯中找到另一个虚幻世界，可让她摆脱现实，陷入玄思，精神漫游。译者改变叙事结构，将“灰眼珠里头亮着两盏紫色的灯”两个短语的位置改换，“purple lights（紫光）”和“deep，indistinct gray eyes（深邃模糊的灰色眼睛）”突出两者的隐喻。“紫色”有高贵和神秘的内涵，“灯”则蕴含着活力和欲望。乔看到了马丽亚眼睛中的神秘和欲望。译者根据英语叙事表达习惯将原文短语“欲望的深渊”后置，强调“frightened（害怕）”。“abyss（深渊；地狱；鸿沟；<喻>灾难性局势）”含宗教色彩，堕落的炽天使路西法在叛乱失利后，他自己连同他的手下一起被上帝送入了“深渊”。译文完整地诠释了乔是如何害怕马丽亚强烈的愿望，已然充分传达出原文叙事想要传达的意境，确保陌生化译语接受的信息符合读者的接受度和叙事期待。

（二）再造时空异境

“时间同故事和人物具有同等重要的价值。……真正懂得或者本能地懂得小说技巧的作家，很少有人不对时间因素加以戏剧性地利用。”（伊·鲍温，1995）残雪一直被称为中国的“卡夫卡”，“当我还是一个刚刚做了母亲的家庭妇女时，在一个阴沉的日子里，我偶然地读起了卡夫卡的小说，也许正是这一下意识的举动，从此改变了我对整个文学的看法”（残雪，2000）。《最后的情人》故事带有卡夫卡的印记，人物情节之间没有严密的逻辑关系。残雪笔下时空异境中的人物对话，颠覆了日常语言表达的可理解性惯例，需要读者从言说功能上去解读，接近灵魂奔走的过程。这给小说翻译带来了极大的挑战。译者尝试对照原作的结构和语言风格，借助混杂化方法将文学手段新奇化，译出其谜语特征，使对译本的陌生化审美成为可能。目标语文本旨在使信息更加明了，语言更加通顺流畅，进而走“进”目标语读者的内心，增强读者对源语和目标语信息传递与理解的感受，让读者领略新知和新奇。试看一例：

原文：“妈妈，我今天帮教堂街那边的越南人收拾了园子。在雨后，地里的蚯蚓成千上万地涌出来，那一家人不动声色地站在门口喝茶。”

“你找到了工作了啊，孩子。”

“越南是在什么地方？我一边锄地一边想这个问题，总想不清……”

“丹尼尔，你在恋爱吗？”

译文：“Mother，today I helped the Vietnamese family，over on the street where the church is，put their garden in order. After it rained，millions of earthworms gushed out of the ground. The family didn't react. They stood in the doorway drinking tea.”

“You found a job，child.”

"Where is Vietnam? I was thinking about it while I was hoeing, but I couldn't think clearly..."

"Daniel, are you in love?"

这是马丽亚和儿子丹尼尔之间的对话。丹尼尔告诉母亲，他在越南家庭工作时看到了什么、感受到了什么，但是马丽亚忽略了儿子的描述，专注于他是否找到了一份工作。原文行文看起来很荒谬，叙事凌乱，但这一对话却表明马丽亚和丹尼尔的异境时空，各自已经形成独立的空间和意识。他们都有相互排斥的"私人空间"，看不到明显的叙事逻辑关系，似乎每个人都在梦游，人与人之间仅限于名分，甚至渴望相互隔离。原文以新奇性陌生化叙事写作手法，挑战了传统审美经验和文学观念，破坏了固有的文体叙事规范和表达模式。在这里，译者不改变原文的叙事结构，遵循原文的语言形式，没有任何补充或解释的句子，保留原文的非逻辑形式和片段化叙述结构。译者英译表达手段和效果近似原文，尽量"保持译文整体的连贯性和内容情节的依存性，而不是追求达到行文表面的流利。这样做是为了给英语读者留有一种解读的余地，使他们能像原文读者一样从中得到享受"（丹尼尔·梅丁、安纳莉丝·芬尼根·瓦斯曼，2015），以打破西方读者对中国文学的刻板印象。这就最大程度地保持对原文的忠实，保存原文的陌生化形式与文学手法，并于"可接受性强"的译文叙事中传达出原文在语言、文学和文化层面蕴藏的深意。

（三）再造救赎梦境

《最后的情人》在突破文学传统的描述与叙事的双重作用基础上，又产生了新的感情表达和象征性的比喻作用。小说描绘了西方国家A国的三对夫妻/情人，不满足于现实生活，处于梦境的虚无与现实的挣扎之中。他们心怀迷惘和焦虑，企图打破常规，最终不约而同地出走，走向精神探索之路。“他们永远在策划，在积攒力量，在探索，绝对没有颓废的时候，宿命论也同他们无缘。他们忙些什么呢？简言之，是在研究自己那水中的倒影，是去沙漠中寻找祖先的足迹，是将梦里的‘长征’进行到底。似乎他们只为这种说不清的事情活着，每个人都将这类事看作生死攸关的大事情，因而忧心忡忡，因而生出无穷无尽的冲动。”（残雪，2005）《最后的情人》小说中的人物多次谈到“长征”，他们的生活围绕“长征”这个中心展开。如丽莎焦虑、绝望，遭遇千辛万苦，也念念不忘并始终追随梦中的“长征”。小说人物不安于现状，寻找未知的生活，在绝望中苦苦挣扎，精神探险一直在路上、在途中。他们向往独立自由的精神，以各自不同的方式在精神领域进行“长征”，抗拒世俗社会，超越现实经验，寻求最终的“精神救赎”。女性人物形象更是在灵魂探索的路上反省与探寻人的存在和欲望，邀请人们自我发现和重建。为追求语言生动和意义明晰，译者增添了一些词、短语或句子，使目标语读者有新的发现，延缓读者的感知，将原文句中之义蕴含其中，“求得译文与原文最大限度的‘似’，即‘极似’”（余承法、黄忠廉，2006）。

原文：“马丽亚啊马丽亚，”她对自己说，“其实啊，你不是父亲的女儿，也不是任何人的女儿，你是这个小镇的女儿。现在这个小镇已经消失了，沉到了地下，所以你的思绪也转到了地下，你成了一个出土文物了。”

译文：“Maria, Maria,” she said to herself, “In fact, you aren’t your father’s daughter, and you aren’t any man’s daughter—you are this town’s daughter. This small town has already disappeared, sunk underground, and so your train of thought transfers to underground. You’ve become an unearthed archaeological relic.”

小说中，马丽亚引导丈夫乔和儿子超越世俗世界，注重精神追求，以获得精神超拔。最终，他们开始了自己新的精神“长征”。这段马丽亚的不合逻辑、荒谬的梦呓独白叙事声音，表达了她想摆脱父亲对她的心理控制、想追求自由和真正的独立，将来创造她自己的生活。译者将“你不是父亲的女儿，也不是任何人的女儿，你是这个小镇的女儿”译为“you aren't your father's daughter, and you aren't any man's daughter—you are this town's daughter”，巧妙增加“you”一词，读者可延长赏析理解原文的过程，保证译文语法结构的完整，并强调马丽亚是“这个小镇的女儿”，如此翻译具有陌生化取向。

原文：马丽亚站在荒原上吹着南风，心绪豁然开朗。

“哪里有欲望，哪里就有荒原。”

译文：Standing in the southern wind that blew across the wilderness, Maria felt her mood brighten and expand.

Where there is desire, there is a wilderness.

小说中不同人物一直都在寻找各自的“情人”，乔最后到了东方，埃达回到农场，马丽亚去旅行，这些叙事形象都被赋予了隐喻色彩。此段文字出现在“马丽亚游记”章节。马丽亚来到“荒原”是为了摆脱以前不安分的生活，努力寻找精神上的自由，这是她的身体和精神之旅。“荒原”是指现代生活对立面的地方。在英文中，“wilderness（未开垦之地；荒野；大量杂草丛生处）”是指原始和未开发的荒野。在许多英国文学作品中，“荒野”可帮助人类从现代生活中解脱出来，获得一种自由感。因此，译者将源语文本的诗学特质与目标语相融合，产生新奇性的诗学混杂叙事。原文“荒原”的含义被扩展为“the wilderness”，并用“Where there is desire, there is a wilderness”意义性增译，使读者可依据上下文语境领悟其文化内涵。

语义翻译通过再现原文空灵性，增强小说译文陌生化审美效果，让原文和译文在相异文化的碰撞中和谐共处。残雪的小说故事情节直指人性、欲望、恐惧、悲伤和梦魇，越来越多的西方主流读者能欣赏这些迷人的小说世界。美国最佳翻译图书奖评审团这样评价："残雪的《最后的情人》是今年进入终审的作品中最激进、最不妥协的作品，它勇敢地将小说的形式推进到一个崭新的领域。书中所描绘的人物角色在梦幻世界中的旅行如同卡夫卡的长篇小说《美国》（*America*）一样奇特，同时也让人感到不安，这些因素赋予这部小说辉煌的独创性。如果说东方学者们所描绘的东方只存在于西方世界中的想象之中，而残雪则描绘出了西方的幽灵，给读者提供了一幅中国人所想象的西方图景，它宛如一个令人陶醉的迷梦。"译者瓦斯曼采用语义翻译，再现原文的新奇和陌生化表现手法，让目标语读者产生阅读陌生感和新鲜感，满足读者心理猎奇的阅读需求。

从以上论述可知，瓦斯曼对残雪小说的英译"采用读者本位、文学重写的译者翻译策略，再现了原作的文学性，而且以市场运作机制在国外出版发行，流通渠道畅通，从而为译本真正进入英语阅读界提供了一定的保证"（吕敏宏，2011）。残雪的小说以"前卫艺术"直指人性、欲望、梦魇等异质思想，在世界文学共同体中发出了中国文学特有的声音。

陌生化审美效果的实现方式之一是语义翻译方法。本节分析语义翻译对小说的荒诞意境、时空异境和救赎梦境等"空灵意境"的再现，从而理解瓦斯曼所追求的"译者译残雪，她即残雪，残雪即她"，切实走"进"原文的翻译理念，实现陌生化审美效果。瓦斯曼抓住文本"世界性和民族性"的特点，在原作符合目标语读者阅读期待的基础上，充分运用语义翻译策略，在英语语言规范之内，努力再现原作在主题与语言艺术形式上所表现的文学特质，最大限度地保持原作的"空灵意境"，使译作具有强烈的文学艺术性，产生翻译文学的新奇性，从而获得陌生化的审美效果。

第五节　叙事诗学与改写策略

在本书第二章第三节中，我们曾提出“诗”想认识与性别语意，从叙事诗学的角度探讨了中国当代女性文学英译与跨文化叙事的关联性问题。本节在“诗”想认识的基础上，进一步探讨中国当代女性文学跨文化叙事的性别诗学及诗学模式，也就是跨文化语境下叙事诗学选择与“诗”意叙事，为中国当代女性文学的英译拓展新的研究视角。

一、性别诗学

中国传统文学很讲究“美用合一”，文章的情感性和功能性并举、文学性与艺术性兼顾。性别诗学审美化也需要在立足中国传统文化的基础上，吸纳西方女性主义文学的美学理论，再融入中国传统的美学品格、中国特色的性别诗学或诗学模式。而“中国化”的性别诗学，则会从不同视角审视中国文学作品和文学理论与审美期待，从而形成一种更为和谐的、具有独特中国女性美学特征的性别诗学，并对世界女性文学产生深远的影响。女性文学跨文化叙事的诗学模式，是用勾勒一个世界的方式表达在英译叙事阶段获得的生活经历与体悟。这也意味着，跨文化叙事所面对的叙事文本并非符号编码的集合体，而是展现人类经验的情感世界与精神信仰的空间场域。简言之，每一次叙事或叙事中的情节都将是一首诗，跨文化叙事即“诗和远方”。鉴于此，我们认为，“意义”的传递已不是翻译的“开始”与“结束”，而是把事件置于“诗学”所建构的时空架构之中，使之成像、成形，成为一个跨语言、跨文化的叙事语境。叙事诗学无异于为跨文化叙事形态带来生活本真的体验。诗学模式与性别叙事美学将成为英译叙事特别是女性文学英译叙事发展的必然规律。基于跨文化叙事视角，译者的“诗”想与性别意识也为我们对女性文学意义的解读提供了新的视角。从某种程度上讲，诗学是一种叙事形式，它反映了社会的生活经验，而其内涵则来自生活经验。传递意义就是传递人生经验，即生命的诗意。以诗学视角来审视女性文学跨文化叙事，去探讨种族、阶级、性别、时代及经济等因素所引发的性别角色与身份之间的交错与冲突，对原文进行诗学形式的取舍与改写，这对重建和重构中国当代女性文学跨文化叙事的民族文学与文化形象具有正面意义。从中国历史与现实的情况出发，中国当代女性文学英译叙事的性别诗学和诗学模式将朝着具有中国特色的叙事方式与美学品格发展。

如《长恨歌》英译本叙事的美感特征表现在叙事的感性之美与理念的冲突中，译者致力于追求深刻的、超然于具体事物之上的思想意境，并以此作为观察生活的武器，而过滤掉了文学本身的感性与直觉因素。这部小说英译本的海派风格和女性话题得到了众多男性评论家的推崇。《长恨歌》英译本也是一次主题和艺术的诗学改写，译者再述女性及其艳情故事虚构别样的生活，王琦瑶受到李主任的宠爱而摇身一变成为“上海小姐”，一度大红大紫，李主任飞机失事留下金条给王琦瑶，使她在沧海桑田动荡不安的世界里能够独立生存。《长恨歌》英译本，由一个女人的生命历程写出旧上海的本质，用女人的血肉之躯写出上海的变迁。

二、“诗”意叙事

该部分结合残雪《最后的情人》英译本的典型案例，深入分析中国当代女性文学英译文本中叙事意蕴与诗学模式，探讨译者在文本层面建构中国文化韵味，开展叙事交流和跨语言、跨文化交际，有助于充分表达译者/作者的意图、意识、意蕴等“诗”想，讲好中国故事，传播中国文化。

（一）“诗”想意图

意图，即希望达到某种目的的打算。意图作为一种激励，是促使人们采取实际行为的现实力量。当一个人清醒的时候，他的大多数行为都是有目的的。在文学作品英译过程中，译者通过强化、弱化或更改原文本或原话语的叙事来实现主流“诗”想意图，尽量贴近作者“诗”想意图和译者“诗”想意图。

1.作者“诗”想意图

作者“诗”想意图即作者内心的构思或计划，是作者将要付诸实践的主流创作计划。意图同作者的主流意识形态和态度、看法和动笔的起因等有着显著的关联。《最后的情人》遵循某种意识和情感的逻辑，使人物和情节等极度抽象。作者对梦境、意象、语言的使用使读者的注意力高度分散，冲击并打破了读者的期待，让读者无法从自身既有的阅读经验出发来掌控小说的故事和情节。作者追求一种精神上的蜕变，无意在乎是否被理解、被认同、被接受。正如小说中的乔、马丽亚、文森特等个性鲜明的人物一样，积极探索未知的生活领域，坚定地跋涉在精神探索的旅途中。残雪的写作都是源于她自己的内心，来自潜意识，即残雪所说的“自动写作”，“本来就没有写作意图”（高玉，2012）。

2.译者“诗”想意图

译者“诗”想意图是多样化的，既要考虑文本类型和委托人，还要受目标语读者及其语言水平等若干要素制约。译者综合各种影响因素，选择适当的翻译策略或策略组合，以产出满足译者主流“诗”想意图的译本。

原文：每次来到你家，我就忘记了我的肥胖。我现在差不多身轻如燕了呢。

译文：Every time I come to your house，I forget that I'm fat. I'm almost as light as a swallow now.

原文“身轻如燕”是一个成语，比喻身体轻盈，最初带有指身材瘦削轻盈而姿态曼妙的含义，现在多指动作轻盈，已经失去了古时的瘦削之意。现代作者多拿“身轻如燕”比喻笔下人物轻功了得、动作轻快。译者精通双语，并对中国文学和文化有深入的研究，既有“原文读者”，又有“译者”和“译文读者”的多重身份，在翻译过程中既要保持原文的叙述风格，又要保持作者的诗性，还得考虑目标语读者不了解“身轻如燕”这一成语的含义。英语中有一句成语“轻如羽毛”（as light as a feather），但译者仍然通过直译“燕”，灵活地用“as light as a swallow”比喻的修辞手法，使这个词语可以被英语叙事接受者理解。

（二）“诗”想意识

意，即自我的意思；识，就是认识、认知和了解。意识，代表个体的独立性，它是主观存在的独特坐标。“意识”一词，代表人可以认识自己的存在，可以知道发生的事情，可以与不同于自己的存在进行对比。意识叙事表达贯穿文学作品英译的全过程，发挥着重要作用。它不是简单地罗列文字或活动进程，而是体现在有目的地认知和突出“诗”想表达某些文本因素，如性别“诗”想意识和时空“诗”想意识等。

1. 性别“诗”想意识

性别“诗”想意识叙事把女性作为关注和认知的重点对象，从性别的角度觉察与认知社会政治、经济、文化和外部环境等，在追问女性存在焦虑的同时，强调女性的生存处境、女性经验和角色。译者以独特的性别眼光洞察自我，确定自身本质、生命意义及其在社会中的地位。面对有损女性权益的话语，译者重构原文的叙事方式，改写原文中有关性别意识的内容，以女性特有的细腻笔触，将原文中“不在场”的女性主观情感和思想改译为译文中的“在场”。

2. 时空“诗”想意识

时空“诗”想意识叙事生动描写具象日常时间和空间环境，其并非孤立的，而是与作品中的人物有着千丝万缕的联系，体现了故事情节的发展。在翻译过程中，译者将原文置于另一个新的时空语境中，参照原文结构和时空场域背景，接触并操控其译本叙事以适应新的时空语境和意象思维。译者分析特定的时空场域背景下的社会、人文、女性等问题，在时空转换、情时交融中，构筑源语与目标语的象征意义和抒情模式，流露出对女性心理、女性命运、女性社会生存状况的深刻关心和思考。

（三）“诗”想意蕴

意蕴，是指事物的内容或意义，它是文学作品渗入的理性内涵和审美情趣，比如，作品中渗透的情感，其所呈现的一股气质与“诗”之意境等，表达了一种生命的情感，或是一种本质与内在的情感。叙事是一种传播，叙事与传播相互依存、交相辉映。在女性文学作品外译过程中，译者可以采用“诗”意的形式对原文叙事特征和审美视角进行解构，丰富文化“诗”想意蕴和文本“诗”想意蕴，让读者加深对文学作品的理解和印象。

1. 文化“诗”想意蕴

文化“诗”想意蕴与国籍、民族、宗教信仰、社会阶层、地域或任何具有独特文化的社会群体相关。译者从文化“诗”想意蕴的角度出发审视外部世界，形成原作与译作文化之间的良性互动，并对其加以富于生命特征及文化身份表征的理解和把握。女性主义译者一般倾向于选择体现女性文化意蕴特征的词汇，尽量保留值得向西方读者介绍的中国文化，促进女性文化传播与交流，凸显女性文化意蕴。

原文：到底是谁并不很要紧，要紧的是从这种绝望的肉身里头向外伸出触角……

译文：After all，it wasn't important who it was. The important thing was that antennae could stretch out from inside of this despairing body...

残雪一直被称为中国的“卡夫卡”，此处将人比作“昆虫”或者“甲壳类动物”。她将“卡夫卡印记”融入这部作品，呈现在读者面前的是浸润于字里行间的西方文化精髓。“我那个东西最适合用外语表达，因为是全人类共同的东西。我很少有地域性在里面，就是小地方的东西少，基本上都是表达那个可以共通的、流通的那种情感。”（残雪，2007）弗兰兹·卡夫卡（Franz Kafka）的小说《变形记》在西方文学史上叙说了主人公变成甲虫的怪异经历，它折射出了个人唯利是图、以金钱为中心、不顾及真情人性，最后被社会挤压扭曲变形的现实。为此，译者将“触角”翻译为“antennae”，代之以西方诗学。

2. 文本“诗”想意蕴

文本“诗”想意蕴，即文本自身呈现的意义空间或诗意空间。译者既要理解揣摩文本“诗”想意蕴，即传统上我们“知人论世”的解读文本的方法，又要把握不同层次的副文本或超文本的意蕴。其目的是抑制、强调或阐释原文中隐含的叙事或更高层面叙事的某些方面。文本“诗”想意蕴一般体现在两个层面：文本内和文本外。《最后的情人》通过文本“诗”想意蕴，对中国女性的现实状况给予了充分的同情和理解。

原文：乌拉牵着马丽亚的手进到卧房里，附在马丽亚的耳边说：“不要理他，他是来搞破坏的。我刚才在村东看望病人，有人告诉我他来了，我就赶快往回赶，他没有向你说什么不好的话吧？”马丽亚说：“没有。”乌拉说：

“哼，这个空心人。”

译文：Wula led Maria by the hand into the bedroom, saying in her ear, “Don’t mind him. He’s here to cause trouble. I was to the east of the village visiting an invalid when someone told me he’d come here, so I hurried back. He hasn’t said anything bad to you?” Maria answered, “No.” Wula said, “He’s a hollow man.”

在本例中，原文“空心人”是指没有灵魂的人。小说犹如“异国的植物长在了有五千年历史的深厚的土壤之中。这样的植物是很怪的，非中非西，无法归类”（残雪，2007），原文叙事与西方文学在精神层面共通。在西方文学中，《空心人》是托马斯·艾略特（Thomas Eliot）的代表作之一。西方人在面临现代文明濒临崩溃、希望颇为渺茫的困境及精神极为空虚时，空心人是对其生存状态的描述。空心人是失去灵魂的现代人的象征，所以每一诗节都充满了虚无主义的各种意象。诗人通过对死亡世界的描写，表达出对现实世界的怀疑与否定。整首诗呈现出灰白色的悲观乃至绝望的色调。译者用“hollow man”传达文本叙事意蕴，实现跨文化叙事交流的翻译目标。

残雪（2007）曾经用这样一个形象的比喻来描述自己的创作：“我的思想感情像从西方文化传统中长出的植物，我将它掘出来栽到中国的土壤里，这株移栽的植物就是我的作品。”译者瓦斯曼深入理解原文的文化底蕴，贴合译语文化的情感共通性，通过小说译介的主流意识和“诗”意叙事表达，“保持译文整体的连贯性和内容情节的依存性，不追求行文表面的流利，其目的是给英语读者留有解读余地，如原文读者般自在享受文本”（丹尼尔·梅丁、安纳莉丝·芬尼根·瓦斯曼，2015），切实走“进”原文，达成“译者译残雪，她即残雪，残雪即她”。

本节以翻译叙事学为基础，从文本“诗”想重构出发，研究探索女性文学英译的性别“诗”想和文化“诗”意等主流意识形态，充分阐释原文与译文、主观与客观、意识与潜意识等英译叙事关联，寻求译者与译文、原文、读者及时代更高层次的优化对等，全方位、多视角、更有效地诠释文本信息，对推动翻译创造性转化、创新性发展及中国文学走向世界具有重要的理论价值和实践价值。

中国文学“走出去”需要加强多方合作，形成合力，以产生较好的传播效果。政府需要引导文学译介，重视“赞助人”因素，与国外主流报纸、期刊、出版机构密切合作。译介活动应该尽量避免受政治与意识形态因素的影响，应该坚持以译介选材的文学品格为第一要义，向西方读者展现中国当代文学的代表性风貌。《最后的情人》英译本的出版标志着大多数西方文学读者更为注重作品的文学价值。译介活动还应明确目标读者群，了解读者需求，如发放“读者调查问卷”，详细征询读者意见，适时调整译介模式的不足，同时，拓宽对外译介渠道，通过多渠道多媒介如海外代售、电子出版、中外出版社联合出版等方式扩大对外销售途径。作家自己也可主动勇敢地走出国门，向更多的外国读者推介自己的作品。译者要分析小说译介目标受众审美期待、价值判断、读者接受差异动因和叙事习惯等，也可尝试从纯粹的译文文本跃迁到文本、声音与视频的相互融合，构建真实、多元的叙事场景，为受众提供“浸入式”体验，让受众融入叙事现场，获得“浸入式”观感，并激发更深层次的探索。

第六章　女性文学跨文化叙事传播

在经济全球化的时代语境下，“文化传播全球化已经成为一种不可忽视的社会现实”（徐稳，2013），中国文学走向世界成为一个迫切而重要的课题。中国文化如何在当代西方各种强势文化的影响下成功对外传播，如何达到传播效果，已经成为不得不思考的问题。近些年，“中国图书对外推广计划”“中国当代文学百部精品对外译介工程”“中国文化著作翻译出版工程”“中国文学海外传播工程”等措施，有力助推了中国文学“走出去”的进程。国家提出要“讲好中国故事，传播好中国声音”。故事是一种全球普遍认可的交流语言，讲述什么样的中国故事，如何讲好中国故事，向世界展示什么样的中国形象，必然涉及中国故事的有效编码、结构和传播的过程。中国当代女性文学的跨文化传播是中国对外话语权建构的重要环节，是中国文化“走出去”的重要组成部分，需要对中国故事叙事传播过程作整体性、系统性思考，旨在构建一个跨越地域、政治、文化、种族等认知壁垒的叙事传播语境。本章从问题导向入手，查找原因，研究对策，为深化中国当代女性文学对外传播提供借鉴。

第一节 叙事传播的现状与困境

当前中国文学外译叙事传播过程中难免存在各种矛盾和冲突，如翻译、流通、接受等问题，需要找到妨碍文学外译叙事传播的冲突点，为中国文化走向世界创新路径。为此，我们从叙事传播现状与困境谈起，研究中国当代女性文学跨文化叙事与传播渠道不畅的根源。“总体而言，中国当代女性文学的对外传播还处于边缘状态，受关注度不高。”（巫阿苗、胡兴文，2016）产生这种局面的原因主要包括：中国当代女性文学作品英文翻译明显偏少，译入译出叙事比例严重失衡；中国当代女性文学英译传播途径较窄，翻译质量参差不齐；中国当代女性文学作品译介缺乏规划性和可持续性，处于零散化、随意化状态，且相关作家和作品海外知名度有限，未形成整体的认同度等。

一、译入与译出比例失衡

自改革开放以来，我国非常重视引进并主动译介英美文学作品，传播其文学理念、创作思想、写作方法等，推动中国文学界及社会变革。然而，相对于“引进来”的发展态势，“走出去”则显得惨淡，中国在文学作品的译入与译出上出现了严重的比例失衡情况。在中国，一方面，西方文化霸权严重影响着中国的国际形象，中国文化迫切需要“走出去”，而“中国文学翻译作品在英语世界的接受情况不容乐观”（马会娟，2013）。中国图书进出口贸易逆差严重，中国文学“走出去”“一直以来都是步履蹒跚”（胡安江，2010）的。例如，十多年前，有学者在《中华读书报》刊文详述了中国文学在美国市场的边缘地位：“2008年到2010年的三年间，美国出版英译汉语文学作品分别为12、8和9种，共计29种，其中，当代中国作家的长短篇小说仅19种，可谓一少二低三无名：品种少，销量低，且没有什么名气，几乎无一进入大众视野。”（康慨，2011）国外的大书店很少见到中国出版的女性文学书籍，由著名翻译家杨宪益、戴乃迭夫妇翻译的《中国当代七位女作家作品选》（*Seven Contemporary Chinese Women Writers*）是当时唯一打入主流发行渠道的女性文学译本。自20世纪80年代起，只有少数女性文学翻译作品如丁玲的《莎菲女士的日记》、张洁的《沉重的翅膀》、谌容的《懒得离婚》等成功走向国际图书市场。之后，在外文出版社、上海新闻出版发展有限公司、香港《译丛》期刊社等出版机构和译者群体的共同努力下，王安忆、张洁、陆星儿、池莉、铁凝、程乃姗等作家的作品陆续走向海外。

20世纪80年代起，国家主动推行中国文学外译项目，中国文学出版社推出“熊猫丛书”系列，但海外销售量和受众接受度并不乐观。90年代，国家新闻出版总署（于2013年改为国家新闻出版广播电影电视总局，国家新闻出版广播电影电视总局又于2018年改为国家新闻出版署）推出“大中华文库”，由多家出版社共同参与翻译出版100余种中国作品，但也不尽如人意，未能真正“走出去”。这一落差反映出中国当代文学在英语世界传播的效度上仍有较大提升空间。这不得不引起我们对中国当代文学外译与对外传播困境的忧虑和深思，同时也凸显了当代女性文学跨文化叙事与对外传播研究的迫切需要和重要价值，为国家外译项目和文化“走出去”提供有价值的参考。

译介中国文学是传播中国文化的重要组成部分，尽管国家已经推行数十个中国文学翻译项目工程，但中国女性文学跨文化叙事传播还处于弱势地位，总体译介效果不佳。中国文学海外传播模式带有显著的“本土情结”，这一点足以引发人们对其传播力和影响力进行深刻反思。马悦然（Göran Malmqvist）曾说：“一个中国人，无论他的英语多么好，都不应该把中国文学作品翻译成英文。要把中国文学作品翻译成英文，需要一个文学修养很高的英国人，因为他通晓自己的母语，知道怎么用英文进行表达。现在某些出版社要求学外语的中国人来翻译中国文学作品，这简直糟糕极了。……如果由中国的出版社请中国译者翻译莫言的作品，莫言恐怕也不可能获得诺贝尔文学奖。”（王志勤、谢天振，2013）李欧梵曾批评某些中国译者，“译得虽正确，但缺乏文采”（Leo Ou-Fan，1985），可说是点中了要害，缺乏文采的翻译，仅仅是意义正确，是远远不够的（孙艺风，2012）。

文学作品之所以被译成英文，可能是因为其趣味性或其独到的艺术价值。而中国作家，特别是当代中国女作家的作品，往往因为其有趣和特殊，国外读者比较感兴趣，他们对女权运动的重视，而且总是能从中看到中国人的特殊生活和中国的特殊社会状况而被译介。目前全球最大最全的记录中国现当代文学外译的数据库当属MCLC（Modern Chinese Literature and Culture），王文丽（2024）对该数据库的数据进行梳理，统计出海外学术出版社已出版中国现当代文学单行本150部、选集81部，其中选集收录现当代文学作品905篇；海外商业出版社已出版选集123部，收录现当代文学作品746篇。其中，女性文学作品主要有1997年由Amy Dooling（杜爱梅）和Kristina Torgeson共同编著的，哥伦比亚大学出版社出版的《现代中国的女性书写：20世纪早期女性文学选集》（*Writing Women in Modern China*：*An Anthology of Women's Literature from the Early Twentieth Century*）、2005年由Amy Dooling编著，哥伦比亚大学出版社出版的《现代中国的女性书写：革命年代（1936—1976）》（*Writing Women in Modern China*：*The Revolutionary Years*， 1936-1976）、2003年由Shu-ning Sciban（黄恕宁）和Fred Edwards（弗雷德·爱德华兹）共同编著的《红蜻蜓：20世纪中国女作家的小说》等，相比之下，女性文学译作在中国现当代文学译作中的比例严重不足。另一方面，香港《译丛》的当代文学译介活动仍在继续，1987年第27&28期以“中国当代女作家（Contemporary Women Writers）”为主题，收录了当代女作家如王安忆、程乃珊、谌容、西西等的英译作品。目前来看，“国家推动的译介依然是我国对外推广中国文学的主要模式”（邵璐，2022），而且其译介主体大多为中国本土译者，不少译本的海外接受效果并不理想。尽管新时期以来，中国当代文学海外译介的语种不断增加，不少作家还斩获了海外各种奖项，为中国文学赢得了国际声誉，提升了海外关注度，但“大多数中国当代文学海外传播的接受效果却不尽如人意，国外的馆藏量和读者阅读量并不乐观”（邵璐，2022）。中国当代文学作品能够在国外有一定影响的，基本上也是由英美的出版社策划发行，由外国翻译家翻译的。葛浩文、杜博妮、蓝诗玲、白睿文等汉学家对中国文学作品进行了大量的译介。特别是葛浩文，被夏志清称为“中国现当代文学首席翻译家”，他同时兼有译者、作者等多重身份。美国知名小说家约翰·厄普代克（John Updike）用“接生婆”“差不多成了一个人（葛浩文）的天下”来评论他对中国文学翻译事业的功绩。

二、主动推销与暴力改写策略失误

随着翻译研究的文化转向，翻译研究不再去问“我们应该怎样翻译？什么是好的翻译？”，而是“把重点放在了一种描述性的方法上，去探索‘译本在做什么？它们怎样在世上流通并引起反响？’”（Simon，1996）。为了让中华文化“走出去”，我国在近些年里做了空前的尝试，推出了一批译本计划，翻译出版了大量作品。但是，这种文化外译活动大多属于“一厢情愿”，销量不佳，没有真正进入欧美国家，甚至有些书最终被翻译为中英对照教材，给本国的外语学习者学习。许钧（2017）认为：“文化交流与接受都有自己的规律，我们不考虑接受规律，一厢情愿地将我们认为‘好的’文学作品推出去，恐怕最后难以达到预期效果。”这在一定程度上也导致了中国图书近些年输出和引进比例失衡。我们开展了一系列文学翻译活动，旨在把中国文学作品推向海外，推广并弘扬中国文学作品及文学文化。然而，在文学对外叙事传播中，由于与国外主流媒体之间存在文化屏障，且缺乏行之有效的传播途径与手段，加之自身的传播机制与传播技术等也存在诸多不足，所以我们缺乏与国际出版界、翻译界进行深入互动的经验。这些因素限制了翻译作品在海外媒介中的广泛传播，使它们在国际市场上仅局限于小众群体，未能进入大众视野。由于受众较少，因此中国的翻译作品多进入学术性、小规模的出版社，主要面向学者、评论家、学生等，销量不高，最终很难取得理想的翻译传播效果。中国文学译作一直处于“边缘化”状态，还没有得到欧美国家的著名书评机构和书评人的重视。叶艳和向鹏（2017）认为中国当代小说在国外的接受度普遍不高，“首先是因为小说题材偏向于中国本土，缺乏国际视野，缺乏对西方读者文学偏好的了解”，即缺乏对西方读者的阅读兴趣和需求的了解。中国当代女性文学跨文化叙事同样存在这样的问题。中国当代女性文学作品很难在西方读者群体中获得好评，也很难赢得西方国家有影响力的书评家的积极评价和解读，这在一定程度上使中国女性文学作品远离了西方读者阅读的主流。假如译作在社会和文学上没有很好的互动，仅仅是一种“一厢情愿”式的译介，即使译作的质量再高，也不一定能让读者满意。女性译者张健曾说过，她之所以译介残雪的作品，是“为了打破西方对中国文学的刻板印象，让他们明白中国文学绝不仅仅是有关古代文化和政治现实主义的研究”(Zhang Jian，1997)。

中国文学在国外的传播受限是由于出版和发行的限制，以及叙事渠道不畅通。考虑到受众范围和收益因素，许多欧美出版社往往会因为没有足够的保障而放弃对中国文学作品的翻译。中国当代文学英译本大多由学术出版社发行，通常被归入学术化、专业化的小众化范畴。这样的译作很难有积极的市场反应。从女性文学英译本的出版过程来看，以《长恨歌》的英译为例，《长恨歌》的译本曾被出版社以“会赔钱”的理由一度拒绝，之后王德威以“《长恨歌》在（20世纪）90年代大陆的小说中有重要的意义”为理由找到了一万美元的赞助（季进，2008），才最终使译本得以面世。此外，出版方代表的西方强势文化则企图通过利用女性来塑造上海的异质性文化形象，同时也将中国妇女塑造成一种诱惑读者的形象。虽然译者已经尽力维护原作的女性立场，但还是做出了一些妥协。书名是给读者的第一印象，能吸引人的眼球，因此书名翻译对作品在国外的推广起着举足轻重的作用。根据王德威的采访，一些国外出版社希望将书名“长恨歌”改成以上海为卖点的名字，如“上海女儿”“上海小姐”等，认为“只要有上海两个字就行了”（季进，2008）。毋庸置疑，上海是这部作品最主要的空间，但整个作品主要线索却是围绕一个女人王琦瑶的生活展开的。译者采用了增补翻译策略，着重指出女性所在的私人空间仅仅是男人世界的一条缝隙，而女性则处在附属位置，被男人所物化。与原作相比，女性与狭隘、平庸、琐碎的私人空间有着密切的关系，凸显了女性在男性主导下的社会的生存空间和生命活动。从都市与女性之间的联系出发，西方出版社把女性视为对东方异质性文化的幻想媒介，视为创造一种新鲜感的手段。而在作品中，男人们也把女人当成了幻想上海的对象。译者运用高超的翻译技巧，通过增补策略强调了父权压迫下女性的他者和替罪羊角色，强化了作品中男性的压迫感。翻译作为传播中国文化最重要的手段之一，其目的是要让译文话语及其呈现方式对国际受众真正产生影响力、感召力和吸引力，让世界正面理解中国而不是误解中国（陈小慰，2013）。

从中国当代文学作品翻译现状来看，出自英美出版机构和由外国译者翻译的中国当代文学作品在国外仍有影响力。然而，这些翻译方式大都符合西方主流价值取向，并且出于本土需要进行了“改写”。译者对其翻译进行这么大的“改写”，目的不在于使其叙事更加完美，而在于使译文更加畅销。事实上，“任何外国文学要在西方（尤其是以美国为重心）的英文市场打开局面都不是件容易的事”（季进，2008）。而中国文学又与西方文学有很大不同，其审美又与西方文学大异其趣，具有中华文化独特的艺术性，而在“译出”的中国文学作品中，译者往往试图以符合西方流行小说的方式，仅以保留故事情节为主，在行文、遣词方面进行诸多“本土化”改写，极大地冲击了原作的文学观。换言之，中国文学中的“文学”特质，成了在翻译中流失的精华部分。译者通过“暴力改写”原作，以符合西方读者的文化心态，使译作进入西方主流社会。这种做法削弱了中国文学的文化特性，使之屈从于以西方中心论为基础的东方意象与文化范式。这样做尽管可以消除与读者之间的隔阂，在短时间内可以扩大中国文学作品的知名度，但从长远看，却不能让西方读者真正了解原作的真实面貌，更不能理解其审美判断、价值变迁及创作特色。

尽管我们在翻译中采用了一系列文学作品译介策略，并且做了大量推广工作，但是译介效果良好的作品仍然比较少。目前，我国经济发展速度较快，综合实力也在稳步提升，然而与之相较，文化交流却相对落后，因此，文学作品外译作为文化交流的重要内容，其推进已刻不容缓。在这样的情况下，文学作品外译旨在把中国文化推向国际，但在急于得到文化认同的同时，对译文品质的审查考虑欠佳，从而导致我们的文学译介作品在国外受到冷落。

为此，我们必须从文化宣传政策、宣传机制、经费资助、出版发行、读者接受等方面入手，在文化交流的各阶段制定相应的对策，探索出切实可行的翻译方法，使中国文学作品能够走向国际。同时，我们要大力开展全方位的中国对外形象推广，包括电视节目、书展、中外文化组织交流，并借助多种途径向广大国外读者展示中国蓬勃发展的良好面貌。过去，中国文学作品被译出来以后，其在宣传推广和销售方面并未受到足够的重视，同时对读者接受度的深入调查也显得不足，这就导致了译者在翻译过程中过于主观，缺乏与读者需求的对接，从而难以确保译作的质量。因此，要想提升中国女性文学作品的翻译质量，就必须对翻译过程中各主要因素进行合理的筛选和考量，并对翻译方法持续地进行改进和优化，从而使翻译工作能够取得更好的译介效果。

第二节　叙事传播大众媒介观

消费主义文化的兴起给女性叙事带来了新的精神经验与叙述来源，而女性叙事又以其独有的语言和审美观念，对消费主义文化的发展趋势产生了一定冲击。消费主义文化因女性文本特有的叙事方式和审美格调而获得了独特的彰显角度。中国大众消费主义文化确立和当代女性文学叙事之间存在着密切的互动关系，本节以女性文学英译叙事传播为参照，从文学的审美维度、传播的商业维度等方面分析探讨二者之间的互动关系，以供参考。

一、文学审美与商业传播的共场

从出版商和大众接受角度看，叙事者或译者译介之初就必须考虑译作的受众接受度，赞助人在运作文本时考虑利润最大化，综合考虑大众媒介与消费群体的审美情趣和接受度，简单地说，作品要好卖，看的人要多，媒介传播要广。20世纪90年代，随着消费主义文化的逐渐成熟，大众文化市场空前繁荣。在此表象之下，中国女性文学作品英译叙事的形式已然成为一个交织着独立和孱弱、狂欢和寂寞、反叛和妥协的新天地。而女性叙事文本对欲望的表达，则成了追求经济效益和迎合视觉文化需求的有效手段。女性译者以独特敏锐的洞察力，捕捉到了中国前进步伐中种种表象背后所蕴含的消费主义倾向，以及作家们通过各种风格记录的在中国都市化进程中有关女性题材的内容。女性译者通过消费主义氛围中都市女性的生存境况，反映了消费意识在都市生活化的题材中的体现与传播。女性译者的创作主题、价值观念、叙事技巧和美学趣味，与社会文化转型和大众群众的视觉文化保持了同构性、互文性，折射出了大众消费文化语境的特征，还直接参与了消费文化大众传播媒介与译介的建构。

然而，如何兼顾叙事文本的审美品质与商业特性，是值得研究的一个重要问题。文学的审美品质是其价值的核心，它的形成深受社会文化背景的影响。当社会文化生产的某个环节发生变化时，文学叙事的社会功能和审美特征也必然随之变化。文学虽然本质上是一种精神产品，但它也具有商品属性，遵循商品生产流通的规律，具备相应的商品功能。女性文学译作大多能够做到主动考虑甚至符合大众的阅读期待心理，对大众的阅读审美趣味把握比较准确。当下女性译者实现了创作和市场之间的对接，也顺利适应了消费文化生产体系的运行要求。从叙事传播和社会发展的角度看，文学审美品质的变化是社会文化发展的必然产物。如果文学仅仅成为大众消遣和娱乐的商品，那么它作为特殊商品的价值就会遭到损害，最终也将影响其质量和作为大众文化产品的利益。在传统精英文学领域，文学有自己独立的精神创造立场，当文学背离以往的审美经验走进消费主义文化生产体系迎合大众审美口味时，这一领域就被颠覆了。但是，我们选择一个符合时代潮流的立场观照同一个现象时会发现新的景观，即文学翻译传播的时尚化，使文学比以往任何时期都更能满足大众对文化的消费需求。因此，只有坚持文学的审美价值和意义才能生产出高质量的文学译作。否则，文学只是泛滥在跨文化市场上的符号堆砌物。只有真正包容、开放和动态的大众传播观才可能实现精英文学和通俗文学之间的有机对话和深度融合。

值得注意的是，坚持文学的审美维度不是固化的审美尺度，而是强调评价和审视标准的宽容度和灵活度，需要把握“度”的问题。文学译作，尤其是女性文学译作，在这场传播手段和营销策略的“合谋”中，常常更具有所谓的跨文化包装价值，更容易牺牲审美品质，沦为商业传播的俘虏。不可否认，开拓表达自我欲望途径的同时，女性文学译作也容易面临一些难以回避的问题，比如，一些女性译者在私人化译介文本中以自我视角肆意表达或真实或虚构的体验，在追求情感表达和建构心理世界的同时，可能会牺牲性别写作的大格局。女性写作或译作在私人化的路上走得越远，意味着两性平衡越来越难以维系。文学创作中往往存在着低级趣味、庸俗的现象，而在出版物发行过程中，难免产生某些负面效应，如忽视了文学价值与社会效益，一味追求经济效益。不过，不管怎么说，问题的症结都在人身上，而非市场。通常来说，文学的商业价值在于其文化价值，这体现了社会公众对其价值的认可，也是以市场为导向的消费文化的一部分。

二、大众化、市场化的文学阅读

互联网艺术更多考虑如何通过巧妙地链接具有不同特性的信息引发人们的思考，更看重不同特性的信息彼此整合以及与之相联系的文本间性、媒体间性、作品间性的价值，更多关心如何使人们通过探索多脉络文本来理解社会生活的复杂性（黄鸣奋，2006）。消费时代的文学阅读是大众化、市场化的阅读，文本的商业业绩直接影响文化效益，影响作品的对外传播与译者的经济收入和知名度。消费主义和视觉文化的出现，使原来专心致志的文学翻译心态、心无杂念的文学创作氛围被打破，无论译者们主观意愿如何，他们都必须面对文学的市场化和商业化现实，尝试接受创作和市场需要之间的无缝对接，在译作选材之初就要顾及大众阅读、赞助人及作品在大众传播里的位置。大多数女性译者愿意选择适应市场化、商业化、大众化的译介之路，如朱虹、残雪等。大众化叙事的成功意味着消费文化在精英文学和通俗文学间架设起了一条可行的桥梁。

随着女性经济地位的改善，社会意识形态和女性话语呈现多元化趋向，女性从发现自我到认知自我，在社会中逐渐有了新的坐标和位置，可以自觉、自由地选择生存方式和话语表达方式，已经拥有建构“一间自己的屋子”的能力。改革开放促使中国社会物质生产领域和精神文化空间发生了空前的变化，这些变化也顺应了经济文化全球化的明显趋势。女性书写重新落到消费主义的文化视觉中，寻求大众化、市场化和商业化的传播模式。女性译者需要清醒地认识到这一变化过程，并自觉地将这些认识融入译本的叙事与传播中。

总之，在大众消费文化视野下，当代女性叙事在意义表达、审美特征和市场机制等方面都迎来了新的传播机遇。大众化、多样化的译作与传播是大势所趋，我们应以真诚的态度面对女性生存和女性书写，既要注重翻译的质量，也要追求精品文化的传播。

三、数字化叙事传播

女性文学从诞生之初就与报纸、期刊，尤其与以女性期刊为代表的大众传播媒介紧密相连，二者互为补充、相互促进。广播、电视、报纸等传统媒体具有代表性，具有历史悠久、受众广泛和传播快速等特性。随着信息时代的到来，在新技术支持下，数字期刊、数字广播、数字报纸、手机微信、数字电影等新型媒介形式不断涌现。这种互动化的数字媒介既适应了人们休闲娱乐、时间碎片化的需要，也符合人们快节奏的生活。在满足广大受众阅读需求的前提下，文学创作逐渐走入人民群众的日常生活，并形成一种大众化的消费产品。数字化技术和新媒体的普及使女性文学作品可以多种形式呈现，从而更广泛地在全球范围内传播。

在当今社会，非言语媒介叙事已逐渐进入大众的生活。随着互联网的普及，新媒体和基层传媒显示出了跨文化叙事传播快速的特点。越来越多的用户正在步入这个新媒体时代。各类微型作品征稿、奖项评选等活动都在网上展开，而微型作品生成器、诗歌生成器也应运而生。数字化技术变革对文学作品的叙事模式（包括主体、手段、时空、范畴等）均产生了显著影响。影视媒体以其对文学作品的数字化再创作方式，为翻译文学作品的文化转型、文学审美等提供了新的视角。影像往往呈现出直观、具体的图像与情景，而文本中的抽象性能激发人们的想象力，同时也对读者提出更高的要求。当然，市场化的出版体制也为图书市场化、商品化和品牌化提供了一条良好的途径。经过包装、易于接受、能够引领时尚的影视作品，能将译者的译作商品化，抢占广泛的文化市场，从而为译者提供更广阔的受众舞台。因此充分利用大众传媒的优势，译者可以把女性文学英译与影视改编结合起来，创作出一种新的文化产品传播模式。

历史通过言说来塑造，言说被保存的形式就是文本。叙事者对经典文本的改写还处在一种不自觉的阶段，叙事与译介形式会直接影响文学的生态环境。就现阶段来说，数字化重写和影像化叙事可以助力文化产业，却无法替代文学在人们生活中的位置。随着女性意识的觉醒，女作家时代叙事力量持续地积蓄，英译叙事文本在风格上得到进一步发展，叙事技巧与叙事美学也得到进一步升华。随着学术阶层的不断扩展和报刊传播的快速普及，这些都将促进数字叙事化作品的翻译和传播。

第三节 叙事图文化与影像化

一、图、像传播之道

媒介不仅是内容的载体，还影响着内容的组织与清晰度。运用何种媒体符号进行叙事必然会对叙事行为产生深远的影响。随着各种新型传播方式不断出现和各种媒体形态的不断发展和应用，当代女性文学作品翻译的发展也在加速着叙事文本的形态更新。由于书写成本、媒介形式、语言发展与使用层次等，中西方文学在经历了长期的历史变迁后产生了很大的改变。

在信息时代背景下，信息传递的途径已经从单一模式走向多元化趋势。符号和形象都是人类在共同的社会生活中创造出来的精神财富，是人们借以传递信息、反映主题和凝聚共识的重要媒介与载体。符号形象化和形象符号化已逐渐成为人们在社会交往中“传情达意”的一种重要方式。形象符号的接受、理解和书写也与之对应，成为人类的一种生存方式。从根本上说，所有的媒体都是以影视、戏剧、摄影、绘画、网络视听等为基本表意形式来提供信息的，由图像构成文化传达体系。从技术上讲，视觉文化的现代表征就是各种层次的影像元素。影像是一种文化符码，其本质是一种文化艺术符号，颠覆了传统文化的消费与传播模式。当代科技给艺术普及提供了科学保障，这不仅促进了艺术大众化，而且是实现艺术普及的必由之路。同时，科技的发展也是女性文学叙事在艺术性和市场化方面取得进步的正面标志。要使译作成为精品，除了文字内容的精心打磨，图片效果的运用也是至关重要的。高质量的图片不仅具有史料价值和审美价值，还能以其纪实性、直观性、形象性，发挥出文字难以替代的重要作用。因此，以图文结合的方式进行跨文化叙事，不仅为译作增添了新的魅力，也为当代女性文学跨文化叙事提供了更丰富、更多样的表达手段。

二、图文化叙事

（一）叙事文本图片的价值

在视觉传播新形态下，人们对图片的认知越来越人性化、审美化，图片真实地记录历史瞬间，具有文字难以替代的重要价值。

1. 图片是译文的重要组成部分

译文辅以图片给读者提供直观的信息，能给读者带来现场感和视觉冲击力。翻阅近几年的精品图书，无不对图片的编辑使用煞费苦心、精益求精。一百多年前，英国传教士李提摩太（Timothy Richard）翻译了《西游记》。从此，《西游记》驰名海外。最早介绍到西方世界的《西游记》英译本就是插图版，表现直观，个性鲜明，可读性强，收藏价值高，给人以大气磅礴、眼前一亮的感觉。图片属于“黄金版块”，往往最先受到关注，最容易“抓人”、感人，是整部译作最突出的部分。

2. 图片比文字更能“先声夺人”

图片真实地记录了历史瞬间，是某一活动或事件的“实录”。图片提供直观的信息，是一种通俗易懂的视觉语言，读者看图知义，一图胜千言。图片以其生动活泼的特性，能够调节视觉感受，增强作品的趣味性和可读性。黑压压的文字不免给人以沉闷、枯燥的感觉。无论什么译作，读者永远是鉴赏主体，他们对译作的内容和形式会加上自己的标准。因此，精心设计的图片，能够吸引并赢得众多的鉴赏主体。

3. 图片的人文亲和力强

从人的审美和心理特点来看，凡有插图的条目，读者第一眼首先落在图片上。给读者留下深刻印象的，往往不是文字而是图片。图片的表现力更契合人的审美心理。一部图文并茂的译作和一部少图或无图的译作放在一起，给人的印象和效果明显不同。图片与文字互为表里，相辅相成，构成一个完整的信息体系。当然，仅有文字，译文形象难以惟妙惟肖地再现出来；仅有图片，复杂事物难以清楚地反映出来。只有图文并茂，叙事图文化，才能准确形象地表现事物全貌。译作采用文字描述和图片相结合的方式，可以避免文字描述的单一性和文本理解的抽象性。进入新时代，译作用图片和各种影像资料，形象生动地反映事物全貌已成为一种趋势，成为人们喜闻乐见的表现形式。

（二）叙事文本图片编辑

跨文化叙事文本图片编辑涵盖美学、美术学、几何学甚至哲学等多个学科。笔者结合近年翻阅查找文献资料及书刊图片的编排经验，提出图片精品化编辑方法“三步走”构想，即“三步构图法”。

1.把握图源

图片组稿难、图片质量不高等问题是图片编辑的普遍难题。要编好译作的图片部分，首先要解决图源问题。图源是图片编辑的基础，把握好图源是编好图片的首要环节。图片来源主要有以下渠道：

（1）新闻媒体。根据文字内容和配图需要，及时向新闻媒体等渠道采集图片，平常需要注重与新闻媒体打交道，注意素材的积累，多留意相关新闻报刊和图片资料的线索，这样，选择照片与获取有效图片的范围和空间就大。

（2）摄影队伍。专业摄影队伍或有一定水平的业余摄影爱好者提供的图片清晰、主题突出、美观、大气，可用作专题性图片。编辑与摄影队伍沟通确定选题，把图片和选题一并考虑在内，并与主管摄影和海外报道的有关人员联系。图片工作往往需要大量细致的沟通工作，通过这样的过程确定下来的图片才能达到预期效果。

（3）编辑自采。编辑部应创新工作模式，为了进一步拓宽图片收集的渠道并做到有目的地收集，应先从大量的线索中筛选合适的图片。图库是做好图片筛选和编辑的重要平台。收集的图片积累下来就形成了一个图库，这样图片筛选的范围就大。在建立图库时，要注意细节。首先，精度一定要符合印刷出版的要求，图说部分的时间、地点、涉及的人物或事物及拍摄者或供图者等要素齐全。文字说明内容要和图片反映的内容反复核对，以免造成图文不符。

2. 精心设计

图片设计是凸显译作文化特质和亮点的重要环节。在种类繁多的译作中，有的为什么能成功吸引读者？这不仅与其精品意识密不可分，也与其个性鲜明、风格统一的图片效应息息相关。往往巧妙贴切的图片、意蕴丰富的配色，能成功吸引读者注意。图片设计涉及的领域很广。人的差异性决定了每个人对设计概念和审美艺术的理解都不尽相同。编排者要不断提高政治素养和业务能力，对图片大小、人物关系等所有编排环节做到心中有数，不能马虎从事。编排者应高度重视图片的编排，在大与小等诸多艺术环节上追求最大的灵活性。窃以为，图片的精心设计需要处理好以下关系：

（1）前与后。在图片编排的前后方面，当然是编排好前面的，它是视觉第一印象，也是要记述的重点，要有主要与次要的区别。要将质量好的图片前置，精心安排构图。页面看似平面，其实有三维空间。它需要设计者依据实际进行艺术构图与创造，使用剪影、图案或交叉应用这些元素，以达到主题突出或层次清晰的效果。

（2）关与联。编排者要研究和兼顾相关的前后环节的关联，做到通盘考虑。图片质量是作品出彩的关键。同时，还要考虑图片的数量，有限的版面所能承载的图片数量是有限的，如何最大限度地满足要求，就需要综合考量其关联性，突出重点，合并同类。选图、配图、排版、印刷、装帧等诸多环节，每一个环节都对制作效果至关重要。图片编辑需要深入思考并综合考虑这些环节之间的相互影响，以确保最终的制作效果达到最佳。

（3）齐与不齐。编排上要求整齐规范，有统一感。而具体一组图片的编排，则应有疏有密，有图片大小、高低、前后、交叉等变化，应丰富多彩。高质量的图片编排应力求疏与密的平衡。一般周边留白应保持一致，图片尺寸应统一，同时还需考虑疏密相间的布局，以达到错落有致的效果。至于照片的说明，一种方式是在照片底部直接标注，另一种方式则是错开，在彩版角落统一标注，以灵活运用不同的展示方法。

笔者试以《妻妾成群》译文的图片编辑为例（图6-1、图6-2）。《妻妾成群》英译本标题是直接引用影片《大红灯笼高高挂》的英文名称“Raise the Red Lantern”。英译本封面以红色和黑色为基底色，形象描绘了“红灯笼”和“S”形女子裸露部分，直观反映了作品的女性叙事特征。英译本封面黑色和红色交错使用，红色象征了封建家族对妇女的残暴，而灰蒙蒙的黑暗则暗示了封建旧式家庭的女性凄凉的生活。幽暗的黑、热情奔腾的红，帮助营造气氛、推动故事发展、暗示人物命运，激发了读者无限遐想、审美趣味和阅读趣味，为受众带来了强烈的视觉震撼，使译作具有审美与艺术的吸引力。

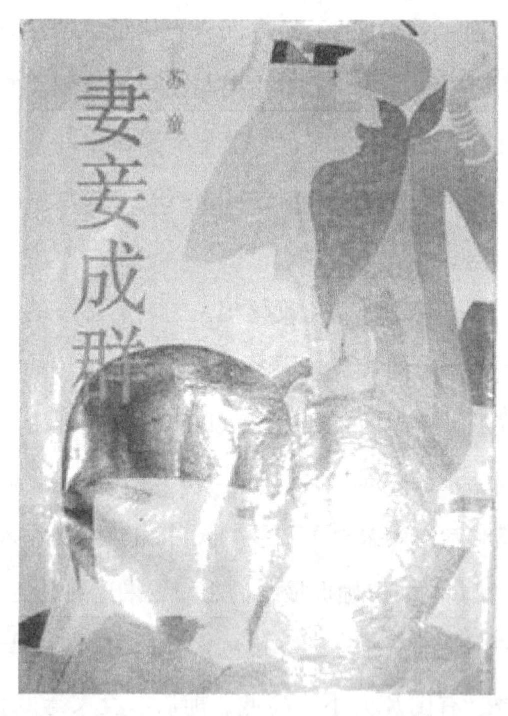

图6-1 《妻妾成群》1991年版本封面

3.严格审查

译作出版有严格的质量规定，图片审查是一个重要关口，应着重从以下几个方面审查把关：

（1）审查意识形态是否正确。2013年，习近平总书记在全国宣传思想工作会议上指出："经济建设是党的中心工作，意识形态工作是党的一项极端重要的工作。"意识形态是译作使用图片审查的重中之重，要贯穿编撰的整个过程。如果在这个方面出现问题，将对社会产生重大影响，并对译作造成毁灭性的打击。

图6-2　*Raise the Red Lantern*（2004）封面

（2）审查图文是否相符，图注是否精准。如果审查不仔细就有可能出现图文不一致的差错。图注编写要准确，尽量参考和使用权威性注释，而且在一些文字细节的处理上要多番考量，把握精细。每幅图片都有一个主题，是图注的重点。图注要素要全，注释虽然不可能长篇大论，但最基本的信息要全。在保证基本要素齐全的前提下，增加信息量，仔细核对文字信息与图片是否吻合，还应注意统一图注格式。图片选用应注重典型性、资料性，文字说明应简洁、准确、要素齐全，做到以图释文。

（3）审查署名是否规范。《中华人民共和国著作权法实施条例》第十九条规定："使用他人作品的，应当指明作者姓名、作品名称；但是，当事人另有约定或者由于作品使用方式的特性无法指明的除外。"条例中的作品包含摄影作品。所以从任何渠道获得的每幅图片都必须规范署名，一方面是保护作者的著作权，另一方面也可以避免因此而产生的一些纠纷。

（4）审查后期制作是否变异。有时候，排版员为保证图片尺寸的统一，或是单纯追求效率，在后期制作裁剪时考虑不周全，或是排版员对图片所需表达的意思理解不到位，导致后期制作出的图片不符合实际要求。只有通过对每幅图片认真查看，才能发现问题，解决问题。此外，图片的校对工作不能局限于几个校次，而要贯穿整个编纂校对全过程，保证每张图片零差错。

（5）审查印刷是否达标。图片要求具备三个方面的性质：一是真实性，必须是事物本来面貌的图片，而不是虚假拍摄的；二是形象性，即能直观而明确地展现事物的形态，以补文字记述之不足；三是历史性，即能成为历史的见证者，具有永久保存的价值。根据图书出版质量规定，在印刷出版前，要认真审查图片的真实性、形象性、历史性，通过审查像素、色彩、画面背景等指标，判定图片或图片组合是否合格，是否能达到国家有关印刷出版的技术标准和规定。

三、影像化叙事

（一）影像叙事对文学传播的影响力

影像改变了线性叙事的逻辑，突破了人们对现实时空的认识。译者能否达到其叙事目标，常常取决于读者的理解力和想象力。影像则以活的动态的形态说话，已经成为最具大众娱乐性质的媒介形式。译者利用熟练的文字与符号来描述话语的韵律和情绪，从而激发读者的联想，让叙事行为达到理想的效果。叙事文本的影像传播着重从文字向影片文本的再创作和传播，就像小说《长恨歌》被改编为影视剧《长恨歌》一样，既能确保作品受到广大观众的青睐，又能使其在世界范围得以普及，这对翻译事业发展是大有裨益的。由于喜欢影视剧，愈来愈多的人选择阅读小说或戏剧文本，这说明影视作为一种新的文本叙事方式，已经开始与传统文本并存，共同满足人们多样化的情感需要。

当然，文学作品源于生活，高于生活，文学文本必然具有与影视文本迥异的美学特性。而成功的叙事并非以美学准则和娱乐性为目标。将文学作品翻译或改编为影视作品，这不仅是转换叙事媒介，同时也会对原作品所处的情境和价值产生影响。从这一点上说，仅仅修改叙事符号是不够的，要达到原来的叙事目的，需要实现跨媒介叙事语篇的再创作。这包括从口传文学到铅字印刷，再到电影电视，以及互联网微视频等多种形式的叙事改写与有效传播。译者倾向于采用影像话语风格，这绝非一种巧合。叙事剧本化、影像化是文学作品寻求销路的一种方式，而正确处理作品与影视的关系，实质上是拓展文学作品的市场和传播范围。影像叙事形式很容易让人陷入忘我状态，而对于文学作品，人们往往会在使用图像时，主动抛弃自己的美学意识，消极接受这种设计。影视作品利用蒙太奇镜头组合，使影片或电视画面实现视觉自由。

（二）剧本化“译”事与情节建构

文学叙事的情节特点最具接近电影话语方式的潜质，可以使用蒙太奇人物刻画方式和剪接方法，进行剧本化“译”事与情节建构。如影片《长恨歌》经常选择全知叙事视角，而其文字处理上细腻繁复的风格则客观上迎合了文字追求。在文化视野和商业化趋势的影响下，叙事传播影视化趋向与文学叙事文本相结合，是文学叙事本身的重新构建。

叙事文本与影视改编的融合，实质上是文学与市场、文学与大众的结合。当前，电影电视对中国文学产生了巨大的影响和冲击。因此，文学翻译要借助影视语言进行故事、叙事等方面的大众化沟通。影视文化已经日益成为翻译工作者所需要的资源。影视蒙太奇的表现方式为文学创作带来了多种素材，并从文学性表达中吸取文艺需求，从而提高文学的商业价值，拓展文学的表达能力。随着消费文化和视觉文化的兴起，当代女性文学跨文化叙事和对影视蒙太奇手法的借鉴，预示着文学作品与当代文化交流将发生更为深远的变革。

第四节　叙事传播SCM模式分析

20世纪80年代以来，国内媒体和学者都以文学作品为媒介，弘扬中国传统文化，塑造中国形象，如“熊猫丛书”、《译丛》等都积极主动地为中国文学作品提供翻译服务。“熊猫丛书”“除了极小部分外，（总体上）却并没有促成我们的中国文学、文化切实有效地‘走出去’”（谢天振，2014）。《译丛》期刊社“通过主办期刊、发行图书而成功探索出一种中国文学‘走出去’模式”（葛文峰、李延林，2014）。学者们就“中国文学国际化”问题掀起了一轮研究热潮，但总的来说，大部分研究仅限于评价译作的质量或探讨翻译方式，而从文学和跨文化角度来审视传播效果则还存在诸多不足，需要进一步拓展研究思路。中国当代女性文学如何在全球范围内传播呢？谢天振曾“基于中国文学和文化的弱势国际地位以及中国文学对外译介所处的阶段”，提出中国文化外译应“强调译入语读者的接受和认同”（鲍晓英，2015）。中国当代文学“走出去”其实是一种文学再叙事与跨文化传播活动，因此很有必要将“熊猫丛书”与《译丛》作对比研究，深入探究其英译叙事模式差异，以期为中国当代女性文学英译叙事与跨文化传播提供启示。笔者以“熊猫丛书”与《译丛》中的女性文学作品英译作对比研究，探讨其传播主体、传播内容、传播方法的SCM叙事传播模式。

一、传播主体（S）

传播主体（subject）即文学作品遴选、翻译与编辑的个人或群体。“熊猫丛书”背后是官方宣传机构，《译丛》是独立的学术机构。当前，中外译者合作不失为一种理想的方式。从事中国当代女性文学外译的译者须是真正意义上的“双文化人”，须深切热爱中国文化和文学，以传播中国文化和文学为己任。

（一）结合传统与现代、融合中国与西方

“熊猫丛书”于1981年由《中国文学》期刊社翻译出版，由杨宪益先生主持编译工作，向西方读者介绍中国文学。“熊猫丛书”命名的原因有二：一是熊猫作为中国的国宝，具有象征意义；二是“熊猫丛书”的英文拼写Panda Books开头字母是P，与美国销量极佳的“企鹅丛书”（Penguin Books）的首字母一样。何谷理（Robert E. Hegel）和李欧梵分别于1984年、1985年对“熊猫丛书”的译作进行了简要评论；杜迈可（Michael Duke）和杜博妮分别于1990年、1991年指出中国当代文学英译中面临的问题。陶忘机（John Balcom）从语境、内容与风格层面分析了中国现当代文学英译。耿强（2010）则重在对“熊猫丛书”进行专题研究，探讨文学译介与中国文学“走向世界”的相关问题。笔者借助中国知网（CNKI）数据库进行高级检索，文献主题设定为“熊猫丛书”，检索出文献总数62篇（检索时间截至2024年8月4日），发现有关“熊猫丛书”研究的期刊论文数量达40篇（含学术期刊论文35篇、

学术辑刊论文4篇、特色期刊论文1篇)，尤其是2009年以后，更呈现蓬勃发展的态势。具体而言，2009年前关于“熊猫丛书”研究的论文仅2篇，数量较少；而在2010年到2024年则有30多篇。研究主题中“英译本”占12.5%，“译介模式”和“中国文学走出去”占17.5%。

1973年，《译丛》由香港中文大学翻译研究中心创刊，创刊编辑为高克毅和宋淇。《译丛》致力于向西方读者介绍中国文化，满足外国读者对中国文化的兴趣，以中国的视角向其提供原始素材。“部分译作得以入选美国高校的中国当代文学教材，甚至入编《哥伦比亚当代文学选集》这类权威文选。”(葛文峰，2016）孔慧怡（2003）的论文《〈译丛〉三十年》和主编的论文集 *The Renditions Experience 1973–2003*（Eva Hung，2003）对《译丛》期刊30多年来的中国文学英译经验进行了总结和评论。葛文峰和李延林（2014）围绕中国文化翻译出版、文学编译及作家作品对外译介传播等方面对《译丛》进行专题研究。笔者借助中国知网（CNKI）数据库进行高级检索（截至2024年8月4日)，文献主题设定为 “香港译丛”，检索出文献24篇（其中学术期刊论文17篇)，发现有关“香港译丛”研究的论文数量集中在2016、2020、2023年，2016年达到巅峰期，发文量达5篇，而早期关于“香港译丛”研究的研究文献几乎没有。研究主题中“海外传播”和“翻译出版”占17.65%，“英译本”“译介模式”和“文化走出去”占29.41%。

（二）政府支持、专业支撑

“熊猫丛书”是国家对外宣传机构的项目，旨在通过文学翻译将中国文学主动“送出去”，即“文学对外宣传”，提高中国文学在世界的影响力。“熊猫丛书”的译者由中国人和外国人组成。中国译者包括社内翻译团队及外文局专职翻译家和外聘的专家学者等。国外译者包括外文局长期聘请和临时聘请的外国专家。而《译丛》译介主体即编译者群体，共有20位核心成员，国内的有乔志高、宋淇、孔慧怡、张佩瑶等，国外的有闵福德、卜立德、宇文所安等。他们经验丰富，有双语文学创作与翻译经历，且有文学或翻译学专业背景。译者们的双语能力、文学素养与多重文化身份，使《译丛》的编译者群体成功成为文学传递使者。正如葛文峰（2016）所说：“‘《译丛》丛书’构建起了一个国际性的文学译介团队，从他们的人员组成中可以窥见国际汉学界与中国文学界交互融通、中西方翻译研究与实践相互交融以及跨学科的多重人文关照。他们在香港这座因历史地理因素而具有国际文化空间与文学交流平台的城市，以‘《译丛》丛书’之名，将承载着中国时代性的当代文学推向世界。”

二、传播内容（C）

1948年，传播学的开创者、美国著名学者哈罗德·拉斯韦尔（Harold Lasswell）把传播的五大因素概括为传播者、信息、媒介、受众和效果。在这一过程中，传播效果是整个活动的核心，而要取得传播效果，“必须使传播的内容和形式在受众身上起作用”（张健，2010）。从传播内容（content）来看，“熊猫丛书”和《译丛》都突出女作家作品的英译。相比“熊猫丛书”，《译丛》在译介选材方面更有自己的文化品牌优势。中国当代女性文学“走出去”的传播内容策划应了解国外目标语读者的文化层次、对中国的了解度，并考虑目标语读者在文化方面的需求。只有译介适合的作家的作品，才能推动中国当代女性文学的海外传播，并为中华民族形象的塑造起到促进作用。

（一）突出文化品牌

“熊猫丛书”所译作品类型多样化，主要有小说、散文、诗歌、戏剧、中国古典文学和现当代文学等，同时也有介绍中国人文历史文化的游历游记、能感染读者的相声与笑话。在选择作家作品时，重视译介中国现当代女作家，如沈从文、老舍、陆星儿、张洁、王安忆、池莉等作家所著的反映中国当代历史和社会现实发展的现实主义作品。而《译丛》传播内容选材涵盖文学、历史、哲学、艺术等方面，辐射诗歌、小说、散文、戏剧等领域，也选择了中国当代文学，如张爱玲、茅盾、老舍、西西、陈若曦等的作品，但古典部分选材品种不多。正如办刊宗旨所言："《译丛》永远把最好的中国文学翻译成英语，送给读者。"（Eva Hung， 2003）

（二）突出传播效果

从传播效果来看，20世纪80年代，"熊猫丛书"10%左右的译本受到英美读者关注，这些译本满足了读者在某些方面对中国文化的好奇和兴趣。读者群主要是专业读者、研究者及渴望了解中国文化、政治和经济等方面的人士。2000年底，专门负责"熊猫丛书"出版的中国文学出版社因陷入种种困境被撤销，出版长达20年的丛书也无奈停刊停办（耿强，2010）。但是据《中国翻译词典》记载，在《译丛》中，任何一种中国当代文学译作，"每册的发行量均在2000册左右"（林煌天，1997）。在中国当代文学译作海外销售不景气的情况下，《译丛》中的当代文学图书销量已然是一个成功的案例（葛文峰、李延林，2014）。要推动中国女性文学"走出去"，需要政府支持、专业支撑、全民参与，精心打造文化品牌，引导文学译介的主流模式，同时，重视"赞助人"因素，与国外主流报纸、期刊、出版机构密切合作。

三、传播方法（M）

"熊猫丛书"与《译丛》译者采用灵活变通的传播方法（method），并于"可接受性强"的译作中传达出原作在语言、文学和文化层面蕴藏的深意，让语言为女性说话，体现女性作品中的女性主体地位。中国女性文学"走出去"应该具备一种世界性的眼光，以文化间的交流和互动为旨归，站在一个更高层次的文化传播角度来选择适合的译介策略。

（一）灵活变通

为提高译作的接受度，杨宪益要求译作尽量做到“信、达、雅”，参与“熊猫丛书”翻译的中外译者并未明显增删语言，译作大都忠实于原作，以增加译作的接受度。有时，中西翻译家通力合作，如杨宪益和戴乃迭合译《聊斋故事选》，戴乃迭、葛浩文、夏志清合译《闻一多诗文选》，王明杰、戴乃迭、沙博理等合译《春天里的秋天及其他》。《译丛》译者采取灵活译介策略还原原作者的创作思想。中外译者们通力合作，力图准确展现中国现当代文学的风格和形象，如宋淇与闵福德合译了《山中树：新时期华文文学选集》，朱志瑜与梅瑞琦合译了《一个冬天的童话》，詹左玉良与闵福德合译了《老人及其他》，朱志瑜与高尔登合译了《顾城诗集》，等等。

笔者试以“熊猫丛书”与《译丛》中的女性文学作品英译为例来比较其翻译策略。先看戴乃迭英译作品《爱，是不能忘记的》中的灵活变通。

原文：我真不知道，妈妈，在她行将就木的这一天，还会爱得那么沉重。像她自己所说的，那是镂骨铭心的。我觉得那简直不是爱，而是一种疾痛，或是比死亡更强大的一种力量。

译文：I do not know how, on her death bed, Mother could still love so ardently with all her heart. To me it seemed not love but a form of madness, a passion stronger than death.

相较于原文叙事的“沉重”　“疾痛”　“力量”，戴译中的“ardently”（热烈地）、“madness”（疯狂）、“passion”（激情），更深刻地体现“妈妈”对爱情的执着。

原文：假如不是这样，我怎么会爱你呢？我已经不怕说出这三个字。

译文：That's why I love you—I am not afraid now to avow it.

"avow"，意为"公开声明，承认"，戴乃迭运用语气郑重的动词"avow"，比"说出"更强烈地表达了人物炙热的感情。在选词方面，戴乃迭充分考虑译文叙事接受者的接受度，尊重原文的内容和精神，并且采取相对温和、灵活多样的变通手段，尽力刻画女性细腻的情感特征，以凸显女性的地位，提升译文的女性主体意识。

（二）可接受性强

再来看孔慧怡英译作品《荒山之恋》中可接受性强的译文。

原文：总以为只有人家动情的份，不料自己也动了。

译文：She thought that it was always the men who would surrender to their feelings，little realizing that this time her true feelings would also be aroused.

孔氏将原文的"动情"译为"surrender to"（向……投降，听任……摆布），即男人们向她投降，被女人降服。而"她也动了"则被译为"be aroused"（唤醒），即唤醒女性情感。译者巧妙地用"surrender to"对比"be aroused"以强调女性主体性。

原文：谁叫她长得俊俏呢？谁叫她招人爱呢？谁叫他们都爱她呢？

译文：It was not her fault that she was good-looking！It was not her fault that she was lovely！It was not her fault that they all loved her！

原文作者用三个问句来描述她的魅力，译者保留了同样的排比叙事句式，但让译文产生了新的审美价值：连续三个“It was not her fault”构成重复的感叹句式，“不是她的错”加强了原文语调并体现了译者的主观能动性。孔氏恰到好处地加入了自己对文本的理解，产生了可接受性强的文本。她坦言：“我在翻译女性作品时，有一种每一个细胞都投入的感觉，也就是说作品无论在知性、感性和直觉等方面，都完全牵引着我。”（穆雷、孔慧怡，2002）

纵观中国当代女性文学作品海外译介与传播，情况良莠不齐。笔者通过比较分析“熊猫丛书”与《译丛》传播模式，主张在多元文化背景下，中外译者应通力合作，采用灵活变通的翻译方法，发挥各自文化身份优势，传达原作在文学、语言和文化层面的深意，并产生可接受性强的译作。译介活动应尽量避免受政治与意识形态因素的影响，如《译丛》坚持译介选材以文学品格为第一要义。总之，译者应积极了解读者的需求，明确目标读者群，适时调整译介模式的不足，同时，拓宽对外译介渠道，如海外代售、电子出版、中外出版社联合出版等，开拓对外销售路径。作家自己也应主动勇敢地走出国门，向更多的国外读者推介自己的作品（陈钰，2020b）。本节通过比较“熊猫丛书”与《译丛》英译传播模式的传播内容、传播主体、传播方法等，探讨其SCM模式，以期在中国当代女性文学走出去进程中发挥借鉴作用。

第七章　女性文学跨文化叙事与中国文化传承发展

站在中华民族“两个一百年”奋斗目标的历史交汇点上，进一步发挥翻译作为中国文化传播与“中国之治”国际话语权的基础和重要支撑的作用已迫在眉睫。通过科学分析国际国内形势，我们不难发现，当前中国文化对外传播遇到的压力，并不是文学与文化本身的危机，而是陷入了传播形式与良性互动上的困境。在第六章女性文学跨文化叙事传播的基础上，本章立足中国当代女性文学跨文化叙事及其对中国文化传承和发展的贡献等方面，从国际视野出发，旨在推动跨文化叙事与中国故事在文本意义上的生成，以期为文学性与世界性共融以及国际话语体系的建构提供借鉴。

第一节　中国故事的文本意义建构

中国五千年悠久而璀璨的历史文化不仅属于中国，也属于世界，中国理应对新世纪世界文化格局的形成作出自己的贡献（蔡武，2009）。中国故事的文本意义建构可归功于悠久的历史文化传统。

一、由文学故事引人入“道”

中国人一直崇尚“文以载道，诗以言志”的文学创作精神，所以中国故事对外传播，不应该只是为了讲一个好的故事，更应该通过文学的方式引人入“道”。若以“听得进”为精神依据，“道”的认同是中国文学故事对外传播的根本目的与归宿。“道”是中国故事从情感认识到理智认识的一种升华。若不能在“道”上获得海外观众的认可，那么中国故事的对外传播将会丧失其应有的价值和意义。“文以载道”的根本目的是通过中国文学故事的对外传播，将全球公共事务和公共议题的中国方案、中国价值、中国智慧传递给世界。

在当今的全球形势下，国际话语权的争夺实质上是对国际事务话语框架权与解释权的争夺。框架权设定了人对事情的认识方式，而解释权则在既定框架内主导事实的判断与语义的产生。随着中国的影响力日益增强，中国必须为自己的语言和解释系统提出自己的观点。中国文学跨文化叙事传播的主流意识形态则是这一体系的重要组成部分。意识形态是政治、思想、道德、哲学、艺术、宗教等方面的思想体系，直接反映社会经济形态和政治制度。此外，文学故事引人入“道”也要把握中国故事的主流意识形态，因为翻译并非中性的，脱离政治、意识形态或兴趣的单纯的语言转化行为，而是一种文化思维和意识形态的对话。纯粹文字转换式的翻译活动是不存在的，翻译过程所有阶段的选择中“越是处于宏观层次的选择，越是明显顺应于翻译的总目的和语言外部因素的影响和制约”（宋志平，2004）。“翻译为文学作品树立何种形象很大程度取决于译者的意识形态，这种意识形态可以是译者本身认同的，也可以是赞助人强加给他的。”（Lefevere，1992）由政府或各出版社资助出版选择的文本，因与国家意识形态一致而被定为经典著作，从而有可能作为翻译文学作品在海外流传。

二、由文学故事到文化翻译

作为中国文学最主要的一部分，中国女性文学为我们展现了丰富多彩的生命图景，其意蕴深刻的生命哲学与社会意义，吸引着中外学者积极主动探索。但是，目前中国当代女性文学的翻译与接受状况并不令人满意，国外读者对它们的认识也远远达不到预期水平。从中文世界到英语世界，在从原文到译文的转换过程中，语言从一种文化环境过渡到另一种不同的文化环境，这个进程就是所谓的“文化旅行”。通过各种文化的碰撞和交流，文本逐渐融合，最终形成了一种新的文化视角。只有这样，原作才可以重生。中国女性文学在海外的译介和接受，最终都要从根本上解决文化翻译的问题。

人们广泛关注的问题就是文化翻译。从根本上讲，翻译就是跨文化交际的过程。语言、文化和翻译始终是相互依存、密不可分的。语言作为文化的传播媒介，翻译则是不同文化之间的交流。文化信息传播遍布于语言之中，翻译则是跨语言、跨文化的交流。语言作为文化的媒介，不可避免地承载着各民族的文化印记。在翻译时，译者不仅要跨越语言的壁垒，还要跨越文化障碍，使其更好地传达出文化思想。目前，中国与英语国家之间的文化交往日益密切，中国女性文学译作越来越多，而国外读者对中国女性文学作品的接受能力也在发生变化。当今世界各国文化交往紧密，各种事物都在不断变化，因此，我们必须更新文化翻译理念，从而在跨文化视角下，对原作的经典性进行更客观、更有效的分析，探讨译者在翻译过程中所采取的文化翻译策略，寻找译者的译迹及译作对英语世界的影响，通过对历史、社会、文化等方面的分析，探索中国女性文学在国际上的影响力。

近几年，中国当代女性文学在世界文学中的地位和影响力都得到了极大的提高。然而，尽管其历史悠久、作者群体庞大，且作品阅读量超过千万，但在某些方面，它与世界文学的主流仍然存在一定的差距。中国当代女性文学的译介、出版和研究在海外的数量仍然很少。中国有大量的女性文学作品，但只有极少数被译介，并且未能进入英美国家主流社会。中国翻译文学作品的普通读者数量较少，大多为从事研究的学者。近十年来，随着中华文化"走出去"的实施，更多的学者开始关注中国当代女性文学的译介与被接受情况，其研究的内容和表现方式多种多样，包括各种学者访谈、学术文章、学位论文等。

不可否认的是，中国当代女性文学作品一经翻译就步入了跨文化场域，即在更加宽广的领域，在异域文化内获得新的受众，产生新的认识和新的冲击，让这部作品有了新的生机、新的光彩。那么，在中国当代文学作品的"文本之旅"中，译者应怎样对待文本中的文化因素，尤其是源语文化与目标语文化差异较大的文本的呢？中国当代女性文学走向世界是一个系统的过程。经过多方的共同努力，我们有充分的理由认为，中国当代女性文学必将摆脱目前的窘境进入英语世界，使更多的中国女性文学经典作品在英语文化领域扎根、开花、焕发新生。换句话说，越来越多的中国女性文学译者为了保持源语文化的原貌，在翻译过程中尽量做到与原作接近，而不是被翻译所代替。在经济全球化快速推进的过程中，不同民族、不同国家间的交往越来越多，文化差异也会越来越小。在中国实力增强的同时，国外的文学需求将聚焦中国。中国女性文学也将为英语世界打开一扇窗户，让更多的人了解中国。更多国外著名出版企业也意识到这一点，纷纷将目光投向中国，这对于推动中国女性文学走向世界舞台，无疑将是巨大的助力。

第二节 跨文化叙事传播合力的形成

就长远发展和影响而言，图书的市场流通是中国当代女性文学对外译介与叙事传播的重要环节。目前来看，中国文学进入国外主流出版机构的视野，并得到英美出版界和出版机构的认同实为不易。在国外得到青睐的中国文学作品太少，如何有效地开拓国外文化市场渠道，打造传播合力，也是中国当代女性文学英译叙事有效促进中外文化交流必须考虑的重要因素。

一、叙事传播机制的定位

中国文学对外传播除了出版市场的现实制约、文化差异等原因，还面临对外传播与推广机制的定位问题。在文学译介过程中，我们缺乏与国外出版社等传播渠道的沟通交流，未能引起国外主流出版社的重点关注，而主流出版社往往掌握着大量的文学市场和受众资源。当前，中国图书海外宣传对营销因素考虑较少，如在美国高校图书馆可发现中国文学译作，而在美国图书市场却很难买到，也就是说，一般的书店都不会出售中国文学译作。美国高校出版社发行的大量中国文学作品在市场上并不畅销。莫言、王安忆、苏童、余华等当代作家的作品，尽管都可以卖给各大书店，可是如果和其他小说放到一块，就未必能引起人们的兴趣了。

而这些国外书店经常没有设立东亚或中国文学专柜，更使得中国文学作品在对外译介过程中缺乏主流出版机构的推广机制。而在对翻译作品进行宣传的过程中，单纯针对专业受众的宣传也会受到一定程度的制约，使得译作很难进入大众视野。英国汉学家杜博妮曾在外文出版社工作，了解当时《中国文学》及“熊猫丛书”的运作机制，她指出在主动“译出去”的过程中，某些推广措施存在失误。在中华民族伟大复兴战略全局的背景下，那些积极对外翻译的译者肩负着让中国当代文学得到国际社会认可的伟大使命。而有意自我保护的硬性销售模式，对受众群体的接纳度考虑较少，翻译时常常缺少一种自然、顺畅的表现形式。中国文学审美价值的丧失，将会严重阻碍译作在目标语受众群体中的传播，甚至使其受到排斥。另外，在交流协作不足的情况下，许多国外书店在导览时仍然把“中国禁书”“作者是中国最具争议性的作家”等作为自己的卖点。但实际上，自改革开放后，中国的社会现状、城市变迁甚至细微的人生经历，都激起了西方读者强烈的好奇心与求知欲。因此，要想让西方读者通过中国文学作品观察中国，就必须要有一个行之有效的宣传与交流制度，这样可以减少西方读者在思想上的错误判断，也可以更好地展示新时代的中国形象。

二、受众意识与文化市场的导向

在当代女性文学叙事传播过程中，传播者和接受者是一种平等的关系。受众的文化背景、接受习惯、意识形态等因素决定了传播内容的选择，而强迫接受的结果必然是难以令人满意的。我们在当代女性文学译介过程中应注重对受众接受情况的调查了解，建立受众意见反馈方案，重点是建立读者反馈与市场反馈机制，让译介市场在翻译资源配置中起决定性作用。读者反馈包括普通读者、专家读者和翻译活动委托人、出版社、译作评论家等对译作的评价，即对译作的市场反应。总体而言，更好的市场反馈，有助于更好地整合译作和叙事传播。建立读者反馈机制要求认真研究受众和市场，分析受众心理，建立受众数据库、细分市场，根据受众需要策划产品和服务，并跟踪调查和分析反馈信息，及时调整文化传播方案以进一步完善产品和服务。

在多元化的全球文化环境下，中国崛起走向世界，是一个不可避免、不容否认的现实。中国当代女性文学走向世界，必须要做到对文化市场和文化自觉的尊重。文化自觉就是“认知、理解和诠释自己的民族文化历史，联系现实，尊重并吸收他种文化的经验和长处，与他种文化共同建构新的文化语境”(乐黛云， 2007)。要对中国当代女性文学翻译存在的诸多弊端和问题进行详细分析，我们必须从制定决策、选择译介资质、目标读者、发行人、赞助商和市场状况等方面入手进行完善。首先，要调整好文化交流的思维方式。目前，存在着一种不合理的、紧迫的心理，人们很有可能“一窝蜂”地投入国际交流浪潮中，以“响应”祖国的召唤。学者郭建宁（2011）直言不讳地指出:“在文化软实力问题上要注意是‘走出去’，而不仅仅是‘送出去’。所谓‘送出去’就是以‘送’为目的，而不大顾及别人的接受方式和文化习惯，往往是政府买单，组织华人和留学生观看，而对国外主流社会没有什么影响。”也就是说，中国文学走向世界并非一种强制性的营销手段，也不应该仓促行事。其次，中国当代女性文学作品在对外传播的过程中，应注重保持中国文学的陌生感、民族性及它所蕴含的人文基因与审美方法，使西方读者可以感受到中国文学的价值变迁、审美判断和诗学特色；同时要重视对西方文学规范的调整，注重在跨文化叙事中的翻译方法和传播效应，以达到通达流畅、适于接受的目的。二者必须同时进行，才能更好地发挥文化市场在资源配置中的功能，保持民族文化的自我认同，让中国文化在全球范围内占有举足轻重的地位。

三、作者、译者与赞助人的合作

因为中国和西方各国在地理、历史、文化、社会等各个层面上都有一些差异，西方世界对中国文学的了解也很有限，这就给国外译者和读者带来了一种与生俱来的异样感觉，对中国文学叙事传播研究缺乏足够的重视，从而造成译者和读者对这种现象认识不足。因此，政府需要有效引导文学译介，重视在多元文化背景下的中外译者与赞助人等的通力合作。在译者方面，挖掘包括中国本土译者、国外华人译者和国外汉学家在内的翻译与审订队伍，充分利用各自的文化身份优势，运用灵活多变的翻译方法，把原作在语言、文学、文化等方面的独特价值表达出来，从而达到更好的传播效果。在赞助人方面，通过与国外主流报纸、期刊、出版机构密切协作，拓展海外翻译途径，通过多种途径、多种媒体，以海外代售、电子出版、中外出版社联合出版等方式开拓海外市场。

中国文学海外译介传播分为三种模式，即本土译介、海外华人译介、汉学家译介（吕敏宏，2011）。译者与作者、出版商、文化传媒等叙事传播主客体之间需要加强合作，中西互通构建文学性与世界性兼具的作品，同时有条件的作者和译者双方还需要共同参与翻译。如残雪的小说吸纳了西方现代主义（包括后现代主义）的观念和技巧，《最后的情人》故事场景设在西方，A国B城，西方人名，但又不局限于西方，人物来自不同的国家，没有明显的民族身份。残雪借鉴西方文学的精神资源，来突破中国文化的限制，融合东西文化达到“完全的自由”（刘成才，2018）。残雪在小说“大熔炉”中赋予主题以世界性，“我主张向西方传统学习，并不是我身上就没有中国传统，我是有的，而且很深”（残雪，2007）。小说犹如“异国的植物长在了有五千年历史的深厚的土壤之中。这样的植物是很怪的，非中非西，无法归类”（残雪，2000），与西方文学在精神层面共通。因此，残雪的作品带有文学性与世界性，易于被西方读者接受和理解。

选择译者时，残雪觉得译者需兼顾中文功底和英语技能，必须保证翻译质量。译者瓦斯曼曾在中国研读中国语言文学，先后在学术出版机构和教材出版机构担任策划编辑、出版协调员、文字编辑、项目经理等，曾将蒋韵、鲁敏、王蒙等人的短篇小说和散文进行了译介。残雪欣赏瓦斯曼中文好（英文自然更佳)、有才能；也看中她在耶鲁大学出版社任职，方便联系业务；且从事编辑工作，利于译本编辑修订；出版协调员等经历则有利于译本推广(岑群霞，2018)。此外，残雪还积极介入作品的翻译和出版，坚持阅读译者的译文并经常与译者沟通，帮助译者精准传达作品内涵（刘堃，2017)。这得益于她的英语阅读和学习习惯。她自己说，长年日久“努力学英语，就是为了阅读西方经典文学，……（我）一直不自觉地吸取西方的营养，直到这几年我才恍然大悟，原来我在用异国的武器对抗我们传统对（我）个性的入侵”(残雪，2003)。她还通过电子邮件直接联系出版社，与出版社保持通信，给予他们支持和帮助，让英语读者感到仿佛在阅读一本由英语作家撰写的文学作品。正是作者和译者的通力合作孕育了新的译作《最后的情人》，才让译作既保持了忠实性和准确性，又具有了可读性和文学性。残雪《最后的情人》英译本的出版标志着大多数西方文学读者更为注重作品的文学价值，同时还积极倡导和激励作家们勇于大胆地走向世界，把自己的文学作品介绍给国外受众。中外译者合作能够更加精准地分析文学译介目标受众的审美期待、价值判断、读者接受差异动因和叙事习惯，也可共同尝试从纯粹的译文文本跃迁到文本、声音与视频的相互融合，构建真实、多元文化的叙事场景，让受众融入叙事现场获得“浸入式”文化观感并激发更深层次的体验与探索。细读《最后的情人》英译本，不难发现残雪的译作在海外有一定的影响力，得益于作者本人注重中西互通、深化合作，作者、译者双方通力合作参与翻译，协同英译与叙事传播，合力构建起了世界文学共同体。

在互联网时代背景下，我们不仅可以整合翻译资源，还可以构建译者和赞助人的云译介合作模式。当前，国外畅销翻译作品大都是中外汉学家自己或与他人合作翻译的，要使中国风格与国外读者的语言习惯相结合，最好选择以外语为母语、精通汉语及中国文化的译者，如残雪作品的译介传播就是很好的例子。因此，我们应当为来自不同文化背景的译者提供一个互联网大数据平台，整合网络资源，通过开展跨文化叙事，发掘不同国家翻译人才的潜在能力。随着大数据和信息技术的快速发展，网络翻译、云译介等新兴翻译方法应运而生，并在语言服务领域迅速崛起，与人工翻译相辅相成，共同提升翻译效率与质量。

鉴于此，译者和赞助人可借助大数据平台，实现跨时空协作翻译，也可以进行众包、分工，将翻译工作进行分割，再将分散的译文进行集成，最终完成整个译作和传播过程，减少时间和费用的消耗。或许有一些人会对这样的译作质量和文体是否一致提出疑问，但笔者觉得，可以采取设置“门槛”、译后专家审阅、把关等方式来加以克服。借助云计算和语言处理技术的优势，云译介可以将全球的翻译资源进行有效融合，加强跨文化叙事和跨模态交流，通过对技术、资源和服务进行最优的重组，从而大大提升翻译产业工作能力。利用云计算技术搭建翻译平台和产品自定义服务来提升翻译效率，同时也能够更好地解决翻译产品价格低廉、高效、优质的问题。

在云译介模式下，中国作品外译的需求可以分成几个部分，通过智能匹配与不同的译者进行协作。因为翻译任务的分解和对译者的甄别都是智能比对产生的，所以同一文本可以维持一致的译法。经过专业人员的审阅，云译者正确译出的句子会作为一种智能型语料资源被保存。如果遇到同样的语料，就会被自动地进行匹配，从而避免重复翻译。该方法可以有效防止相同原文产生差异译文，从而确保正确的译语。与此同时，翻译人员和专业人员可以利用网络高效解决语料收集、术语统一等问题。

四、本土跨文化叙事主体的培养

中国文化博大精深，汉语语言艺术精湛，很多作家作品具有鲜明的地方特征。如莫言就是一个具有浓厚地域色彩的人，纵观其作品，“民间”“乡土”

“历史”“现实”等关键词随处可见。他天马行空般的语言特色、令人惊叹的想象力、喷薄的生命冲动和大开大合的叙事风格使译者感到很吃力，给翻译带来了极大困难。贾平凹对此颇有体会，他说，中国文学“走出去”最大的问题在于“翻不出来”。翻译不仅是语言问题，还涉及深刻的文化理解甚至切身的创作体验等。懂外语的中国人很多，但既精深掌握本国语言文化，又对他国的语言文化有深厚造诣，并且具备文学创作经验的人才寥寥无几。葛浩文对此也深有体会，他曾说：“也有不少中国人做汉译英，但一般做得不大好。”（李文静，2012）瑞典汉学家、翻译家马悦然曾说，中国文学早就该走向世界，但是因为翻译成外文的著作太少，所以有的中国作家虽然非常优秀，具备世界水平，甚至超过世界水平，就是没有好的翻译。“长期以来通晓中文的外国人极为有限，这样，承担中译外的任务就只能落到了中国本土翻译工作者的肩上。”（黄友义，2011）同时，国内媒体与公众对外国译者在翻译过程中能多大程度再现文学作品中“原汁原味”的中国元素一直心存芥蒂，他们寄予“土生土长的中国本土译者以厚望，希望他们在中国文学‘走出去’中充当关键角色”（胡安江，2010）。

然而，中国本土翻译工作者的缺点是，他们很难掌握国外的语言，特别是对国外文化的理解。从字面上看，翻译是翻译语言，实际上是翻译文化，它需要译者充分理解两种文化。对于当前的中国文学翻译来说，能做到如同驾驭母语一样驾驭外语的本土译者十分缺乏，中国文化“走出去”高端翻译人才更是匮乏，已经成为跨文化叙事传播与中国文学海外传播的瓶颈所在，翻译人才的缺乏“已成为制约中国图书乃至中国文化走向海外文化市场的最大障碍之一”（弘毅，2012）。中国文学国外传播固然需要国外汉学家的努力，然而，现在能够从事中译外工作的外国人也不多，国外汉学家更是屈指可数，满足不了现实需求。同时，目前国外的中文译者的数量也在日益减少，而且翻译的文字也千差万别，很难保证翻译质量。毕飞宇曾经以自己的个人经历来警告那些没有丰富的文学感受力和生活阅历的翻译工作者“最好不要去揽活儿。要不然，你会把翻译的状况拉进一个非常可怕的死胡同”（何碧玉、毕飞宇，2011）。村上春树曾感慨：“文学翻译是一件不容易的事，既能成全一个作家，也能毁掉一个作家。文学翻译的特殊性在于，它既关乎译者包括母语和外语在内的语言功力，更在于译者的文学悟性和艺术感性，能否准确传达文学作品语言背后微妙的艺术信息，从而再现原作的神韵和意境。”（姜小玲、施晨露，2012）高水平的译者，需要扎实的文字功底、敏感的文化触觉，甚至要与作者和作品有情感联系，才能跨越文字与文化差异的双重沟壑，把作品的原貌和灵性完全呈现。中国本土翻译工作者由于对英美文化的理解不深和英语文学创作的功力欠佳，“加之对异域读者的阅读习惯及文学出版物市场缺乏深入的了解，因此很难得到国外行家和读者的高度认可”（吕敏宏，2011）。在中国当代女性文学多元化与国际交流的要求越来越高的情况下，一味地依靠“外援”是行不通的，必须努力培育优秀的跨文化翻译人才，使中国翻译工作者可以更好地进行叙事和翻译，为实现中国和外国翻译团体之间的深度协作开创一个良好的局面。

五、《上海故事》在英国出版的启示

2020年，英国逗号出版社出版了短篇小说集《上海故事》（*The Book of Shanghai*）（Jin Li，Dai Congrong，2020），收入王安忆、滕肖澜等10位或出生于或居住在上海的作家描写上海的10部短篇小说，包括王安忆的《阿芳的灯》、蔡骏的《苏州河》、滕肖澜的《星空下跳舞的女人》、夏商的《孟加拉虎》、陈丹燕的《雪》、沈大成的《阁楼小说家》、陈楸帆的《出神状态》、甫跃辉的《丢失者》、王占黑的《阿明的故事》和小白的《透明》，引发了译学界的广泛关注（许旸，2020）。《上海故事》由复旦大学中文系教授戴从容教授主持、金理教授负责编选。这一项目，在业界看来，至少有两个重大突破：第一，与中文版小说面世后再输出版权的传统模式相比，这是由国外出版社发起的，由他们自行组织翻译，直接以英文版在当地市场宣传、发行、推广；第二，有别于国外学者对上海和中国文学的学术研究，这本故事集的读者对象更广泛，涵盖了包括世界各地游客在内的广大读者，传达出更加感性、多元的当代中国城市形象。

译作能否取得规划的效果，"基本上取决于译者使用的话语策略，但同时也取决于接受方的各种因素，包括图书的装帧和封面设计、广告推销、图书评论、文化和社会机构中怎样使用译本以及读者的阅读和教育体系内的教学"（Venuti，1995）。从《上海故事》的出版，我们能够获得一些启示，希望对中国当代女性文学跨文化叙事传播有一定的借鉴作用。

第一，中国女性译者要敏锐洞察城市多元的文化特质、捕捉城市隐秘丰富的表情，进而为城市景观赋予生动灵活的体悟。在鳞次栉比的摩天楼、流光溢彩的霓虹灯、纵横交错的快速路之外，一座城市所具有的多面性又该通过什么方式去表现呢？

据翻译家戴从容介绍，"最初我们给出了15位作家的15篇初选篇目，和出版方商议后，最终筛选出10篇，每篇8000字左右"。她在2018年收到英国一家出版社的邀约，并请国内相关领域学者提供帮助。此后，经多轮沟通了解到国外编辑强调的几个要点：文体题材要多元化、内容情节要故事性强、能折射出上海这座城市的不同维度。不仅如此，对字数要求相当严格，一定要"short story"。《上海故事》收入的10篇作品中有偏悬疑、偏科幻、偏写实等多种类型，10位当代中青年作家的多元化书写汇成了这座城市的斑斓拼图。《上海故事》中有一群普通劳动者，比如，王安忆《阿芳的灯》中的阿芳夫妻，他们来沪打工，在十六铺码头批发水果，一家三口勤勉打拼、彼此依偎。也有家长里短的牵挂与羁绊，如滕肖澜《星空下跳舞的女人》里"我"和主人公诸葛老太的忘年交、闺蜜情，围绕两人的婚恋生活展开。还有从你身边走过的阿婆爷叔们，如“90后”的新锐作家王占黑《阿明的故事》则把眼光聚焦于退休工人这个群体上，写出了这群老人不被看见的内在活力与丰富性。“滕肖澜、夏商与王占黑，都着力将城市生活的参差形态和不同个体的精神特征细腻地表达出来。尤其是更年轻的一代写作者，拒绝将前卫消费样式或优雅生活认定为唯一的都市标志，反而将目光投向一些被忽视的人群，能够以较为平静、冷静的态度去把握个人和城市的关系。”金理说。这部故事集生动展示了上海人热气腾腾的日常生活，呈现了上海摩天大楼之外的都市人文景观，为海外读者带来愉悦的观感和心灵的激荡，助力其更为理性地认识上海这座城市。这些立足书写当代上海的文学作品，正以文学的方式建构着上海的生活记忆史，鲜活展示着时代的脉搏跳动。可以说，这部故事集在内容和写法上已拒绝了西方人对上海的刻板印象、摆脱了外国人对中国都市标签化想象的束缚。

第二，中国女性译者要善于跳出传统叙事传播模式，为中外视角碰撞注入新动能。恰如金理和戴从容（Jin Li & Dai Congrong，2020）在 *The Book of Shanghai*（《上海故事》）序言中所说：“如果将本书比作一张城市文学地图的话，我们希望这张地图是完整的，既指示众所周知的城市地标，也引领你深入城市隐秘的腹腔内部和边边角角，展示上海人潜藏在日常生活罅隙里的喜怒哀乐。”文学堪称推介一座城市的绝好方式，像柏林、爱丁堡等知名城市，均在文学和艺术上展现出非常鲜明的特色。学者朱羽认为：“城市在变化，文学也在变化，上海是一座那么充满活力的丰富的城市，上海的文学书写，应该跟上海成长的自身形成丰富多元的辩证关系，进行良好互动。”（许旸，2017）这家英国出版社连续几年推出了“城市故事”（Reading the City）系列，在此之前，还推出了如《东京故事集》（*The Book of Tokyo*）、《南京故事集》（*Shi Cheng：Short Stories from Urban China*）等短篇小说集。什么样的故事才能更好地反映一座城市的面貌，在中西文化的碰撞中也有一些分歧和争论。戴从容、金理等人曾提出，过去曾希望更多地介绍有关当代上海城市生活的细节，但英国出版社对类似的描述却没有兴趣；也有上海女孩对西方的一些看法，但是出版社觉得对“目标读者没有太大吸引力”。

传播效果不仅受传播主体、传播内容和技巧的影响，受众自身的属性，也就是他们的阅读兴趣、政治态度、价值观等差异，也制约着传播的效果(吴磊，2009)。加上英方要求“此前未出过英文版”等版权确认和字数限制，导致有些篇目未能被收录。“这也从一个侧面反映出，面向海外受众时，如果我们只关注推荐自己感兴趣的东西还不够，不同社会、文化语境下的读者期待是不一样的。但从英国出版人的主动积极介入来看，随着中国影响力的持续扩大，希望了解中国城市的人越来越多。”戴从容介绍。业界人士认为，若说文学是个体回忆的结果，以上海为基础的创作，则以文学形式构筑了都市的生命回忆，跳动着时间的脉搏。“海外读者能从书中看到多面的、当代的、变化着的上海。”戴从容注意到，很多外国人对中国的认识非常肤浅，“说起中国，高频词汇往往就是饺子、红灯笼、茶叶，停留在单一浅显的东方符号；很多人不了解当代中国的飞速变化、上海年轻人的所思所想”。文学叙事能为城市文化的全球化传播注入新的动能。

总之，译者女性书写凸显女性主体，在一定程度上展示自身独特的女性体验和视角，让英语读者不仅了解中国女性对自我生存境况、主体意识和思想情感的表达，而且承载英语世界对中国女性文化的期待、想象和认同。译者在中西文化平等交流的心态下，欣赏并包容自我和他者的文化话语、阐释内涵和文化价值，使原作在异域文化土壤上绽放鲜亮的本真色彩。要想改变中国在国际话语权上的劣势地位，摆脱任由他人评说的被动境地，中国只有积极推动中华文化“走出去”，“通过深化文化交流与合作、加强文化传播、扩大对外文化贸易，充分发挥文化交流在沟通心灵、加深理解、传播友谊等方面的重要作用”（赵少华，2010）。

通过检索亚马逊购书网等网络平台，我们可以发现，那些受读者喜欢的英译本均被给予了五星好评。而英译本在英语世界有一定的传播影响力，不仅得益于原作本身，还归功于译者考虑了英语读者的接受度，在忠实原作的基础上适时“变译”。译者发挥主观能动性，为达意而“变译”，灵活变通、大胆增删，成功将作品译介到英语世界。

翻译是译者通过事件的叙述传递信息，在社会现实中斡旋的一种交流行为，也是一种跨语言、跨文化的对外传播活动。中国当代女性文学译作应该如何向国外辐射呢？中国文学“走出去”不是一朝一夕的事，既需要当代作家尊重读者的文学阅读能力，创作体现中华文化的作品，努力讲好故事，也需要译者们积极尝试创造性变译，除了要考虑国外读者对待翻译文学作品中的他者文化的态度等，更重要的是，既要在翻译时尽量满足国外读者的审美要求和阅读期待，也要保持中国文学的个人性和地域性，让国外读者通过阅读翻译文学作品了解真实的中国，以期实现中国文学在英语世界的跨文化重构。译者亦可尝试从纯粹的译文文本跃迁到文本、声音与视频的“浸入式”融合，增强话语与交际融入度，寻求文化荣耀。同时也期待本土译者与西方汉学家的“中西合璧”，促进多元文化之间的深层次交流，国内外出版社建立完善的多渠道出版与发行网络，共同策划、合作出版、合力营销，培养、引导读者和市场，从精英传播普及到大众传播，持续加强中国文学国际传播能力建设。

第三节　文学性与全球化叙事共同体展望

中国当代女性文学要走向国际社会，走进世界文学场域，需要译者、赞助人、出版商及政府部门和社会各界的共同努力。作为翻译工作者，译者站在时代的潮头，传承发展中国文化是其使命所在，也是其职责所系。译者应在译作中体现自己的文化情怀、译学理念、诗学境界及跨文化叙事传播思维方式，映射出自己的文化背景、治学方法和国际视野。我们应该在认识局限、承认差异、相互借鉴、共同发展的基础上顺应时代、拓宽领域、提炼模式，以高度文化自信和国际化视野，积极进行文化沟通与协调，对中国女性文学及其中国故事叙事传播作整体性、系统性思考，拓展女性文学英译叙事研究的广度和深度，积极参与国际同行的对话，促进中西跨文化叙事交流对女性文学作品的尊重与理解，努力构建一个跨越地域、政治、文化、种族等认知壁垒的叙事传播语境，在文化自信、理论自信与寻求文化荣耀的道路上，为更好地传播中国故事、传承发展中华优秀文化探索新的路径，作出新的贡献，更好地把中国推向国际舞台，把中国的声音传递出去，把中国的美好形象展示出来，让全世界都认识和了解中国。当所有的文明手段与叙事媒介已经不再仅仅局限于文字崇拜的时候，被塑造、被召唤出来的叙事共同体正在向我们走来，我们需要努力地去寻找这个叙事共同体与新世纪的文明相匹配的表达形式。本节从文本解读、译本创造及文化传承三个方面探索中国当代女性文学与国际社会交融发展的路径，旨在促进文学与世界和谐共生，同时成为构建人类命运共同体与推动中西文化交流的新动力。

一、以文本为中心与以人民为中心融合发展

当代女性文学跨文化叙事是一种文学接受或文学鉴赏，是反映、实现和丰富文本的过程。它是一种将译者、读者的审美评价与研究结果相结合的有效途径，是实现文学性与翻译世界性的出发点和依据。对叙事文本的阐释，从语篇的含义和形式两个层面展开。

本书第一章对中国当代女性文学英译现状进行了分析，发现多数中国女性译者主张从社会、政治、文化、历史、作者生平等方面理解作品，正所谓中国的传统观念“知人论世”“以意逆志”“诗以言志”等，都是以作家为本的诠释视角。然而，从本书第六章叙事传播的现状与困境分析，以及叙事传播大众媒介观来看，如今在英语文化市场传播比较成功的作品，如《长恨歌》《沉重的翅膀》《最后的情人》等，译者往往采用文本细读方式，对文本结构、话语意图、篇章模式进行分析，对语句、文化冗余等因素认真阅读，反复琢磨，根据自己的认识理解，将自己译进译本，反映中国传统文化与西方学者的价值立场。如从戴乃迭英译的《沉重的翅膀》可以看出，她对原作的含义和中国文化的理解往往别出心裁，有独到的见解。戴乃迭从20世纪初就开始汉语的学习，为以后的文化研究与翻译实践奠定了良好的语言基础。

戴乃迭在思想、理论上的独创性，也反映出中西译者的不同视角和差异，为中国当代女性文学跨文化叙事研究开辟了一条新的道路。我们也可以运用这些异域文化语境背景下的研究成果，对自己进行反思，相互补充，从而构建一个综合多元的研究范式。对张洁文本的解读，戴乃迭有自己细致的观察和研究，她深谙中国女性文学文本中的语言形式和体裁特点。从她对文本的挪用与改写等处理方式上，我们可以看出她在对可译性和文本内容的把握上有清醒的认识与独特的思考。

二、独立叙事与形式重构融合发展

文学的译本创造采用新的语言和文学形式重新叙事。中国女性文学作品英译，尤其是中国当代女性文学作品英译叙事，不管在词句、语义、篇章，还是译文表述层面，几乎都不能做到等值和等效，必须结合文化差异，为译文添加新的注释与诠释，不断创新、适应和改变，使之适应目标语读者的叙事审美期待。如戴乃迭格外关注英汉语言结构差异和文化意识差异、中国女性文学与西方文学差异、中国女性文学文体差异及不同作家创作差异等，力求创造出能够让译文读者感受到的有规律的形式差异。

首先，个性叙事。以朱虹的代表性译作《女人的“一样”与“不一样”》和张洁的代表性译作《沉重的翅膀》为例，译者采用自己认为合适的翻译策略，体现自己的翻译认知和叙事愿望，体现不同时代、不同文体风格和不同译者的性格差异和规律性。其次，形式重构。在本书第五章女性文学跨文化叙事策略部分，笔者曾讲到跨文化语境下的重构策略，如时空重构、性别重构、文本与超文本重构及变译叙事与陌生化审美重构等，笔者认为，中国女性文学作品英译叙事需要依靠形式重构和内容创新。值得注意的是，形式重构要力求译出译作背后的东西和彼此之间的差异。例如，为了体现文学作品差异，可尝试以蒙太奇创造手法，以新颖的方式进行译介，重新建构其印象，以满足目标语读者的各种审美期望，让读者能够欣赏具有各种特色的新颖文学形态，让读者在阅读译作时产生似曾相识之感，从而激活脑海中对应的文化图式，产生对应的联想与触动。中国女性文学作品的翻译必须建立起一套有规律的交际模式或语言框架，帮助目标语读者认识和理解，充分展现中国女性文学的多样性，展现丰富的中国文化元素。

三、国际语境与文化协调融合发展

综观新世纪新时代的外国语言文学，就其跨语言、跨文化叙事研究而言，各种理论思潮试图从不同角度解释中国女性文学对外传播的事实，也更加广泛地与多学科交叉，运用和借鉴包括计算机科学、心理学、经济学等各学科在内的研究成果和方法，不断凸显翻译学背景下，与语言学作为人文科学和自然科学交叉学科的地位。外国语言文学研究在全球化背景下，与国际学术界的交流更加密切，发展更加迅速，前景更加光明，未来中国女性文学的发展必须塑造中国文学的精神世界。

首先，中国女性文学的精神品格要超越个体体验，开阔胸襟，弘扬中华民族的价值体认与实践旨归。跨文化叙事选材既要能体现出译者的视角和译者心中的文学传统，也要能体现出其在两个国家的政治与文化关系中的地位、联系和桥梁作用。在这种背景下，跨文化叙事主体既是文学经纪人，也是文化代言人。只有这样，才能充分展现出中华儿女在社会主义建设中自强不息、顽强奋斗的精神风貌的作品，展现出中国翻译界超越个体情感体验的普遍性精神力量，使女性文学英译叙事具有不朽的生命力。

其次，中国女性文学的精神品格要放宽到国际语境和世界情怀中，正所谓“以天下观天下”。中国当代女性文学不能缺席这个伟大的时代，必须站在国际化的舞台，观照时代潮流，站在中国文化传承发展的逻辑起点上，解读中国文学与世界文学的深层互动。译作既不应由于过于异化而妨碍读者的阅读，从而对译作传播产生不利影响，也不应太过于归化而损失源语文化。译者必须作出取舍与折中，这不仅反映了对原作的尊重理解，也反映了原作的丰富意蕴，同时也遵从了读者的阅读习惯与审美观念，使本土文化在全球化的语境中焕发光彩，彰显中国的世界性价值，实现从阐释中国到中国阐释的转变，致力于把中国文学推向世界文学的舞台。

最后，跨文化叙事主体应该具有国际化文学观念，了解不同文化之间的相似性，并从世界文化和主流诗学理论角度来探讨如何在不同的语境下对中国女性文化进行跨文化叙事和交流。信与美、文与质历来是翻译界争论的热点问题，也是中外翻译界所关注的焦点问题。在中国女性文学作品英译时，译者应当积极协调和平衡，既要使译文语言在总体上更加流畅自然，又要适应英语的叙事规律和表达方式，从而将中国文学推向国际舞台。

当前各种人类“共同议题”不断浮现，无论是地球或人性，都前所未有地、紧密而快速地被联系在一起，敦促人类正视“共同命运”的主题。女性议题作为讲好中国故事的重要内容，在国际传播中具有普遍性与共通性、生动性和具体性，因而吸引了广泛的社会关注度。传统文学写作在面临着媒介多元化及其主导性转变带来的挑战，同时，跨文化叙事的意义和方式也在各个层面经历着深刻的变革。叙事共同体所包含的不仅仅是叙事者，更是接受者和传播者。没有接受传播阐释的叙事，它的意义是非常有限的。中国当代女性文学跨文化叙事是中西文化和中西文明相互交流、相互冲突、相互渗透、相互交融的产物，它的发展是一个融合发展的过程，同时也是一个不断成形与变化的过程。在保持源语文化和适应目标语文化的过程中，跨文化叙事主体应该消除归化与异化二元对立思想，在英语领域建立一个能够被认知的跨文化叙事语言体系，从而实现中国当代女性文学的交流与传播。当然，我们也明确地认识到，对于融合和改变的“度”等问题，需要在倾听中不断反思和修正自我，开拓研究思路，开放格局，以中国文化“上善若水”的包容姿态，积极认识和审视中国当代女性文学英译叙事研究中出现的问题与局限。如何更大限度地保留与传承发展中国优秀文化，则是翻译界需要不断探讨和研究的课题。

参考文献

ANONYMOUS. Review on the serenity of whiteness[N]. The Los Angeles Times, 1992-02-16.

ARROJO R. Fidelity and the gendered translation[J]. TTR: Traduction, Terminologie, Rédaction, 1994, 7(2): 147-163.

BAKER M. Translation and conflict: a narrative account[M]. London: Routledge, 2006.

BASSNETT S. Comparative literature: a critical introduction[M]. Oxford: Blackwell, 1993.

BASSNETT S, LEFEVERE A. Translation, history and culture[M]. London, New York: Pinter Publishers, 1990.

BLOCK D. Second language identities[M]. London: Continuum, 2007.

BOURDIEU P. The logic of practice[M]. Cambridge: Polity, 1990.

BOURDIEU P. Outline of a theory of practice[M]. Cambridge: Cambridge University Press, 1977.

CANXUE, WASMOEN A.F. The last lover[M]. New Haven: Yale University Press, 2014.

CHAMBERLAIN L. Gender and the metaphorics of translation[J]. Signs: Journal of Women in Culture and Society, 1988, 13(3): 454-472.

CHARLSTON D. Textual embodiments of bourdieusian hexis: J.B. Baillie's translation of Hegel's phenomenology[J]. The Translator, 2013, 19(1): 51-80.

CHATMAN S. Story and discourse: narrative structure in fiction and film[M]. Ithaca, N.Y.: Cornell University Press, 1978.

CHEN L, DAI R Y. Translator's narrative intervention in the English translation of Jin Yong's *The Legend of Condor Heroes* [J]. Perspectives, 2022, 30(6): 1043-1058.

DAMROSCH D. What is world literature? [M]. Princeton, NJ: Princeton University Press, 2003.

DERRIDA J. What is a "relevant" translation? [J]. Critical Inquiry, 2001, 27(2): 174-200.

EDWARDS L. Dialogs in Paradise-Xue Can [J].Bulletin of Concerned Asian Scholars, 1992(24):59-66.

EVEN-ZOHAR I. The position of translated literature within the literary polysystem [J]. Poetics Today, 1990,11(1): 45-51.

FOUCAULT M. The history of sexuality: 1: the will to knowledge [M]. New York: Pantheon Books, 1990.

GODARD B. Theorizing feminist discourse/translation [A]. In BASSNETT S & LEFEVERE A. Translation, history and culture [C]. London: Pinter Publishers, 1990: 87-96.

HUNG E. The renditions experience 1973-2003 [C]. Hong Kong: The Research Centre for Translation, Chinese University of Hong Kong, 2003.

INNES, C. A Book review of Dialogues in Paradise [N]. The New York Times Book Review, 1989-09-24.

JIN L, DAI C R. The book of Shanghai: a city in short fiction [M]. London: Comma Press, 2020.

KINGSBURY D B. I wish I were a wolf: the new voice in Chinese women's literature [M]. Beijing: New World Press, 1994.

LEFEVERE A. Translation, rewriting and the manipulation of literary fame [M]. London and New York: Routledge, 1992.

OU-FAN L. Contemporary Chinese literature in translation: a review article[J]. The Journal of Asian Studies, 1985, 44(3):561-567.

OU-FAN L. Under the thumb of men[J]. New York Times Book Review, 1987-01-18.

MCDOUGALL B S, LOUIE K. The literature of China in the twentieth century[M]. London: Hurst, 1997.

NEWMARK P. Approaches to translation[M]. Oxford: Pergamon Press, 1981.

NIDA E A. Language, culture and translating[M]. Shanghai: Shanghai Foreign Language Education Press, 2001.

NORD C. Translating as a purposeful activity: functionalist approaches explained [M]. Shanghai: Shanghai Foreign Language Education Press, 2001.

SHU-NING S and FRED E. Dragonflies: fiction by Chinese women in the twentieth century[M]. Ithaca, New York: East Asia Program, Cornell University Press, 2003.

SIMON S. Gender in translation: cultural identity and the politics of transmission [M]. London: Routledge, 1996.

SNELL-HORNBY M. Translation studies: an integrated approach[M]. Shanghai: Shanghai Foreign Language Education Press, 2001.

STEINER G. After Babel: aspects of language and translation[M]. Shanghai: Shanghai Foreign Language Education Press, 2001.

DE LOTBINIERE-HARWOOD S. The body bilingual: translation as a re-writing in the feminine[M]. Toronto: Canadian Scholars Press, 1991.

VENUTI L. The translator's invisibility: a history of translation[M]. London: Routledge, 1995.

VON FLOTOW L. Feminist translation: contexts, practices and theories[J]. TTR: Traduction, Terminologie, Rédaction, 1991, 4(2): 69-84.

VON FLOTOW L. Translation and gender: translating in the "era of feminism"[M].

Manchester: St. Jerome Publishing, 1997.

WANG A, BERRY M, EGAN S C. The song of everlasting sorrow: a novel of Shanghai[M]. New York: Columbia University Press, 2008.

WEDELLSBORG A. Ambiguous subjectivity: reading Can Xue[J]. Modern Chinese Literature, 1994, 8(1/2): 7-20.

ZHANG J. Reading transaction in translation[J]. Babel, 1997, 43(3): 237-250.

ZHANG J, GLADYS Y. Leaden wings[M]. London: Virago Press, 1987.

ZHU H. The serenity of whiteness: stories by and about women in contemporary China[M]. New York: Ballantine Books, 1992.

鲍晓英.译介学视野下的中国文化外译观：谢天振教授中国文化外译观研究[J].外语研究，2015，32(5)：78-83.

蔡武.在“中译外——中国走向世界之路”高层论坛开幕式上的讲话[C]//中国翻译协会.中国翻译年鉴：2007~2008[C].北京：外文出版社，2009.

残雪.黑色的舞蹈[M].北京：民族出版社，2000.

残雪.为了报仇写小说：残雪访谈录[M].长沙：湖南文艺出版社，2003.

残雪.最后的情人：长篇小说[M].广州：花城出版社，2005.

残雪.残雪文学观[M].桂林：广西师范大学出版社，2007.

岑群霞.残雪介入《最后的情人》英译与接受的社会学探析[J].山东外语教学，2018，39(3)：115-122.

陈杰，赵小瑞.运用“角色代入法”的教学设计：以“人类活动与雾霾”为例[J].地理教学，2014(9)：40-41.

陈可红.中国动画电影的“叙事融入”机制探析[J].电影艺术，2019(5)：98-103.

陈琳.论陌生化翻译[J].中国翻译，2010，31(1)：13-20.

陈霖，陈一.事实的魔方：新叙事学视野下的新闻文本[M].北京：中国书籍出版社，2011.

陈小慰．对外宣传翻译中的文化自觉与受众意识[J]．中国翻译，2013，34(2)：95-100.
陈钰．析朱虹译《女人的“一样”和“不一样”》[J]．唐山学院学报，2012，25(1)：40-42.
陈钰．女性主义译者之“五位一体”[J]．琼州学院学报，2013，20(1)：106-107.
陈钰．叙事重构三维译控论：以戴乃迭英译《沉重的翅膀》为例[J]．同济大学学报(社会科学版)，2020a，31(4)：117-124.
陈钰．中国现当代女性文学“SCM英译模式”探究：以“熊猫丛书”与《译丛》译介模式对比为例[J]．牡丹江大学学报，2020b，29(4)：77-80.
陈韵．残雪现象对湖湘文化“走出去”的启示[J]．湖湘论坛，2018，31(1)：171-176.
陈正华，张瑞玲．从“熊猫丛书”英译本看中国现当代女性文学译介[J]．安徽工业大学学报(社会科学版)，2016，33(5)：65-67.
戴卫·赫尔曼．引言[C]// 戴卫·赫尔曼．新叙事学．马海良，译．北京：北京大学出版社，2002.
丹尼尔·梅丁，安纳莉丝·芬尼根·瓦斯曼．为什么这本书应该获奖：写给第八届(2015年)美国最佳翻译图书奖评委会[J]．柳闻，译．作家，2015(8)：3-5.
付文慧．多重文化身份下之戴乃迭英译阐释[J]．中国翻译，2011，32(6)：16-20.
高玉．论残雪小说的“读不懂”与文学阅读的“反懂”[J]．中国现代文学研究丛刊，2012(6)：124-135.
高璐夷，储常胜．王安忆英译作品的海外传播研究[J]．遵义师范学院学报，2016，18(6)：79-83.
葛文峰．香港“《译丛》丛书”与中国当代文学“走向世界”：译介模式及传播启示[J]．北京第二外国语学院学报，2016，38(5)：58-70,140.
葛文峰，李延林．香港《译丛》杂志与中国文化翻译出版：文化“走出去”的成功案例[J]. 出版科学, 2014, 22(6): 88-92.

耿强. 文学译介与中国文学“走向世界”:“熊猫丛书”英译中国文学研究[D]. 上海: 上海外国语大学, 2010.

耿强.“熊猫丛书”英译本的跨文化传播[J]. 解放军外国语学院学报, 2013, 36(2): 83-88,94,128.

耿强. 中国文学走出去政府译介模式效果探讨: 以“熊猫丛书”为个案[J]. 中国比较文学, 2014(1): 66-77.

郭建宁.“走出去”, 而不仅仅是“送出去”[J]. 人民论坛, 2011(31): 57.

郭延礼. 中国近代翻译文学概论[M]. 武汉: 湖北教育出版社, 1998.

何碧玉, 毕飞宇. 中国文学走向世界的路还很长……[J]. 东方翻译, 2011(4): 59-63,67.

贺春艳. 中国儿童英语浸入式教学个案研究[J]. 科技视界, 2019(18): 144-145.

弘毅. 文学“出海”,翻译之“船”至关重要[N]. 中国文化报, 2012-12-14(5).

胡安江. 中国文学“走出去”之译者模式及翻译策略研究: 以美国汉学家葛浩文为例[J]. 中国翻译, 2010, 31(6): 10-16.

胡安江, 胡晨飞. 再论中国文学“走出去”之译者模式及翻译策略: 以寒山诗在英语世界的传播为例[J]. 外语教学理论与实践, 2012(4): 55-61.

胡军. 深圳某小学英语浸入式教学的个案研究[D]. 西安: 陕西师范大学, 2014.

胡盼. 中外合作高中项目下的英语浸入式教学个案研究[D]. 北京: 首都师范大学, 2011.

胡燕娜. 戴乃迭译者文化身份建构研究: 以英译王安忆《人人之间》为例[J]. 浙江树人大学学报(人文社会科学版), 2015, 15(4): 90-94.

华莱士·马丁. 当代叙事学[M]. 伍晓明,译. 北京: 北京大学出版社, 1990.

黄鸣奋. 互联网艺术[M]. 北京: 文化艺术出版社, 2006.

黄友义. 中国特色中译外及其面临的挑战与对策建议: 在第二届中译外高层论

坛上的主旨发言[J]. 中国翻译, 2011, 32(6): 5-6.

黄忠廉, 孙瑶. 语篇翻译语域三步转化观[J]. 现代外语, 2017, 40(2): 201-212,292.

季进. 当代文学: 评论与翻译: 王德威访谈录[J]. 当代作家评论, 2008(5): 68-78.

姜小玲, 施晨露. 莫言得奖, 翻译有功[N]. 解放日报, 2012-10-13(5).

蒋梦莹. 资本、场域与文学神圣化: 残雪小说在美国的译介研究[J]. 山东外语教学, 2017, 38(5): 96-103.

金介甫, 查明建. 中国文学(一九四九——一九九九)的英译本出版情况述评[J]. 当代作家评论, 2006a(3): 67-76.

金介甫, 查明建. 中国文学(一九四九——一九九九)的英译本出版情况述评(续)[J]. 当代作家评论, 2006b(4): 137-152.

康慨. 一少二低三无名: 中国当代文学在美国[N]. 中华读书报, 2011-01-12(4).

孔慧怡.《译丛》三十年[J]. 香港文学(*Hong Kong Literary Monthly*), 2003(222): 80-81.

乐黛云. 中国女性意识的觉醒[J]. 文学自由谈, 1991(3): 45-49.

乐黛云. 比较文学研究的现状和前瞻[J]. 兰州大学学报(社会科学版), 2007, 35(6): 1-13.

李常春, 李兴亮. 艺术地融入: 简论数字技术对电影叙事方式的影响[J]. 大众文艺(理论), 2009(19): 115-116.

李红玉, 穆雷. 女性主义意识的彰显: 以朱虹译"并非梦幻" 为例[J]. 广东外语外贸大学学报, 2008, 19(6): 61-65.

李文静. 中国文学英译的合作、协商与文化传播: 汉英翻译家葛浩文与林丽君访谈录[J]. 中国翻译, 2012, 33(1): 57-60.

廖七一. 重写神话: 女性主义与翻译研究[J]. 四川外语学院学报, 2002(2):

106-109.

林煌天. 中国翻译词典[M]. 武汉：湖北教育出版社，1997.

林树明. 迈向性别诗学[M]. 北京：中国社会科学出版社，2011.

刘成才. 残雪、先锋文学及“中国故事”讲述：以残雪海外接受为背景的考察[J]. 中国文学研究，2018(3)：145-151.

刘军平. 女性主义翻译理论研究的中西话语[J]. 中国翻译，2004，25(4)：3-9.

刘明东. 文化图式的可译性及其实现手段[J]. 中国翻译，2003，24(2)：28-31.

刘思谦. 性别理论与女性文学研究的学科化[J]. 文艺理论研究，2003，23(1)：9-19.

刘思谦. 女性文学这个概念[J]. 南开学报，2005(2)：1-6.

刘堃. 西方读者视野中的残雪[J]. 社会科学，2017(5)：185-191.

刘堃. 梦魇叙述、自我意识与女性主义：残雪在美国的译介与接受[J]. 海南大学学报(人文社会科学版)，2019，37(4)：89-95.

刘信波. 英语语言学视角下的语境融入及其应用[J]. 湖南第一师范学院学报，2013，13(6)：112-115.

刘意. 从莫言获奖谈跨文化传播的符号塑造与路径选择[J]. 中国报业，2012(20)：33-34.

梁晓. 加拿大浸入式教学法的形成及影响[J]. 中国市场，2008(35)：134-136.

卢晓侠. 审美超越：艺术的旨归[J]. 广州师院学报(社会科学版)，2000(2)：23-28.

罗钢. 叙事学导论[M]. 昆明：云南人民出版社，1994.

罗列. 女翻译家薛绍徽与《八十日环游记》中女性形象的重构[J]. 外国语言文学，2008，25(4)：262-270.

骆晓戈. 沉默的含义[M]. 长沙：湖南师范大学出版社，2000.

吕敏宏. 中国现当代小说在英语世界传播的背景、现状及译介模式[J]. 小说评论，2011(5)：4-12.

马会娟.英语世界中国现当代文学翻译：现状与问题[J].中国翻译，2013，34(1)：64-69.

马悦，穆雷.译者性别身份流动性：女性主义翻译研究的新视角[J].解放军外国语学院学报，2010，33(6)：66-70.

穆雷.翻译与女性文学：朱虹教授访谈录[J].外国语言文学，2003，20(1)：41-44.

穆雷，等.翻译研究中的性别视角[M].武汉：武汉大学出版社，2008.

穆雷，孔慧怡.翻译界：男性的一统天下？：香港女翻译家孔慧怡博士访谈[J].西安外国语学院学报，2002，10(2)：108-111.

彭笑.第二语言习得视角下的幼儿英语浸入式教学模式[J].教育教学论坛，2015(37)：158-159.

珀西·卢伯克.小说美学经典三种[M].方土人，罗婉华，译,上海：上海文艺出版社,1990.

浦安迪教授讲演.中国叙事学[M].北京：北京大学出版社，1996.

乔以钢.中国当代女性文学的文化探析[M].北京：北京大学出版社，2006.

屈璟峰.百年台湾地区女性文学翻译家群像[J].外文研究，2018，6(3)：41-46.

邵璐.中国当代文学在英语世界的翻译与传播:框架、思路与方法[J].扬子江文学评论，2022，(6):17-22.

申丹，王丽亚.西方叙事学：经典与后经典[M].北京：北京大学出版社，2010.

宋健，崔伟男，罗水莲.从翻译行为到译者行为：戴乃迭女性译者文化身份[J].文学教育(下)，2017(8)：24-27.

宋志平.翻译：选择与顺应——语用顺应论视角下的翻译研究[J].中国翻译，2004，25(2)：19-23.

苏珊·朗格.艺术问题[M].滕守尧，译.南京：南京出版社，2006.

孙丹.浅谈浸入式英语教学模式[J].黑龙江科技信息，2008(12)：119.

孙艺风.视角 阐释 文化：文学翻译与翻译理论[M].北京：清华大学出版社，

2004.

孙艺风.翻译与跨文化交际策略[J].中国翻译,2012,33(1):16-23,122.

孙见喜.贾平凹前传·第三卷,神游人间[M].广州:花城出版社,2001.

孙绍先.女性主义文学[M].沈阳:辽宁大学出版社,1987.

谭载喜.翻译学[M].武汉:湖北教育出版社,2000.

王安忆.王安忆[M].北京:人民文学出版社,1995.

汪宝荣.寻求文化荣耀的译者姿态:《浮生六记》林译本文化翻译策略新解[J].外语学刊,2017(6):116-121.

王东风.翻译与身份:兼评董乐山主译《第三帝国的兴亡》[J].中国翻译,2014,35(5):72-81.

王惠萍.女性主义视角下的戴乃迭译介活动研究:对20世纪80年代中国女性文学的译介[J].天津外国语大学学报,2013,20(3):47-52.

王侃."女性文学"的内涵和视野[J].文学评论,1998(6):87-96.

王银泉.实用汉英电视新闻翻译[M].武汉:武汉大学出版社,2009.

王文强,郭恩华.残雪作品的海外传播[J].外文研究,2016,4(3):67-73.

王文丽.借帆出海:海外学术出版社与中国现当代文学"走出去"[J].出版发行研究,2024(6):96-103.

王志勤,谢天振.中国文学文化走出去:问题与反思[J].学术月刊,2013,45(2):21-27.

韦建国,户思社.西方读者视角中的贾平凹[J].陕西师范大学学报(哲学社会科学版),2004(3):38-42.

巫阿苗,胡兴文.中国女性文学出版的翻译策略[J].出版广角,2016(5):42-44.

吴磊.传播学视阈下的新闻翻译研究[J].新闻界,2009(3):112-113.

吴赟.英语视域下的中国女性文化建构与认同:中国新时期女性小说的译介研究[J].中国翻译,2015,36(4):38-44.

吴赟，蒋梦莹．中国当代文学对外传播模式研究：以残雪小说译介为个案[J]．外语教学，2015，36(6)：104-108.

吴自选．《中国文学》杂志和中国文学的英译：原《中国文学》副总编王明杰先生访谈录[J]．东方翻译，2010(4)：52-55.

西蒙娜·德·波伏瓦．第二性 I[M]．郑克鲁，译．上海：上海译文出版社，2011.

肖本华．语用学视角下的语境融入及其应用[J]．文学教育(下)，2018(4)：22-23.

谢天振．译介学[M]．上海：上海外语教育出版社，1999.

谢天振．中国文学走出去：问题与实质[J]．中国比较文学，2014(1)：1-10.

徐来．在女性的名义下"重写"：女性主义翻译理论对译者主体性研究的意义[J]．中国翻译，2004，25(4)：16-19.

徐稳．全球化背景下当代中国文化传播的困境与出路[J]．山东大学学报(哲学社会科学版)，2013(4)：96-103.

许宝强，袁伟．语言与翻译的政治[C]．北京：中央编译出版社，2001.

许钧．论翻译之选择[J]．外国语(上海外国语大学学报)，2002，25(1)：62-69.

许钧．翻译研究之用及其可能的出路[J]．中国翻译，2012，33(1)：5-12.

许钧．当下翻译研究中值得思考的几个问题[J]．当代外语研究，2017(3)：1-5.

许旸．文学书写，如何赋城市景观以"体感"[N]．文汇报，2017-11-13(1).

颜翔．语言学视域下英语语境的融入与应用[J]．吉林省经济管理干部学院学报，2016，30(6)：71-73.

杨义．中国叙事学[M]．北京：人民出版社，1997.

杨朝燕，胡素芬．朱虹与女性主义翻译观下的女性译者主体性[J]．湖北社会科学，2007(5)：118-120.

叶艳，向鹏．残雪小说海内外读者接受的差异动因：以《最后的情人》的英译为例[J]．东方翻译，2017(6)：59-64.

伊·鲍温．小说家的技巧[M]//吕同六．20世纪世界小说理论经典(上)．北京：华夏出版社，1995.

余承法，黄忠廉．化：全译转换的精髓[J]．华中科技大学学报(社会科学版)，2006，20(2)：89-93.

袁三标，陈国栋．西方话语权力生产背后的意识形态逻辑探究[J]．思想战线，2013，39(1)：118-122.

查明建，田雨．论译者主体性：从译者文化地位的边缘化谈起[J]．中国翻译，2003，24(1)：19-24.

查明建．译介学：渊源、性质、内容与方法：兼评比较文学论著、教材中有关"译介学"的论述[J]．中国比较文学，2005(1)：40-62.

赵毅衡．苦恼的叙述者：中国小说的叙述形式与中国文化[M]．北京：北京十月文艺出版社，1994.

赵少华．走出去，为了认知和理解[N]．人民日报海外版，2010-10-02(1).

张健．英语新闻业务研究[M]．上海：上海外语教育出版社，2010.

张洁．沉重的翅膀[M]．北京：人民文学出版社，1981.

张小芳．融入与疏离：90年代以来女作家都市叙事研究[D]．南京：南京师范大学，2008.

张寅德．叙述学研究[M]．北京：中国社会科学出版社，1989.

张裕禾，钱林森．关于文化身份的对话[C]//乐黛云，李比雄．跨文化对话：9.上海:上海文化出版社,2002.

珍妮特·希伯莱·海德．妇女心理学[M]．陈主珍,等译.3版．广州：广东高等教育出版社，1987.

朱虹，周欣．嬉雪：中国当代女性散文选[汉英对照本](*A Frolic in the Snow: Women's Essays from Today's China*)[Z]．沈阳：辽宁教育出版社，2002.

卓今．残雪研究[M]．长沙：湖南文艺出版社，2012.